真山仁

Mayama Jin

バイアウト

上

講談社

バイアウト　上

装幀●多田和博
カバー写真●getty images＋キーフォトス

バイアウト　上巻　目次

バイアウト　上巻　主な登場人物

鷲津政彦　ホライズン・キャピタル（投資ファンド）会長

アラン・ウォード　ホライズン・キャピタル前社長
リン・ハットフォード　ゴールドバーグ・コールズ・ジャパン（米系投資銀行）前社長、鷲津の元恋人
ピーター・マイスキー　ホライズン・キャピタル新社長
前島朱実　ホライズン・キャピタルのアソシエイト
堀嘉彦　ホライズン・ジャパン会長
ポール・カーマンスタイン　KKL海外統轄担当取締役

サム・キャンベル　クーリッジ・アソシエート社長
石岡紳一　ジャーマン・インベストメントのM&A担当MD
青田大輔　企業弁護士、ホライズン・キャピタルのリーガル・アドバイザー

芝野健夫　前恵比須屋本舗社長、鈴紡CRO
芝野亜希子　その妻
加地俊和　アイアン・オックス・キャピタル社長

飯島亮介　UTB銀行頭取、芝野の元上司

野村徳広　ゴールドバーグ・コールズ・ジャパン社長

岩田春雄　鈴紡名誉顧問
美津濃克彦　鈴紡社長
平井顕蔵　鈴紡総務担当常務
荒瀬茂夫　鈴紡化粧品事業担当専務
畑俊治　鈴紡労組の書記長

滝本誠一郎　シャイン社長

松平貴子　ミカド・ホールディングス社長

村岡彰一　曙電機ソリューション事業本部　課長
松居淳平　曙電機ソリューション事業本部　次長

ウィリアム・カッツェンバック　プラザ・グループ会長、元アメリカ国防長官

本書はフィクションである。登場する企業、団体、人物などは、全て架空である。

また、扱っている出来事や事件は、著者の想像の産物である。時として小説世界の中で、現実に起きた世界の真相を推理するという手法がとられる場合がある。だが、本書で扱っているのは、そうした現実世界での出来事の暴露ではない。

その一方で、日本の企業買収を取り巻く環境については、可能な限り事実に即して書いたつもりである。もしそこに誤解や誤認があった場合は、ひとえに著者の不勉強と不徳の致すところに過ぎない。ご指摘を賜れば、版を重ねる際に修正させていただきたい。

著者

序曲　トリガー

二〇〇四年二月

日本は負け、そして武士道は亡びたが、
堕落という真実の母胎によって始めて人間が誕生したのだ。
生きよ堕ちよ、
その正当な手順の外に、
真に人間を救い得る便利な近道が有りうるだろうか。

坂口安吾『堕落論』より

★

二〇〇四年一二月・アメリカ・テキサス州フォートワース

絶対的制空権を誇るF—22Aラプター戦闘機が、地対空ミサイルのロックを振り切れず、あっけなく撃ち落とされてしまった。

防弾ガラス越しに和《なご》やかにこのショーを見ていた国防総省《ペンタゴン》の将校たちが黙り込み、彼らをドンペリで接待していたプラザ・グループ会長兼CEOのウィリアム・カッツェンバックの表情が強ばった。かつて彼の部下だった国防総省のミサイル防衛局長は、渇いた喉から声を振り絞った。

「さすが将軍、相変わらずジョークのスケールが違いますね。一瞬にして一億三〇〇〇万ドル（一五二億円）を灰にしてしまうんですから」

カッツェンバックを敢えて〝将軍〟と呼んで目一杯明るく言ったはずの言葉ですら、凍りついた空気を和らげることはできなかった。その隣にいた海兵隊の老将軍が救いの手を差し伸べた。

「いやあ、まったく！　ウィルときたら、相も変わらず無茶をやりおるわい」

彼はそう言い放つと、豪放に笑い声を上げた。それに引きずられるように周囲に枯れた笑いが連鎖した。

部屋の片隅で、蒼ざめた顔で状況把握を続けていたECM（電波妨害）システムの開発担当副社長が、カッツェンバックのそばに駆け寄り耳元で状況報告を行った。

「原因は不明ですが、ラプターから発信したミサイル回避電波より、地対空ミサイルの方が一枚上手だったと思われます」

何を言ってやがる！　今日のショーの主役は、地対空ミサイルではなく、そのミサイルのロックを回避する妨害レーダーシステムなんだぞ！　貴様、即刻クビにしてやる！

カッツェンバックは込み上がる怒りを飲み込んで、ペンタゴンの幹部たちに精一杯の笑顔を振りまいた。

「いや、申し訳ない。今のは地対空ミサイルの精度を確かめるテストだったそうだ。まもなく本番を行うので、しばしご歓談を」

だがその後一時間を経過しても、「本番」は行われなかった。もっとも、極上の酒と美人の接待を受けていた軍幹部たちは、そんなことも忘れたかのように酔いつぶれ、ねっとり寄り添う女たちと共に宴を後にした。

客人を満面の笑顔で送り出しパーティ会場の扉を閉めた瞬間、カッツェンバック会長は懐から愛用のリボルバーを取り出し、開発担当副社長の眉間《みけん》に銃口を突きつけた。

「理由如何によっては引き金を引くぞ。この失態の理由は何だ」

額に汗を浮き上がらせた副社長が声を震わせて答えた。

「申し訳ございません、サー！　搭載したＥＣＭシステムに問題があり、地対空ミサイルのロックを振り切ることができませんでした！」

「それは、理由ではなく状況だろ、原因は何だ」

「は、それは……」

副社長にもその原因が分からなかった。担当の開発室長から精度は万全と聞いていたのだから
……。しかし、そんなことは口が裂けても言えなかった。プラザ・グループにおいては、部門の責任者たる者が現場の状況を把握していないということは、死に値した。

「早く答えろ！」

「イエッサー」

しかし答えられなかった。ダメだ、このままここで引き金を引かれる。もちろん周囲の証言で、俺は衝動的に自らピストルの引き金を引いたことにされてしまう。

副社長が自らの命運を諦め目を閉じた時、ドアが勢いよく開き、レーダーを開発した研究責任者が入って来た。

「大変遅くなりました。先ほどの失敗の原因が分かりました」

それを聞いたカッツェンバック会長は副社長の眉間から銃口を外し、説明を促した。

「原因は、迎撃ミサイルを惑わせるためのミリ波を用いたＥＣＭ装置の精度の甘さです」

「精度の甘さだと？　どういうことだ」

社長の厳しい眼差しに、研究責任者は緊張した面持ちで唇をなめた。

「この装置は日本の曙《あけぼの》電機が独自で開発したものですが、ロイヤリティが高いために、我々が日本の自衛隊機を一機購入し、分解解析して独自研究を致しました。ミリ波の部分でどうしても解析で

きなかったところがあり、それが原因で迎撃ロックを回避できませんでした」

ドーンという重い音が部屋に響いた。その強烈な音とこめかみを通り過ぎた弾丸の突風で、研究責任者は尻餅をついた。彼の視線の先には、硝煙を上げる銃口とそれを握りしめているカッツェンバック会長の怒り狂った目があった。

「ならば、その会社を買い取れ。一刻も早くだ！」

★

二〇〇四年一二月・熊本県山鹿市

広い工場の中では、人間と同じような動きを覚えた機械たちが黙々と働いていた。少年時代に彼が手塚治虫の漫画で見た世界がここにあった。一つ違うのは、ここで働く機械には愛らしい表情を浮かべる顔も人間らしいボディもないことだ。剝《む》き出しの金属が骨格を形作り、職人の技術を覚え込ませた指先だけが絶え間なく動いている。

日本初の無人工場——。ようやく、ここまで来た……。

集中制御室でロボットによる工程を食い入るように見つめていたシャイン社長の滝本誠一郎《たきもとせいいちろう》は、感慨深げに目を細めた。

だが勝負はこれからだ。

滝本は影のように控えていた経営統轄室長の高松康之に、あるプロジェクトについて訊ねた。

「準備は万端です。あとはご決断だけです」

テレビが欲しい――。社長就任以来、彼がずっと描き続けてきた夢だった。

シャインは、日本屈指のカメラメーカーひかり光学の子会社で、親会社の光学技術を生かしたコピーメーカーとして一九七二年に誕生した。その後、激しい過当競争を闘い、バブル崩壊後の低迷期を生き抜き、九八年に親会社のひかり光学も吸収して、プリンター事業とデジタルカメラの分野で世界のトップクラスの地位を築くに至った。だが、今なお日本を代表する総合電機メーカーからは「コピー屋」と呼ばれ、実績とは裏腹な低い地位に甘んじていた。

「コピー屋」から脱皮するには、是が非でもテレビが必要だった。画像分野では世界最高峰の技術を持つシャインの宿願は、圧倒的に美しい画像を映像分野でも実現することだった。滝本は自社の新しいテレビをスーパービジョンと名付けるつもりだった。だが日進月歩で進化を続けるAV業界を制するには、現在の技術開発力ではおぼつかなかった。試行錯誤と熟慮を重ねた結果、彼は一つの結論に行き着いていた。

自社での開発が無理ならば、既にその技術を持った会社を呑み込むしかない――。それは「コピー屋」風情が、日本の屋台骨を支える名門企業に宣戦布告するという大それた発想だった。

だが、今さら業界の格だのブランドだのが、何だというのだ。〝異端児〟と呼ばれる自分たちのような会社こそ、二一世紀のグローバル社会にふさわしい常識を創るべきなのだ。怯《ひる》んではならない。これは私欲ではなく、お国のためでもあるのだから……。

滝本は黙々と働き続けるロボットの群れを見遣りながら、傍らに控える腹心に決断を告げた。

「機は熟した。プロジェクトをスタートさせてくれ」

「承知しました。では、今晩お泊まりのお部屋に資料をお届けにあがります」

無意識のうちに滝本は、有名なミュージカルのナンバーを鼻歌で歌っていた。「屋根の上のバイオリン弾き」の「サンライズ・サンセット」だった。

日は昇り日は沈む――。だが我々は昼夜を問わず輝き続ける会社《シャイン》だ。ならば日の出という意味の名を持つ会社、曙電機を手中にし、その輝きを増すだけだ。

★

二〇〇四年一二月・荻窪

「いやだわ」

妻の早智子《さちこ》の声で、村岡彰一《むらおかしょういち》は我に返った。

「どうした?」

「あれ、林さんところのご主人よ」

「あれって?」

「ほら、あそこで駐車場の整理をしている人」

彼女が指さした先に、大型ホームセンターの駐車場で交通整理をしている男の姿があった。確かに隣人に似ていた。

「他人の空似じゃないのか？　林さんは確か東横《とうよこ》銀行勤務だろ」

「リストラされたんだって」

「リストラ？」

「東横って東京中央銀行と横浜海浜銀行が合併してできたでしょ。でもね、合併とは名ばかりで、海浜の人たちばかりがリストラされたんだって。林さんもその口だって」

しかし隣人は副支店長を務めていると聞いていた。そんな人が、ホームセンターの駐車場係になるとは思えなかった。

「他人の空似だよ」

「だといいんだけどね。あなたのところは大丈夫なの？」

「ウチ？」

村岡は渋い顔で妻を見た。

「曙電機は成果主義が失敗して社員のやる気喪失とかって、雑誌に出てたわよ。今年のボーナスなんて去年より一〇万円以上少なかったし。大丈夫なの？」

大丈夫じゃなかったらどうするって言うんだ、という言葉を飲み込んで、彼は渋滞の環八通りを進んだ。

「大丈夫だろ。ウチはもう随分前から危ないって言われてるんだ。でも腐っても曙電機だぞ。潰れはしないさ」

「だといいんだけど。もしリストラされたら、離婚ですからね」

〝離婚ですからね〟は妻の口癖だった。お陰で四歳の娘までが真似をする。

確かに社内の一部では、経営の危機なんぞと騒いでいる輩もいた。だが同業他社を見ても似たり寄ったりの業績だし、今年はデジタル家電のお陰で久しぶりに黒字転換になりそうだという声も聞こえてくる。最低最悪だった成果主義制度も従前の査定制度に見直されるという噂だし、何とかなるだろう。

そんなことより、村岡は別のことで頭が一杯だった。妻に声を掛けられる前まで悩んでいたことを口にした。

「やっぱりシルバーにしようと思うんだ」

「シルバーって、何が？」

「次に買う車、クワトロ」

「またその話？　ダメよ、あなただけの車じゃないんだから、そんな地味な色はダメ。家族みんなで決めたでしょ。ブリリアン・レッドよねえ」

早智子は後部座席を振り返って、子どもたちに同意を求めた。小学四年の長男彰《あきら》は、買ってもらったばかりのニンテンドーＤＳに夢中で顔も上げず、幼稚園年少の娘の美優《みゆう》は、母の口調まで真似て同意した。

「真っ赤なんかにしたらまた、部長の奥さん連中に嫌味を言われるぞ」

「全然、大丈夫。私のセンスがあのおばちゃんたちとは違うことを見せるためにも、ブリリアン・レッドは外せないわ」

やれやれ……。いつもきれいに着飾ってくれるのは嬉しいのだが、それも程度の問題だった。いちいち上司の夫人たちを挑発することはない。

だが、そう言ってやめる妻でもないのだが……。

入社七年で社宅からの脱出。一〇年で一戸建ての購入。そして入社一五年で、夢だったアウディのオーナーになる。それが実現するのだ。車の色ぐらい我慢すべきかも知れない。

渋滞もなく車が流れる反対車線にブリリアン・レッドのアウディA3クワトロを見つけた村岡は、確かにこうして見るとあの色も悪くないと思い始めた。

★

二〇〇四年一二月・三浦半島

鉛色の雲が立ち込めていた。雪でも降りそうだった。

「そろそろ外泊に挑戦してもらおうかと思っています」

芝野《しばの》健夫《たけお》は、妻の主治医に視線を戻した。

「それは、回復が順調に進んでいるということですか?」

ショートカットに白髪が交じる女性精神科医は、苦笑いを返してきた。

「順調ですよ。でも焦らないことです。ようやく社会復帰の準備が整ったと思ってください」

焦りは禁物。アルコール依存症の本の多くに書かれていることだ。そして家族の期待は、時として患者の負担にしかならないことがある。芝野は照れ臭そうに頭を下げた。

「失礼しました。どうも私はせっかちで」

「ご自宅は、たまプラーザでしたね」

彼女は、芝野の言葉を聞き流して尋ねた。

「そうなんですが、久里浜駅前に部屋を借りました」

カルテを見ていた主治医が芝野を見た。

「理由を伺ってもいいですか?」

「妻が、完治するまで自宅に戻りたくないと言うものですから」

アルコール依存症で治療を受けているということを、ご近所や友人に知られたくない。妻は何度もそう言っていた。芝野は入院から一月余りで外泊が始まることを知ると、病院から車で五分ほどの久里浜駅前に2DKの部屋を借りた。

「世間体ですか?」

さっきより医者の言葉が冷たくなった気がした。

「妻がどうしても嫌だと言うんです。それに私もここへ通うのに楽なので……」

「そうですか。重々ご承知だと思いますが、奥様がアルコール依存から回復するための第一歩を踏み出すのは、退院後なんです。日常生活の中で本当の闘いが始まるんです。近所の方に恥ずかしいというお気持ちは分かりますが、いずれは越えなければならないハードルです。ならば早めに越えてしまう方が楽ですよ」

彼女が言わんとすることは理解できた。だが近所との関係も、妻をアルコール依存に走らせた一因なのだ。それだけに、しばらく時間が欲しかった。

芝野はそのことを主治医に告げ、退院するまでには自宅での外泊を経験させると約束した。

「ご主人は今、お仕事は？」

「リタイヤしています。なので外泊中も一緒にいられます」

「そうですか。では安心ですね。最終的な決定は奥様とお話をしてから決めますが、問題がなければ、来週の火曜日だと思ってください」

「分かりました。このことは妻に伝えてもよろしいですか？」

「できれば私からお話しさせてください。直前の状態によっては、見送ることもありますので」

彼女はカルテを閉じた。

「では、本日はこれで」

窓の外で雪がちらつき始めた。

病室を覗くと妻は眠っていた。芝野は病室には入らず、そのまま談話室に向かった。顔見知りの患者と挨拶をした後、自販機でコーヒーを買って窓際のソファに腰を下ろした。

苦いコーヒーを一口すすった時、誰かが自分の前に立っているのに気付き顔を上げた。病院には場違いなダークスーツを着た三〇代くらいの男が頭を下げた。

「失礼ですが、芝野さんですよね」

芝野が黙って頷くと、目の前に名刺が突き出された。

ＵＴＢコーポレート銀行　企業再生部
主査　景山　保

芝野は怪訝《けげん》そうに見上げた。

「どういうご用件でしょう?」

「実は、ご助力いただきたい案件がありまして」

「ご助力?」

「日本屈指のターンアラウンド・マネージャーとしての腕をお借りしたい」

年上の相手に敬語も使えないのか、この男は……。

「悪いが私はもう引退したんだ。帰ってくれないか」

「これは、名誉顧問のたってのご指名なんですよ、芝野さん」

景山と名乗った男の後ろにいた男が、一歩こちらに歩み寄った。知っている顔だった。

「五味さん……」

日焼けしたあばた面の男は、ＵＴＢが三葉《みつば》銀行と呼ばれていた時代、破綻寸前の融資先を専門に扱う融資管理部のトップを務めていた。五味靖夫は、口元だけを歪めて笑うと頷いた。

「まあ、そう邪険にするなよ。俺は真鍋名誉顧問の名代《みょうだい》でやって来たんだ」

真鍋名誉顧問とは、三葉銀行の中興の祖と言われ、かつて芝野自身も尊敬したバンカーだった。だが今の彼には聞きたくもない名だった。

五味は馴れ馴れしく芝野の肩を叩くと隣に腰を下ろしてタバコをくわえた。

「禁煙です」

芝野の言葉に、五味は渋い顔をしてくわえたタバコを戻した。

「今は何を？」

興味はなかったが、話を進めるために芝野は訊ねた。

「うん、コーポレートの副頭取をね」

「そんな偉い人が、世捨て人に何の用です」

「まあ、そう突っかかりなさんな。飯島さんの件ではおまえさんにも可哀想なことをした。名誉顧問はそうおっしゃっているんだ」

久しぶりに聞く名がもう一つ出てきた。だが今の芝野にとっては真鍋同様、何の感情も湧かないただの名に過ぎなかった。

「どうしてもおまえさんに一肌脱いで欲しいんだよ」

「企業再生部などという立派なセクションをお持ちなんです。私のような人間に声をかけなくても、いくらでも優秀な人材はいるでしょう」

「これは人材の問題じゃない。その会社の事情を知っている人間でなければ困る話なんだ」

「どういうことです？」

五味は、ある企業の名を口にした。芝野は驚いて、脂ぎっている副頭取の横顔を見た。

「おまえさん、あの会社には船場《せんば》支店以来、関わりが深いそうじゃないか。名誉顧問に言わせれば、あの会社のことなら何から何まで知っているとか。あそこが危ないんだ。おまえさんの手で何とかしてやってくれ」

「何とかってどうするんです。あそこはとっくに潰れている会社ですよ。今さらどうするっていうんです」

五味は、大きなため息を漏らして芝野を見た。

「我々があそこを潰せないのを知っているだろう。だからこそ、こうしておまえさんに頭を下げているんだ。企業再生のプロ中のプロにあの会社を委ねたい」

自分の妻が人間として壊れていくのにさえ気づけなかった男が、企業再生のプロ中のプロとはお笑い種《ぐさ》だった。

「せっかくのご指名ですが、やはり」

「今、この会社をある外資系ファンドが買収しようと画策している」

芝野は聞こえないふりをして立ち上がった。そこから先は聞きたくなかった。だが、背中から言葉が追いかけてきた。

「ホライズン・キャピタル。おまえさんとは何かと因縁のある例の会社だ」

芝野の脳裏にある男の顔が浮かんだ。常に口元に薄笑いを浮かべ、狙った獲物をけっして逃さないゴールデンイーグルと言われた男の顔を……。

★

二〇〇四年一二月・ラサ（チベット）

上空を旋回していた数十羽のハゲワシが、山の頂に立つ男の合図で一斉に降下を始めた。午前五時、チベット・ラサ。標高三六五〇メートルの夜明けは、凍てつくような寒さだった。だがその様子を食い入るように見つめていた鷲津政彦《わしづまさひこ》は、彼らが聖なる生《い》け贄《にえ》を漁り始めた瞬間、全身が燃えるように熱くなるのを感じた。

〝チベットに行かないか〟

長期滞在した上海で中華料理に嫌気がさしていた鷲津に、友人が声を掛けた。何が楽しくてわざわざチベットくんだりまで葬式を見に行かなければならないのか。鷲津は最初、無下《むげ》に誘いを断った。

友人は執拗だった。彼は行くべき理由を三つ挙げた。そのうち二つは、鷲津にとってあまり興味のない話だった。だが三つ目の理由は、それだけで彼の重い腰を上げさせるに充分だった。

〝あそこでは、おまえさんのお仲間が、人の弔《とむら》いに一役買っているそうだぞ〟

鳥葬《ちょうそう》というのだと、友人は教えてくれた。ハゲワシが死体を食らい跡形もなく消し去ってしまう。そんな葬送があることを鷲津も知識としては知っていた。それが見られるのだという。ハゲワシたちを〝お仲間〟と友人が呼んだのは、鷲津が日本でハゲタカファンドのトップを務めていたことを知っていたからだ。

〝俺が知っている高僧が亡くなってね〟

その葬儀に参列するという目的ならば外国人に門戸を閉ざしているチベットに入れるのだと言う友人と共に、鷲津はここまでやってきた。彼らが着いた時、一〇〇人以上の僧侶が夜を徹して亡骸《なきがら》から魂を抜くための読経を続けていた。辺りに無数の灯明《とうみょう》が焚かれ、漆黒《しっこく》の夜を焦がしていた。夜明け前、遺体は長い葬列と共に街の外れにある山の中腹へ運ばれた。

そこには鳥葬場と呼ばれる小屋があった。その中で天葬師と呼ばれる遺体処理者が読経しながら亡骸を解体し、山頂近くにある鳥葬台に遺体を安置する。

鳥葬場での作業が始まる頃からハゲワシの群れが上空に出現し、〝その時〟を待っていた。天葬師が小屋から出てくるなり、ハゲワシは彼の周囲に降下した。さして急ぐでもなく、しかしけっして優雅でもなく、彼らは天葬師を取り囲んだ。まるで上野公園のハトのようだ。ただ違うのは、彼らの体がハトの数倍もあり、彼らの目指すものがパンくずではなく人の肉片であることだった。

天葬師が手際良く鳥葬台に肉片を並べた瞬間、ハゲワシが一斉に舞い降りると躊躇《ちゅうちょ》なく餌に食らいついた。幾つもの長い首が餌を食《は》むために伸び上がり、離れた場所からは、褐色の羽が小さな山を作ったように見えた。その山は命が宿ったように蠢《うごめ》き、わずかに残っているかもしれない魂の断片をも吸い取っているようだった。

屍体に群がるハゲタカ、という表現を何度も耳にしていた鷲津だったが、目の前で繰り広げられる様は生命力に溢れていた。

自然の摂理——。動悸が激しくなる中で、そんな言葉が湧いてきた。

日本を離れて九ヵ月余り。日本という国に仕掛けた宣戦布告に対する報復から逃れるため、彼は世界を放浪してきた。敢えて都会を避け、人が大自然と共生している場所を選んで旅した。その行く先々で彼は自然の摂理に圧倒された。同時に、人間の卑小さと愚かさが身に染みた。

目の前の光景は、この九ヵ月間見たどの体験よりも鷲津の魂を震わせた。

〝霊魂は鳥によって天国に運ばれ、生命の輪廻《りんね》が始まる〟

鳥葬のいわれを説明してくれた僧の言葉が、不意に蘇ってきた。

日本で「ハゲタカ」と呼ばれながらやってきたビジネスに、そんな想いがあったろうか……。

否、自分にあったのは、「俺が日本をバイアウトしてやる」という驕《おご》りだけだった。会社を奪ったり売り飛ばしたりというビジネスにうんざりしている今の自分も、その驕りの延長でしかない。慢心から生まれるのは、滅亡だけだ。目の前で繰り広げられる生命の輪廻を目の当たりにして、鷲津はそう感じていた。

貪《むさぼ》るように肉片を啄《ついば》んでいた一羽のハゲワシが空に舞い上がった。他の鷲よりも一際大きく存在感を放っていた鷲だった。〝彼〟は一気に六〇〇〇メートルを超える山の頂よりも高く舞い上がり、大きな羽を広げ上空を旋回し始めた。

果たしてあの空の上から、自分たちはどんな風に見えるのだろう……。

鷲を見上げていた鷲津は、別の場所で同じように旋回する鳥を見上げていたことを思い出した。神の鷲とも呼ばれたその鳥は、日光・戦場ヶ原の上空を一分の隙も見せずに飛んでいた。あの時鷲津は、イヌワシとほんの一瞬だけ目が合ったと思ったのだ。「ハゲタカではなく、生きた獲物も捕らえられるゴールデンイーグル」とうそぶく彼を睥睨《へいげい》するように見据えた神鷲《イヌワシ》は、やがて空の彼方へと消えていった。

もう一度あの鷲に会いたい。そうすれば、日本を離れて以来ずっとわだかまっている何かが氷解してくれるのではないか。

儀式を終え山の彼方に飛び立とうとしていたハゲワシの群れを見ながら、鷲津はそう感じていた。それが柄にもない郷愁なのか、魂の叫びなのかも分からないままに……。

★

二〇〇四年一二月・戦場ヶ原

見上げた空にその鳥を見つけたと思った瞬間、松平貴子《まつだいらたかこ》は「あっ」と小さく声を上げた。だがそれが飛行機だったことに気付くと、彼女は飛び去る機影を哀しげに見送った。

イヌワシに想いを馳せるのは久しぶりだった。一〇ヵ月ほど前、この戦場ヶ原で見たのを最後に、彼女はその鳥のことを忘れていた。いや、封印したと言っていい。ここで一緒に鳥を見上げた人物を忘れるためだった。そして、あの日から始まったホテル再生の格闘の日々に、イヌワシを見上げるような余裕はなかった。

貴子は荒涼と広がる灰色の大地を見渡した。標高一四〇〇メートルの地にある奥日光・戦場ヶ原は、冬の訪れと共にフライフィッシングやハイキングで賑わう緑の大地が一変し、全てが灰色に塗り込められた枯れた地になる。地元でも、この時期の戦場ヶ原に漂う寂寥感《せきりょうかん》を嫌う人は少なくない。

だが貴子はなぜかこの景色に魅せられていた。二年前に故郷の日光に戻ってからは、余計にそう感じるようになっていた。

「命あるものは必ず滅びる」

亡くなった祖母は、かつて貴子にそう言ったことがあった。貴子にとってここはその言葉の象徴であり、人間という愚かな生き物に自然の摂理の厳しさを教えてくれる場のように思えた。そして、神の鷲と呼ばれる鳥が飛来することも、この季節にこの地に惹きつけられる大きな理由だった。

それほど大切な場所にもかかわらず、ここ数ヶ月は来ることすら叶わなかった。それが、彼女が置かれている現状だったのだ。だが今日は、日々の息苦しさから抜け出してある決断をするために、早朝に車を飛ばしていろは坂を上ってきた。頰を打つ冷たい風も心地良く、無理をしてここまで来てよかったと改めて思った。

自分自身の将来も肉親も、そして自らの感情も封じ込めて、彼女は一意専心で、日本最古のリゾートホテル再生に賭けてきた。

若き女性経営者の奮闘記などともてはやすマスコミの取材にも快く応じ、曾祖父の代から守り続けてきた伝統に命の炎を吹き込み続けてきた。失いかけていた顧客を呼び戻し、新しいファンも取り込めた。その甲斐あって、営業利益は黒字が見込めそうだった。このホテルを人手に渡さないために借りた借金の返済は当分続くが、周囲から危惧されていた社内改革は成果を上げたという実感があった。

そして今、一つの決断を迫られていた。

リスクを承知で新たな挑戦に挑むべきか、それとももう少し我慢を続けるか……。

新しい挑戦とは、世界的なリゾートグループ、リゾルテ・ドゥ・ビーナスとの提携だった。世界の富裕層をターゲットにしたビーナスは、世界中の一流ホテルと提携し、メンバーに特別のホスピタリティを提供していることで知られていた。そこから提携の誘いが来ていた。

日本最古のリゾートホテルとして世界にその名を知られる日光ミカドホテルではあったが、実際の稼働率はお寒い限りだった。また前経営者である父の社長時代に、旅行代理店にディスカウントしてしまったために、客室単価も上げられずにいた。

ビーナスとの提携が実現すれば、ミカドグループの大株主、ふるさとファンドが求める「世界を視野に入れた高級ホテルを志向した再生プラン」を充たすこともできる。しかも提携といってもグループの傘下に入るという話ではない。ビーナスグループの指定宿泊先に名を連ねるに過ぎない。

本来であれば迷う話ではなかった。だが、問題が一つあった。彼らとの提携のためには新たな設備投資が必要なのだ。彼らは、日光と中禅寺湖のホテルのそばにヘリポートを設置することを求めてきた。さらに成田と日光の間にチャーターヘリを飛ばすための維持費の一部負担や、メンバー用にグレードアップしたエグゼクティブルームの整備なども要求した。

費用は最低でも約五億円。彼らと提携すれば同時に五つ星の評価が得られ、ミカドホテルのブランドイメージは一気に上がる。ブランディング費用としては、けっして法外なものではない。

ただそれだけの設備投資をしたからといって、確実にメンバー客が泊まりに来てくれるという保証はない。ビーナスグループはメンバーに情報を提供し、彼らが望めば予約などの手配をするだけだった。

そのため今回の提携については、ふるさとファンドは「確実な投資効果が見込めない」ことを理由に反対しており、追加支援を断ってきた。メインバンクの地銀・足助《あしけ》銀行も国営化されて再生途上にあり、到底融資は望めなかった。

断念するしかないかと思った矢先、ビーナスが融資元を紹介してきた。しかも彼らが紹介してきたのは外資系の銀行ではなく、ＵＴＢコーポレート銀行という日本のメガバンクだった。それが一旦は諦めかけていた貴子を迷わせた。

先週、貴子はビーナスグループの人間と日光で会った。彼らの態度は紳士的で、ミカドホテルに対する評価も高かった。彼らは、改めてこの提携を強く勧めてきた。

「アジアで我々のグループと提携しているのは、未だわずか三社に過ぎません。それだけの高いハードルを越えたことを誇りに思って欲しい。これは御社一社の問題ではなく、観光立国を進める日本のためでもあります」

その言葉には、迷っていた貴子の背中を強く押すだけの力があった。だが鬼怒川ミカドホテルの再生を続けている妹の珠香《たまか》は、「話がうますぎるから、やめた方がいいのでは」と貴子の決断に珍しく水を差してきた。

しかしリスクをとらなければ、いつまで経ってもミカドホテルは過去の栄光にすがるだけの田舎の没落リゾートホテルで終わってしまう。自分が全てを捨てて守ろうとしたのは、過去の栄光じゃない。本来のリゾートホテルとしての風格と極上のホスピタリティで、国内外のお客様に「ここに来て良かった。都会とは違う時間を過ごせた」と思ってもらう場所を提供するためだった。ならば、ここで守りに入ってはいけない。

そこまで考えが及んだ時、自分の中で答えは決まっていることに彼女は気づいた。

ただ、信頼している誰かに背中を押して欲しいのだ。だが、周囲にいるのは、リスクテイクを危惧する近親者と、深く信頼するほどの人間関係を作り得ていない者ばかりだった。

かつてミカドホテルの再生のために、ビジネスを度外視して助けてくれた人ならどう言うだろうか。そして今日、彼との出会いを取り持ってくれたイヌワシを久しぶりに見ることができたなら、それを吉兆と判断してリスクを取りにいくつもりだったのだ。そのためにここに来たのだ。

だが遂にイヌワシは現れなかった。もしかしたらここに来ればあの人に会えるかも知れないという淡い期待も、灰色の凍った沼地に沈んで消えた。

自分自身で決断しろということなのか……。

貴子は目を閉じて心に問うた。大切なのはチャンスを逃さないことだ。ならばここで臆病になるべきではない。無謀と呼ばれても、自分自身がそれで納得できるのであれば、それでいい。

闘って敗れることに後悔はない。それよりも絶対に嫌なのは、「あの時こうしておけば良かったのに」と何もしなかった自分を嘆くことだ。前のめりで死ねるのであれば、それで本望じゃないか。

そこまで決断した時、貴子はその鳥が青空の中を勇壮に舞うのを見た。胸の高鳴りを感じながら貴子は双眼鏡を覗いた。まるで下界のことなどまったく関心がないように、イヌワシは大きな翼を灰色の空に広げていた。

大丈夫だ。私の守り神だって見守っていてくれているのだから……。

★

二〇〇四年一二月・東京メトロ銀座線京橋駅

地下鉄の駅員にとって一二月の夜は憂鬱な時間だった。忘年会、クリスマスパーティ、送別会など宴会が多い。そのため通勤通学以外の乗降客が増え、時にホームから人が溢れ出そうになる。また泥酔した客も多く、ホームに吐き散らされた宴の後始末を何度もしなければならない。だが、日曜日は一転して静かな夜になる。

その日曜日に勤務に就いていた東京メトロ銀座線京橋駅の駅員・田口栄一は、一日だけでも一二月の憂鬱を体験せずに済んだことをラッキーだと思っていた。午後一一時過ぎ、改札を通る客もまばらになったところで、彼は業務日誌を書き始めた。特記事項なし。まだ終電車までは一時間ほどあったが、彼はすでにそう書き込んでいた。今さら何が起きようというのだ。その時、自動改札でアラームが鳴った。

　日誌から顔を上げると、男女の二人連れが一緒に改札に入ろうとしていた。この季節には珍しくない酔漢に見えたのだが、二人を見ていて田口は、「おや？」と首を傾げた。華奢な女性が、金髪の大柄な外国人の肩を抱いていたからだ。

「あの、一人ずつ改札通ってください」

　そう声を掛けると、女性の方が怯《おび》えて田口の方を見た。真っ赤なコートを着ていた女性は、数メートル離れた場所から見ても目の覚めるような美人なのが見て取れた。彼女は困惑顔でこちらを見たあと、男に何か囁いた。苦しげな表情の男が、黒いコートの下に着たスーツからパスネットとおぼしきカードを取り出したのが見えた。男性がそのまま先に行き、女性は一度改札を出て改めてカードを自動改札に通して入場した。

　問題なくゲートが開いたことで田口はそれ以上二人を詮索せず、大きな声で「ご乗車ありがとうございます！」と言って頭を下げた。再び女が男の肩を抱くと、二人はよろめくように階段を下りていった。

　京橋駅のホームは狭い。誤って落ちなければいいんだが……。田口が危惧した時、電話が鳴った。定期券の落とし物の問い合わせだった。彼がそれに応対している間に、渋谷行きの電車がホームに入ってくる音が轟いた。電話の記録を残すために壁に掛かっていた時計を見上げた時だった。電車が普段とは違う悲鳴に似た音を上げた。続いて人の悲鳴が響いた。

「マジか！」

彼は電話を切ると、一気に階段を駆け下りた。そこに浅草行きの電車が入って来て、ドアが開いた。電車から降りた乗客数人が、中途半端な位置で止まっている渋谷行きの電車を見ていた。

「人が落ちたぞ！」

誰かが叫んだ。田口がその声の方に駆け出した時、赤いコートの女性がドアが閉まりかけた浅草行きの電車に飛び乗ったのが視界の端に入った。一瞬、彼は立ち尽くして動き始めた電車を見た。あれはさっきの美人じゃあ……。だが、こちらに背を向けて立つ女性は一人きりだった。

一体どうなってるんだ。

彼がそう自問した時、そばにいた乗客に田口は肩を叩かれた。

「おい、早く助けてやれよ！　人が落ちたって言ってんだぞ」

田口は急いで、既に何人かが覗き込んでいたホームの端に駆け寄った。ホームの端に血が飛び散り、肉片とおぼしきものがレール周辺に見えた。

想像してはいけない！　そう自分に言い聞かせたが遅かった。田口は次の瞬間、その夜食べた中華弁当を全て吐き出していた。


翌朝、各紙の朝刊では数行のベタ記事が、京橋駅の〝事故〟の模様を簡単に伝えていた。

外資系ファンド社長　転落死
一九日午後一一時一四分頃、東京メトロ銀座線京橋駅で、ホームから男性が転落、入ってきた浅草発渋谷行きの電車に轢かれて死亡した。即死だった。中央署の調べで、死亡したのは外資系投資ファンド、ホライズン・キャピタル社長、アラン・ウォードさん（三一）と分かった。同署では、ウォードさんが一人でホームの端をフラフラ歩いていたという目撃証言があり、体内から大量のアルコールも検出されたことから、酔って誤って転落したと見ている。

第一部　葬送

二〇〇五年二月

舞台は僕が想像し、僕がつくれば、それでいい。
天才世阿弥は永遠に新らただけれども、
能の舞台や唄い方や表現形式が
永遠に新らたかどうか疑わしい。
古いもの、退屈なものは、
亡びるか、生れ変るのが当然だ。

坂口安吾『日本文化私観』より

第一章　絶望の大陸

1

二〇〇五年二月二日・日光

「とても楽しい三日間でした。日光は夏の街だと思っていたけれど、静かに時が過ぎゆくのを楽しむには、今がベストシーズンかも知れなくてよ」

銀髪の老婦人にそう言われて、松平貴子は嬉しそうに礼をした。

「ありがとうございます。そうおっしゃっていただけると、お誘いした甲斐がございました。朝晩の寒さが厳しいこの季節にお誘いしてご迷惑でなかったかと、とても心配しておりましたので」

「とんでもない。これだけ至れり尽くせりで気を遣ってくださったのに、どこに問題があるものですか。最近は、どのクラシックホテルも伝統と格式にあぐらをかいて、サービスや設備がおざなりだと感じていたけれども、ここはサービスでも日本一よ」

「勿体ない。今度はぜひ春の日光に遊びにいらしてください」

「そうさせてもらいますわ。あなたも頑張って」

老婦人は、まるで身内のように貴子の肩を優しく抱いて別れを惜しんでから、送迎の車に乗り込んだ。どんよりと曇った雪空の下で、貴子は車が視界から消えるまで頭を下げていた。

避暑地として世界的に知られている日光が、最も閑散とする二月。そこに新しい顧客を取り込もうと考えた貴子は、上得意向けのスペシャルプランを打ち出した。料金を夏場の半額に抑える一方、ホテル内でゆったりとくつろぎ、都会とはひと味違った時間を過ごしてもらうためのプログラムを用意した。毎日限定二〇組に絞り込んだことも奏功して、予想以上の反響があった。利用した宿泊客の評判も上々だった。貴子を生まれた時から知っているという先の老婦人からの褒め言葉で、彼女は改めてプランの成功を実感していた。

創業明治六年（一八七三）、日本最古のリゾートホテルとして日光に誕生した日光ミカドホテルは、当時の日本を世界に紹介した英国の女流旅行家イザベラ・バードをして「ここで日本の心に触れた」と言わしめた。貴子の曾祖父で外務省に勤務していた松平重信が、明治政府の顧問を務める欧米人に夏の避暑地を提供するために、実家を改造して「ミカドカッテージイン」を開業したのが、このホテルの始まりだった。

以来、外国人や日本の要人が集い、「夏の外務省は日光に移る」と言われるほどの盛況を見せた。大正二年（一九一三）に、日光の中央を流れる大谷川《だいや》河畔に約一〇〇〇坪の土地を得ると、木造四階建ての日光ミカドホテルを開業。国内外の貴族、富豪、文化人、外交官らの社交場として、世界のガイドブックに紹介されるほどの一流ホテルへと成長した。

しかしそうした盛況も、避暑遊びをする貴族、華族が日本から消えた第二次世界大戦後は一転する。進駐軍が占領した時代は外国人の姿もあったが、それ以降、試練の時代を迎えた。やがて高度経済成長期を経て国内旅行が盛んになり、ミカドは再び勢いを取り戻した。バブル時代に入ると、中禅寺湖と鬼怒川に持っていたホテルを改築し、ミカドホテルグループとしての事業拡大を狙った。だがそこで費やした設備投資が仇《あだ》となり、一九九〇年代以降、青息吐息の経営を続けることになった。

四代目社長の貴子は宇都宮の高校を卒業後、家族の反対を押し切ってスイスのローザンヌにあるホテル大学に留学。傾き始めたミカドホテルを再建するために、世界に通用するリゾートホテルのノウハウとサービスを学んできた。

しかし前社長の父・重久《しげひさ》と折り合わず、長い間、貴子は東京台場の外資系ホテルに勤務していた。結局、ミカドホテルの経営は危機的となり、最後はメインバンクの足助銀行からの強い要請を受けて、貴子が父を追い出す形でホテルを継承。その矢先に足助銀行が破綻し、再び危急存亡の危機を経験した。そこで彼女はある人物と出会い、政府系ファンドのふるさとファンドから支援を受けて、彼女ら経営陣が自社を買い取るＭＢＯ（Management Buy Out＝経営陣による自社買収）を実施。ミカドホテル再生に取り組んできた。

彼女は重たい雲が垂れ籠める空を見上げながら、今晩は雪になるかも知れないと思った。気温は五度以下だったが、彼女はミカドホテルのロゴの入ったブレザーにグレーのスカートという薄着だった。それでも寒さに震えることもなく、ちょうど車寄せに入ってきた黒塗りの高級車の後部座席のドアを開けて新たな客を迎えた。

「いらっしゃいませ。ようこそ、日光ミカドホテルへ」

中から出て来たのは、小太りで額が後退した五〇過ぎの男性だった。

「ああどうも。社長いますか？」

男は貴子の顔を見ることもなく、ぞんざいな物言いをした。

「私が、当ホテルの社長を務めております松平貴子でございますが」

そう言われて男は初めて貴子を見た。

「ああ、そうでしたか。これは失礼。私、ふるさとファンドの轟木《とどろき》と言います」

貴子は秘書から聞いていたアポイントメントを思い出して、改めて頭を下げた。

「いつもお世話になっております。遠路はるばるお疲れ様でした。どうぞ中へお入り下さい」

彼女は轟木の手から黒い革の鞄を受け取ると、ロビーに案内した。

轟木は、ロビーに入ると感心したように辺りを見渡しながら呟いた。

「なるほど、これが創業一三〇年の伝統というやつなんですな。いやいや確かに豪華だ」

「ありがとうございます。当ホテルは外国からのお客様に日本建築の良さを感じていただこうと、日光彫という和洋折衷のインテリアを基調にしております」

轟木は何度か頷くと携帯電話を取り出して館内のあちこちを撮影し始めた。彼から一歩下がった位置で、ダークスーツを着た痩身の男性が控えていた。三〇過ぎくらいの、おそらくは部下であろうその男は、上司の振る舞いに気を留めることなく貴子に尋ねた。

「ここは、一泊おいくらぐらいなんですか？」

「お部屋のタイプや季節によっても違います。今月ですとオフシーズンですので、お安くご提供しております」

「お安くというと？　直接あなたにお願いしたら安くなるとか」

貴子が答えに窮していると、撮影を終えたらしい轟木が、二人の会話に割って入った。

「いやあ、失礼しました。女房がこういうの好きでしてな。ちょっと記念に撮らせてもらいました。では、お話をさせていただけますか？」

貴子は無礼な二人の態度にも表情一つ変えることなく、応接室に案内するために先に階段を上り始めた。螺旋階段を上がったところで、再び轟木が携帯電話を構えた。その間を利用して彼女は、部下の男にホテルのリーフレットを手渡した。

「ここに基本的なご案内がございます。あとはインターネットでお調べいただくか、直接予約係にお電話かメールでお問い合わせいただければ、ご回答致しますので」

男は恐縮したように頭をかきながら、リーフレットを受け取った。

「丸尾君、君には分不相応でしょ。もらうだけ無駄です」

「えっ、そうですか。でも、たまにはこういうリゾート風なところに泊まってみたいじゃないですか。ほら案外安いですよ」

彼は早速開いたリーフレットを轟木に見せた。だが轟木はそれには一瞥もくれず、貴子に頷いた。

応接室に二人を案内した貴子は名刺交換をし、部屋の隅にある電話で紅茶を頼んだ後、財務担当取締役を呼んだ。財務担当取締役は、ふるさとファンドが財務のプロとしてスカウトしてきた人物だった。だが、貴子にはとてもエキスパートとは思えないような影の薄い人物だった。

すぐにドアがノックされ、今時珍しい黒縁の眼鏡に五分刈り頭の当人が入ってきた。貴子は、隣に座った財務担当を紹介した。

「財務担当取締役の藤巻と申します」

轟木一朗と名乗った人物が差し出した名刺にはディレクターという肩書があり、丸尾和哉と名乗った部下のそれには、アソシエイトと書かれていた。轟木は黒革の鞄からシステム手帳と分厚いファイルを取り出すと、早速話を切り出した。

「お話は他でもないんです。実は、我々が保有している御社の株を買いたいというところが現れましてねえ。そのご相談です」

約一年前にMBOを果たした時、株式の七五%をふるさとファンドが所有し、残りを貴子と、現在鬼怒川ミカドホテルの社長を務めている妹の珠香とで所有することになっていた。

貴子は驚いて轟木の丸顔を見つめた。

「突然のお話ですね」

「まあね。しかしこういう話は、突然来るものです。ご承知だと思いますが、御社の株については、松平貴子さんと珠香さんに優先買い取り権が設定されていますので、そのお知らせに参った次第で。いかがされますか?」

「いかがされると申しますと?」

「そちらでお買いになりますか?」

「失礼ですが、弊社の株を買いたいというのはどこですか?」

「ある外資系の投資銀行です」

答えたのは丸尾の方だった。さっきまでの物見遊山に来たような顔つきから、冷たい無表情な顔になっていた。

「外資系の投資銀行?」

「ゴールドバーグ・コールルズ(GC)です」

「そこは、御社のファンドにも出資されているところですね」

「ファンドの出資者についてはお教えできないんですよ。で、そこがね、一株二〇万円で全株買いたいと言ってきましてねえ」

「倍で買われるということですか」

それまで沈黙を守っていた藤巻が、轟木が口にした数字に反応して初めて口を開いた。

「そうなりますかな。そうですね、最初の額面が一〇万円でしたから、倍か……」

藤巻はワイシャツのポケットからカード式の電卓を取り出し、数字を打ち込んでいた。

「確かそちらの持ち分は、七万五〇〇〇株。額面で七五億円相当でしたね。それを一五〇億で買われるというのですか?」

藤巻の問いに、轟木は笑みを浮かべて頷いた。

「まあ、そういうことになりますな」

「もし私どもが買い取らなければ、お売りになるのですか?」

貴子が言わずもがなのことを尋ねた。

「我々も慈善事業をやっているわけではないのでねえ。再生が始まってまだ一年ですから、手放すのが早いと言えば早いんですが、契約書を確認すると、一年を過ぎると譲渡制限が解除になるようなのでね。二月一七日が期限ということになりますな」

あと二週間余りで、一五〇億円を用意しろというのか……。

「ご支援をいただく当初は、日本を代表するクラシックホテルの再生支援に全力を尽くしてくださるというお約束だったと思うのですが……」

「そう言われると辛いんですよ。ただ、それは私の前任者の約束でしょ。ウチも人の入れ替わりが激しくてね。さらにご存じだと思いますが、政府系金融機関の在り方も問題視されているんでね。ビジネスもせねばならんのです」

あなたがたにとっては単なるビジネスの一つに過ぎないでしょうが、私たちにとっては死活問題なんです。

貴子はそう反論しそうになるのを堪《こら》えて、努めて穏やかに切り返した。

「この一件は、ホライズン・キャピタルもご承知なんですか?」

そもそもミカドホテルグループの支援をリードしたのは、ふるさとファンドを実質的に支配していると言われていた外資系投資ファンドのホライズン・キャピタルだった。

轟木の顔から笑みが消えた。

「なぜ、我々がハゲタカ外資から了承を得ねばならないのです」

「私どものMBOのアドバイザーとしてサポートしてくださいましたので」

「彼らは一切関係ありません。我々もねえ、困ってるんですよ。連中とちょっと関わっていたせいで、ハゲタカの手先のように言われてね。でも、実際は彼らとは何の関係もないんです」

貴子は途方に暮れるしかなかった。

「GCは、全部売ってくれと言ってるんですか？」

貴子の意気消沈を慮《おもんぱか》ってか、藤巻が質《ただ》した。

「もちろん。そうでないと、彼らも買う意味がないでしょ」

「買う意味がないというのは？」

貴子は、相手の言葉の意味が理解できず反射的にそう聞いていた。

「わざわざ未上場の株を元値の倍で買い取りたいと言う目的は一つです。すなわち、経営権の奪取」

轟木は、自明の理とばかりに言い放った。

「投資銀行が、ホテル経営を考えているということですか？」

「いえ、そうじゃないと思います。おそらく彼らの後ろに別のスポンサーがいて、その依頼で株を買いに来ているんでしょう」

丸尾の説明で貴子にも合点がいった。

「それがどこかは分からないんでしょうか？」

「まあ、そこまで詮索する義務はないんでねえ」

轟木の物言いに人を見下したような匂いを感じながらも、貴子はさらに抵抗を試みた。

「大株主であるふるさとファンド様に、もうしばらくご支援いただくという可能性はないと思うべきなんでしょうか？」

「そう思ってください」

目の前の男たちは、「相談」に来たのではなく「宣告」に来たのだと貴子は悟った。少なくとも彼らとは交渉の余地なしということだ。

「我々の方で、御社が所有されている分のうち、二万五〇〇一株だけ譲ってもらうことは可能ですか？」

傍らで電卓を忙《せわ》しなく叩いていた藤巻が尋ねた。そうすればミカドグループの経営陣が過半数を握ることができる。貴子にも、二万五〇〇一株の意味は理解できた。

轟木は渋い顔で隣の丸尾を見た。丸尾は上司に促されるように口を開いた。

「それは可能です。ただし、その場合の買い取り価格も一株二〇万円でお願いします」

「株の額面は、一株一〇万円ではないのですか？」

貴子の質問に轟木はため息をつき、丸尾が肩をすくめた。

「契約書の中では、御社に優先買い取り権を設定してあるのですが、おいくらで譲るかということについての記述がありません。そうなると、我々としてはフェアな価格で売らざるを得ないんで」

「五年間かけて、ミカドホテルをピカピカにします」と轟木の前任者が言った約束を反故にしようとしておいて、「フェア」が聞いて呆れた。

「つまり、五〇億円余りを用意しなければならないわけですね」

藤巻がそう質し、丸尾が頷いた。

「そうです」

そんな額を、二週間で調達できる目処《めど》なんぞなかった。貴子は恥を忍んで彼らに支援を求めた。

「その資金をご融資いただくわけにはいきませんか？」

轟木は呆れ顔で貴子を見つめた。答えたのは丸尾の方だった。

「それは難しいですね。ご存じのように、我々は金融機関ではありませんので……」

「例えば、御社のお口添えで政策復興銀行にお願いするというのは？」

藤巻の問いにも、彼らは首を横に振った。

「それも厳しいと思います」

余りの理不尽さに貴子の思考が止まってしまった。彼女の沈黙を「宣告」受諾の合図と感じたのか、轟木が立ち上がった。

「一七日までに弊社の方に、どうされるかをご連絡いただけますか？」

貴子は黙って頷くと、彼らのために応接室のドアを開けた。ちょうどウエイトレスが紅茶を手に部屋の前に立ったところだった。轟木はそれに気を留めることもなく、螺旋階段を一気に駆け下りていった。丸尾も逃げるように上司の後に続いた。

サービスのプロであるかぎり、最後まで彼らを見送るべきだった。だが怒りと悔恨のために、貴子はそれ以上彼らを追えなかった。二人の男がホテルからそそくさと出ていくのを見ると、貴子は無駄になった紅茶を受け取り一人応接室に戻った。そばにいたはずの藤巻も既にいなかった。

よりによって新しく投資をした直後に、こんなことが起きるなんて……。世界的リゾートグループのメンバーズ・ホテルに認定してもらうために一月中旬から整備を始めたばかりだった。その費用である約五億円の融資を受けるために、貴子は自分が所有している株を担保に入れていた。ミカドホテルグループが所有している日光と中禅寺湖の二つのホテルの土地と建物も、別の融資の担保にとられているため、それで融資を受けることも無理だった。既に現時点で万策尽きてしまっていることを自覚せざるを得なかった。

誰かに相談に乗ってもらうしかない。

彼女はその「誰か」に想いを巡らし始めた。いや、すぐに相談すべき相手の顔は浮かんでいた。だが彼女には、素直にその人物に頼めないこだわりがあった。彼のことを思い出すたびに、心の片隅で痛む古傷のせいだった。

でも、感傷を気にしている時ではない。

貴子はブレザーから取り出した携帯電話を開いた。そして、登録したものの一度もかけたことのないある番号を呼び出した。一秒ごとに緊張感が高まっていくのを抑えながら、貴子は携帯電話を握りしめていた。相手は一コールで出た。

〝おかけになった番号は、お客様のご都合により、現在……〟

予想すべきことだった。彼は約一年ほど前から日本を離れていると噂で聞いていた。携帯電話をそのままにしておくはずもない。

貴子は相手が電話に出た時に抱いたであろう精神的苦痛から逃れたことにホッとしながらも、目の前に立ちはだかる絶望感に潰されそうになった。

だが、ここで頭を抱えている余裕はない。それだけの額を調達するには、一刻一秒も無駄にしてはならない。彼女はホライズン・キャピタルの本社を呼び出そうと、今度は部屋の隅に置かれた電話の受話器を取り上げた。

電話のそばにあった鏡に我が身が映った。ちっぽけで貧相な三十女が、そこにいた。テニスとスポーツフィッシングに明け暮れた大学時代までの面影はもうない。日本人離れした美人ともてはやされるのが嫌で、妙に男っぽい格好をしていた容色もすでに褪せている。外資系ホテルの経営企画室で、大所帯のホテルを差配していた頃のシャープなイメージもない。鏡の向こうからこちらを覗いているのは、負け犬と世間が呼ぶ通りの惨めな女……。

そこまで落ち込んだところで貴子は我に返った。

ダメだ、私は負けない。いや、負けるわけにはいかないんだ。このホテルを守るため、私は全てを捨ててきたのだから……。

2

二〇〇五年二月一二日・日本上空

それが夢なのは、鷲津政彦にも分かっていた。

彼は白い調理着を着て厨房の中にいた。どうやら麺類を茹でているらしい大きな釜が二つ。その隣には、昆布と鰹から取っただしが釜の中で湯気を立てて、食欲を刺激する香りを漂わせていた。

「ええ匂いやなあ、おっちゃん」

カウンターの向こうから金髪碧眼の美男が、妙なイントネーションの関西弁で笑いかけてきた。

「こら、その変な関西弁やめろ、アラン」

だがアラン・ウォードは鷲津の言葉が聞こえないかのように、熱心にプレイステーション・ポータブル（PSP）に興じていた。鷲津の恋人だったリン・ハットフォードがその隣に座り、無言でこちらを見ていた。いつも強気で挑発的な彼女の目が、この日は憂いを帯びていた。ドイツ系特有の彫りの深い顔立ちのせいか、そんな表情もまた美しかった。

「なんだ、リン。似合わないメランコリックな顔をして」

彼女にも鷲津の言葉が聞こえなかったようだ。ただ黙ってカウンターの中を哀しげに見つめているばかりだった。彼女の視線が向けられているのが自分でないことに鷲津は気づいた。確かにカウンターの奥を見ているのだが、その先は鷲津から外れていた。

「あなた、おうどんの固さ、見てください」

うどん屋には場違いなノーブルな容貌の女性が、箸でうどんをつまんで差し出した。鷲津はそれを口に含んだ。

彼女は何という名だっけ？

うどんの固さを確かめながら、自分の〝女房であるはずの女〟の名前を必死で思い出そうとしていた。うどんの固さは食べ頃だった。鷲津が頷くと、彼女は慣れた手つきで用意したどんぶりにうどんを移した。

「やっぱりお似合いだなぁ、ボスと貴子さんって。おしどり夫婦ってこういうのを言うんですよね、ああっ、何するんです！」

突然リンが立ち上がり、アランのＰＳＰを取り上げて、煮立った釜に放り込んだ。周囲が唖然としているのを気にもせず、彼女は無言のまま店の引き戸を開けて出て行った。

「リン、待て！」

鷲津がリンを追いかけようとした時、彼は凄まじい力で引き留められた。気がつくと、鬼が鷲津の腕をつぶさんばかりに握りしめていた。鷲津は金縛りにあったように動けなくなった。そのそばで、アランが煮立っている釜に手を突っ込んでＰＳＰを救出し、火傷した手のまま再びゲームを続けていた。

「おいアラン、おまえ」

鷲津の言葉でこちらを向いたアランの顔も、また鬼になっていた。

リンが出て行ったのれんの向こうから、別の客が入ってきた。銀髪の五〇過ぎの男だった。その男の顔にも鷲津は見覚えがあった。だがまた名前が思い出せない。鷲津の腕を握りしめていた鬼が貴子に戻って、その客に声を掛けた。

「これは芝野さん、お久しぶりです」

芝野、という名が鷲津の中で大きく弾けた。途端、自分の体が何かに変化《へんげ》していくのを感じた。何だこれは！　と叫びそうになった瞬間、自分の姿が釜の中の湯に映った。そこにもまた鬼の顔があった。

「お客様、大丈夫ですか？」

フライト・アテンダントが心配そうに覗き込んでいた。

「どうやら悪酔いしたみたいだ。冷たい水をもらえないか？」

インドのニューデリー空港から飛び立った日航機が、ようやく日本の領空に入ったようだ。鷲津は差し出された水を一気に飲み干すと、アテンダントに礼を言ってシートを元に戻した。

一年ぶりの日本だった。

日本屈指のハゲタカファンドのトップとして名を馳せながらも、個人的な〝事件〟のせいで、日本を離れることを余儀なくされた。しかも海外滞在中、日本との連絡を一切絶つという厳しい制約が課されていた。その間、彼は可能な限りビジネスから離れ、興味ある国あるいは場所を選んで気ままに旅した。行く先々で得た収穫は計り知れなかった。中でも最後の滞在地として三ヵ月も逗留したチベットのラサでは、自分の中で燻《くすぶ》っていた精神的な澱《おり》を全て洗い流せた気がしていた。

それだけに今の夢がショックだった。彼にとって重要だった人間全てが鬼と化していた。挙げ句に、自分自身まで鬼の仲間入りをしていた。もっとも、自分だけはそう呼ばれても致し方ないことをしてきたのだが……。

冷たい水をもう一杯頼んだ鷲津の脳裏に、海外滞在中何度も自問自答した言葉が蘇ってきた。

今さら、日本に帰る必要があるのか……。

ジャズピアニストを志し二〇歳過ぎでニューヨークに渡った。ジャズピアニストとしては中途半端な結果しか出せなかったが、そこで別の才能を開花させた。大阪の商いの街・船場で生まれ、知らず知らずのうちに祖父から仕込まれていた商才だった。

彼は当時アメリカで屈指のレバレッジ・ファンドと呼ばれたKKL（ケネス・クラリス・リバプール）のトップであるアルバート・クラリスから強く乞われ、ピアニストの道を諦めて、彼が率いるファンドの一員になった。数年のうちに全米屈指のソーサー（企業買収者）となった鷲津は、いつしか〝ゴールデンイーグル（イヌワシ）〟と呼ばれるまでになっていた。

その勢いのまま九七年に「一〇年で日本をバイアウトする」と豪語して帰国。KKLの日本法人ホライズン・キャピタルを設立した後は、宣言通り次々と日本で企業買収を始めていた。

だが、ファンドの世界に身を投じるきっかけとなった出来事の落とし前をつけた直後から、虚無感に苛《さいな》まれていた。ただ、自分の凄さを誇示するためだけに、ガツガツと不良債権や企業を買い漁る己の醜さが嫌になっていた。

それまでも、いくら金を稼いでも、激しいディール合戦に勝ち抜いても心はどこか冷めていた。それでも目的があった頃は良かった。しかし、大願成就してしまうと、それ以上会社を買うことも、日本という国に一泡吹かせてやろうという情熱もなくなってしまっていた。

俺は何者だ。俺は何がやりたいんだ……。

彼が日本を離れたのは、旅をしながらその答えを見つめてみたくなったためでもあった。だから日本語はおろか、英語もフランス語も通じないような辺境ばかりを敢えて選んだ。残念ながら自分が求めた答えは旅でも見つけられなかった。ただ一つだけ漠然と感じたのは、文明社会に背を向けた生き方こそ自分にふさわしいかも知れないという想いだった。

都会に蠢く醜い動物のままでは、いずれ自らを破滅に追いやることになる。ならば、静かに余生を送り人知れず死んでいきたい。その想いは日々募った。にもかかわらず自分は、こうして予定通りに日本に戻ろうとしている。

降ろしていた窓のシェードを上げて、彼は雲の下を覗き込んだ。

この国独特の急峻な山々に雪が降り積もっていた。眼下の列島は自分の帰国を静かに迎えてくれているように見えた。

しかし、鷲津にはこの国は「絶望の大陸」にしか見えない。長い歴史の中で熟成された御上《おかみ》に盲従する社会、事なかれ主義を尊ぶ為政者、そして何が起きているのかを見ようともせず、日々の暮らしに享楽する人々……。

にもかかわらず旅の先々で見ず知らずの人間から「日本が大好きだ」「良い国だ」と褒められた。

そのたびに鷲津は「本当の日本を知らないからだ」と言い続けた。

だが「本当の日本」とは何だろうか。少なくとも正義や道理のために命を擲《なげう》つ国ではないことだけは確かだった。現代の日本には、外国人が喜ぶ「武士道」も「ハラキリ」の跡形もない。

「日本は世界一豊かで安全な国。清潔だし食べるものもおいしい。そして素晴らしい工業国だ」

何をもって豊かと呼ぶかは別にして、概ね彼らが賞賛する日本のイメージは当たっている。だがその一方で、自分たちが何を持っていて、世界から何をうらやましがられているかに気づかない国であることも改めて知った。

「僕は日本でサラリーマンになりたい。サラリーマンになったらずっと給料をもらえるし、素晴らしい家に住めて良い車にも乗れる。スーパーマンよりサラリーマンの方がずっといい」

カナダのケベックで地元の男にそう言われた時、鷲津は大笑いした。だが、おそらく旧ソ連や中国より社会主義的な安定社会が、日本に長い間存在したことは事実だろう。

そしてその社会が生み出したのがサラリーマン幻想だった。学歴社会を勝ち抜き有名企業に入社さえできれば、後は死ぬまで安泰。日本的ムラ社会がそのまま残る「カイシャ」の風土に異論を唱えることはタブーだが、その見返りとして定年までの安定収入が約束される。退職時にはそれ相応の退職金が手に入るだけではなく、死ぬまで年金も入ってくる。

「一度会社に入ったら死ぬまで面倒見てくれるんだろ。家も教育も旅行も全部会社が提供してくれるそうじゃないか。日本は素晴らしい国だ」。ケベックの男はそう言った。

鷲津の下で日本のビジネスと企業買収を学んできたアラン・ウォードから、「サラリーマンって何語？」と聞かれたことがあった。

「もちろん、日本語よ」

その時一緒にいたリン・ハットフォードは、それこそが羊のような日本人を生み続ける元凶だと吐き捨てた。東洋哲学の権威を父に持ちながら、自らは金融界に進み、米国大手投資銀行ゴールドバーグ・コールズの日本代表まで上り詰めたエリートのリンは、罵声を浴びせながらも日本の衰退を嘆いていた。だが彼女も、今は日本を離れニューヨークで暮らしている。

かつて鷲津は、父から「正義のために死ねるか」と言われたことがあった。放蕩の限りを尽くし家庭を顧みなかった父に、「正義」という言葉は似合わなかった。にもかかわらず、いつしか自分の中で、その言葉は重い枷《かせ》になっていた。

正義なんぞ青臭いと思った。自分自身は、ハゲタカだのファンド資本主義の寵児だのと言われることに何の痛痒も感じなかった。しかしその一方で、彼は金が全ての世の中を憎悪し、資本主義なるものをぶち壊すことに血道を上げた。

それが正義なのか、それが俺の生きている意味なのか……。

「いや、そんなきれいごとじゃないな」

「あの、お客様、何でございましょう？」

さっき鷲津を悪夢から救い出してくれたアテンダントが耳ざとく尋ねてきた。改めて見ると、痩身でボーイッシュな彼好みの美人だった。

「君はとてもきれいな瞳をしているなって言ったんだ」

わざと英語で言った。彼女は顔を赤らめて「ありがとうございます。お客様はとても涼しい目をなさっています」と英語で返してきた。

「じゃあ、素晴らしい瞳の出会いに感謝して今度食事でもどう？」

鷲津の言葉に、彼女は柔らかな微笑みを浮かべただけで消えていった。

これが俺じゃないか。自らの欲望にだけ素直で貪欲なハゲタカ。女と金のなる木には見境なく襲いかかる。それが鷲津政彦だ。俺には、哲学的黙考も自省も似合わない。

心の中で呟いた彼は口元を歪《ゆが》め、眼下で彼の帰りを待つ「欲望列島」を再び見下ろした。

「お待たせしました」

先ほどのアテンダントが、彼の前にシャンパンを置いた。鷲津は、彼女の真意を測りかねるように端正な横顔を覗き込んだ。だが彼女は軽く会釈するだけで、彼から離れていった。

真意はグラスの下に隠されていた。シャンパングラスの下に敷かれていたコースターに、一一桁の数字が記されていた。

鷲津は客席の向こうからこちらを見ているアテンダントに軽くグラスを掲げ、彼女の瞳と自分の帰国に乾杯した。

3

二〇〇五年二月一二日・成田空港

ここを発ったのが昨日のことのように思えるほど、空港には何の変化も感じられなかった。無機的なデザインの冷たい空間、黙々と入国ゲートに急ぐ日本人と、カメラとビデオを構えて早くも東洋の秘境・ジパングの魅力を撮ろうとしている外国人観光客。そして、彼らに交じってアタッシェケースとパソコンバッグを持ち、一分の隙も見せずに人混みを縫っていくダークスーツの男女。彼らこそが、世界中の富を漁っているビジネスエリートという怪物だった。

鷲津は、そのいずれからも離れて広い到着フロアをゆっくりと歩きながら、祖国の地を踏みしめていた。

帰国の連絡は、彼の友人であり、海外放浪の間も唯一連絡を取っていた外資系調査会社クーリッジ・アソシエートの日本代表サム・キャンベルにすら伝えていなかった。しばらくはひっそりと熱海の温泉にでも浸かって、身の振り方を決めてから連絡するつもりだった。

イミグレーションゲートでは、無意識のうちに「フォーリン・パスポート（外国人）」の列に並んだが、ジャケットのポケットから赤のパスポートを取り出して、自分の並ぶ列が違うことに気づいた。

やれやれ、すっかり無国籍人が染みついてしまっているようだ。

彼はチベットで伸ばした髭を撫で、パスポートの写真とは別人のような自分を認識してくれるのかと思いながら、日本人用のゲートに入った。

パスポートの写真と同じなのは、逆三角形の痩せた顔立ちと鋭い眼だけで、髭同様に髪もずいぶんと伸びていて、怪しい破戒僧か昔気質のハードロッカーにしか見えなかった。一方のパスポートの写真の顔は、目つきの鋭さを除けば貧相などこにでもいる中年サラリーマンだった。長髪と髭、そして辺境を歩き回ったためにこけた頰のお陰で、意識して隠していた野性味が滲み出ていた。

入国審査官は長い間、二人の「鷲津政彦」を見比べていたが、鷲津が「何か問題あんの?」とわざと関西訛りで尋ねたところで、納得したように無言でパスポートを返した。

国際線到着ロビーに出て数秒後に、サングラスをかけた黒ずくめの巨漢が二人、鷲津の両脇に立った。それをわざと無視して、彼は相変わらずのゆったりした足取りで混雑するロビーを歩いた。

「お帰りなさい、ミスター・キャンベルの指示でお迎えに参りました」

右側の男が鷲津の耳元で囁いた。

「お迎えをお願いした覚えはない。帰ってくれないか」

鷲津は煩わしそうに吐き捨てた。

「申し訳ありませんが、我々の指示に従ってもらえませんか」

鷲津は立ち止まり、自分より頭一つ大きい男を見上げた。

「断る」

「命に関わる問題ですので」

「俺の命は俺が守るよ。安心してくれ」

だが彼らは安心するつもりはないようだった。両脇を抱えられるようにして、鷲津は強制的にターミナル出口まで〝連行〟された。自動ドアの真っ正面に駐車していた黒塗りのワンボックスカーの前に進むと、後部のスライドドアが開いた。そこでようやく鷲津を脇から抱えていた二人の力が緩んだ。車内から懐かしい顔が覗いた。

「これはＶＩＰ待遇のお出迎え、痛み入る。何だ、スパイ映画でも始まるのか？」

サム・キャンベルは微笑みを浮かべて鷲津を迎えた。

「お帰りなさい。荒っぽいお出迎えをして申し訳ありません。ちょっと事情がありまして。車内でご説明致しますので乗ってください」

選択の余地がないことを悟ると鷲津は肩をすくめ、サムの隣に乗り込んだ。

「相変わらず謹厳実直男を貫いているようだな」

「何です？」

サムは少し驚いた顔をした。彼には珍しい表情だった。

「その格好だ。一年前に成田に見送りに来てくれたときと同じ格好じゃないか」

一年会わない間にサムの頭には白髪が増えたように見えた。だが、それ以外は何も変わらず、贅肉一つついていない。そして相変わらず、車の中ですらスリーピーススーツのボタンを留めて背筋を伸ばしていた。

「お分かりになりましたか？　何だかそういう気分だったんです」

冗談のつもりで言ったのだが、サムがしみじみとそう返してきたので、鷲津は呆れ顔で動き始めた車の外を眺めた。

「で、このご歓待の理由は何だ」

「アランが亡くなりました」

何の感情も込めずサムはそう言った。鷲津はしばし思考がショートしたようだった。

「今、何と……」

「昨年一二月、銀座線の京橋駅ホームから転落して……」

胸が締めつけられるように苦しくなり、続いて耳鳴りが襲ってきた。鷲津はこれは悪いジョークだと自分に言い聞かせながらサムを見た。彼の表情は先ほどと全く変わっていなかった。ただ、その眼の厳しさが鷲津に現実を告げていた。

「昨年一二月だと！　なぜ、すぐに知らせなかったんだ！」

「申し訳ありません。上とも相談したんですが、調査が終わるまで政彦に戻ってもらうわけにはいかなかったんです」

「何の調査だ？」

様々な感情がうねり交錯した鷲津には、サムの言葉の意味がなかなか理解できなかった。サムは、一呼吸置いてから静かに答えた。

「アランの死についての調査です」

条件反射のように、鷲津の頭に「殺人」の二文字が浮かんだ。ほぼ同時に、「俺のせいだ！」という自責が彼の心を抉《えぐ》った。情けないぐらい自分が動揺しているのが分かった。このまま高速道路を疾走している車から飛び降りたいような衝動が襲ってきた。奥歯を強く噛みしめることでそれを何とか堪え、大きく息を吸った。そして言わずもがなの質問を口にした。

「つまり、アランは殺されたということか？」

「…………」

サムは前方を見続けていた。鷲津に険しい視線を向けられても彼はその姿勢を崩さない。

「サム……」

自分でも驚くほど感情を抑えた言葉がこぼれた。

「まだ分かりません」

「まだ分からんとはどういうことだ。もう二月なんだぞ」

サムは鷲津の方を向いた。

「申し訳ありません。情報が錯綜している上に、警察の動きも不可思議で……」

「警察の動きが不可思議とはどういうことだ」

「彼らは事件の直後にすぐ事故死と発表して、捜査を打ち切りました」

鷲津の鳩尾《みぞおち》辺りに鈍痛が走った。

「何が言いたい」

「何も。軽はずみな答えは出したくないんです。いずれにしても、全てのことを考慮した上で、しばらくの間あなたをお守りすべきだと思って」

俺を守る。何からだ……。

鷲津の目がそう言っているのをサムは感じ取ったようだ。

「何から守るかも分かりません。そもそもアランは事故死の可能性もあります。相当酔っぱらっていたという目撃証言もあります。彼の体内からは相当量のアルコールが検出されています」

「アランは下戸《げこ》だぞ」

「分かっています。ただ政彦が日本を離れてから、かなり飲むようになっていて……」

それも俺のせいじゃないのか。仕事はできたが真面目過ぎるアランには、鷲津の代理は荷が勝ちすぎたということじゃないか。

「アランのその日の行動も、彼がなぜ京橋駅にいたのかも分かっていません。もし誰かに殺されたとしても、その原因については全く分かっていないんです」

俺のせいに決まっているじゃないか。なぜ、そんな分かり切ったことすら言えないんだ！

サムは鷲津からぶつけられた厳しい視線に動じることもなく話を続けた。

「しばらく帰国を延期してもらおうと思いました。しかし、あなたとの連絡がつかない。ようやく消息をつかんだ時には、既にあなたはニューデリーを飛び立っていたんです。一体、どこに行ってらしたんです？」

「ラサだ」

「ラサ？」

「そう、チベットのな」

サムは、鷲津との連絡がつかなかった理由が腑に落ちたように何度も頷いた。

「で、どうするつもりだ」

「ひとまず幕張のプリンスホテルに入ってもらいます。数日だけです。その後、我々が手配した場所に移動してもらいます」

「まるで亡命者だな。そんなことはお断りだ」

「政彦！」

サムが声を荒らげるのも稀なことだった。彼の目が哀しげに揺れていた。鷲津はそれを見てしまったことが嫌で、窓の外に視線を泳がせた。

「俺のせいでアランが殺されたのなら、俺を囮《おとり》にすればいい。俺が表に出て何も起きなければ、原因はアラン自身ということになる。分かりやすい話じゃないか」

「自分を何様だと思っているんです。もし相手がプロだったら、あなたを殺すことなんぞ簡単です」

言ってくれるじゃないか……。

「相手がプロなら、どこに隠れても消される時は消されるんじゃないのか。どうせ死ぬなら、意味のある死に方をしたいからな」

「そうはいきません。私はあなたを守るのが仕事なんです。これは私自身のプロの意地でもある」

鷲津は、呆れ顔でサムを見た。

「そうか。じゃあ好きにやってくれ。だが、俺はそう長く隠れないぞ。俺は俺でアランの死の謎を解いてやる」

あの夢はそういう意味だったのか？　アランが、俺に「鷲津さんは、昔からの夢だったうどん屋の主をやってくださいよ」と告げるための。

今まで味わったことのない虚脱感と後悔が襲ってきた。俺はやっぱりあのまま世界を放浪しているべきだったのかも知れない……。

車は流れを縫うように疾走し、鷲津は過ぎてゆく風景をただぼんやりと眺めていた。

4

二〇〇五年二月一二日・幕張

幕張プリンスホテルの四五階のロイヤルスイートルームで、鷲津は長身の白人に迎えられた。

「誰だ、おまえは？」

鷲津が険しい表情でわざと日本語で訊ねると、相手は満面の笑みを強ばらせた。その気まずい空気を、サムが救った。

「ホライズンの新社長、ピーター・マイスキーさんです」

「ピーター、こちらがミスター鷲津だ」

一度剝げかけた笑みを再び戻して、ピーターは大仰に手を広げて鷲津に近づき、大きな両手で鷲津の手を握りしめた。

「初めまして。ピーター・マイスキーです。アメリカより、鷲津さんの下で勉強してくるように言われてやって来ました」

「出て行け」

鷲津は長身のピーターを見ようともせずに、押し殺したような声で吐き捨てた。ピーターは日本語があまりできないらしく、救いを求めるようにサムを見ていた。だがサムは全く無表情のまま視線を窓の外に向けていた。早くも暮れ始めた空の下で、二月の冷たい海がうねっていた。

「ゲッタウト！」

鷲津は英語で同じ意味の言葉を、一音ずつ区切って言った。ようやくサムが動いた。彼は反論しようとするピーターの前に立ちはだかり、耳元で何かを囁いた。その言葉にホライズンの新社長は肩をすくめ渋々頷くと、サムに寄り添われるようにして部屋を出て行った。

鷲津は一人残された部屋の窓際に立った。眺望の良さを誇る超高層ホテルだったが、その窓から見える景色は灰色の海ばかりだった。だが、今の鷲津にはその荒涼感が逆に救いに思えた。

すぐにノックの音がしてサムが戻ってきた。

「すみません。今日はやめるように言ったんですが、どうしても挨拶をしたいと言ったもので」

鷲津は頷いただけで、ミニバーからスコッチとバーボンのミニボトルを持ってきてグラスにあけ、バーボンをサムに手渡した。普段なら仕事中だと言って断るサムが黙ってグラスを受けた。鷲津は、軽くグラスを掲げてスコッチを一気にあおった。琥珀《こはく》色の液体は喉を焼き、胸を焦がした。だがそこから先は何も感じなくなり、彼の哀しみが癒されることもなかった。

「じゃあ、聞かせてくれ」

サムは頷くと、ファイルを広げたダイニングテーブルに鷲津を誘った。六人は座れる楕円形のテーブル一杯に、様々な資料と二台のパソコンが置いてあった。サムはパソコンの前に鷲津を座らせると、隣に腰を下ろした。

「アランの事件に関する捜査報告書のコピー、事件を報じる記事、そして我々が独自で調査したリポートです」

サム・キャンベルが日本代表を務めるクーリッジ・アソシエートは、アメリカに本社のある民間の調査会社だった。サムもそうだが、かつて政府の情報機関に籍を置いた者が社員の半数近くを占めていた。そのため民間とはいえ国内外の政府情報も入手できるし、独自の調査で企業の内部深くの情報まで手に入れることが可能だった。

鷲津とは既に長いつきあいで、ホライズンが「ハゲタカビジネス」で成果を上げられたのも、サムの情報収集力あってこそだった。それだけでなく、サムには鷲津の個人的な問題で古い刑事事件の調査を依頼したこともあり、今や切っても切れない仲と言えた。

鷲津はまず記事のスクラップを手にした。量も内容も想像以上に薄いものだった。

外資系ファンド社長　転落死

いきなりそんな見出しが目に飛び込んできた。

他のものも概ねベタ記事で、外資系ファンドの社長が地下鉄のホームから転落死したことを、淡々と伝えていた。アランが一人でホームの端をフラフラ歩いていたという目撃証言と、検死の結果、体内から大量のアルコールが検出されたという情報を踏まえ、警察は「事故死」と断定していた。ただ、特殊な雑誌だけが大きく扱っていた。

『アンダーグラウンド』という社会や経済の裏情報を主に扱う雑誌に、〝謎だらけの外資系ファンド社長の転落死〟と題した記事が出ていた。

そこには、死んだアランがほとんど酒を飲まなかったこと、彼が国内では指折りの投資ファンドの敏腕社長であり、また同社の会長が長期にわたって日本を留守にしていて連絡がつかない状況にあることなどが記されていた。さらに、警察の捜査がおざなりだったことも触れられていた。そして、「従来から企業買収や不良債権処理の陰で、こうした不可解な人の死はままあった」と指摘。アランの死が「本当に単なる事故死かどうか、謎は深まるばかりだ」と締めくくっていた。

「この雑誌のネタ元はおまえさんか?」

サムは表情を変えることもなく肩をすくめた。

「少し餌を撒いてみたんです。周囲がどういう反応をするか」

「どうだった?」

「全く反応はありませんでした」

だが鷲津にはこの時点で確信があった。これは事故死ではない。アランはそそっかしかったが、地下鉄の駅から転落するようなタイプじゃない。日本が大好きな彼には、日本で暮らす外国人にありがちな激しいホームシックもなかった。また、楽観的な性格を考えても、自殺もありえなかった。

「キャンベル代表の意見は?」

「まだ意見を述べる状況ではありませんが、不可解なことはいくつかあります」

「例えば？」

「警察の調書にある目撃者の住所氏名はでたらめでした。捜査関係者によれば、そういうことはたまにはあるそうですが、引っかかります。また、アランの体内から検出されたアルコールの量も多すぎます。量にしてボトル一本ほどに相当します。確かに、アランの酒量が増えていたという証言はありますが、そんなに飲んだという話は聞いたことがない」

鷲津も同感だった。

「そもそもアランは、京橋駅に何の用があったんだ？」

サムは答える代わりに、鷲津の左手にあったノートパソコンを開いた。

「アランのパソコンです。彼のスケジュール表では、この日は夕方まで大手町の法律事務所で打ち合わせをした後、空欄になっています」

鷲津はその前後の予定を見た。空欄が多かった。

「これ以外にないのか、アランのスケジュールが分かるものは。あいつはパーム（ＰＤＡ・携帯情報端末）を持っていたはずだろ」

アランは常に、マッキントッシュの手のひらサイズの端末機を持ち歩いていた。そこにスケジュールや、鷲津やリンからの指示をメモしていたのを覚えている。

「残念ながら、見つかっていません」

それこそが、アランの死が事故でない証拠なのかも知れない。

「女関係は？」

「そのあたりは分からないんです。ただご存じの通り、女が嫌いだったわけじゃない。キャバクラだのクラブだのの女とのつきあいもありました。しかし、彼を殺しそうなほど憎んでいるような相手は見つかっていません」

憎しみだけが殺人の動機じゃないだろ、サム。

「特定の相手は?」

サムは首を振って、別のファイルを取った。

「アランのプライベートについては、我々はノーマークでした。なので情報の精度に問題はありますが、これがアランと関係があったとされる女性のリストです。特に気になる人物はいません。彼が特定の誰かとつきあっていたという情報もありません」

鷲津が日本を離れるまで、アランとは寝食を共にしていたと言っていい。だが、鷲津自身がプライバシーを大切にしていたこともあって、アランがオフをどう過ごしていたのかを詮索したこともない。そう言えばつきあっている女性を紹介されたこともなかった。

いずれにしてもアランの死が事故でないなら、その理由はプライベートではなく、仕事に絡んでいる可能性が高い。鷲津はそう見ていた。

「彼が抱えていた案件は?」

「一応、ここに全て揃えてあります。ただ、既に御社はバルクセールや不動産関係をほとんど扱っていません。ゴルフ場の開発程度ですよね。それ以外は概ね企業再生案件です。これらの内容については私では分かりかねます」

買収案件でトラブルがあったのは、不良債権や不動産に関係したものが多かった。多くは債権者の中に暴力団の企業舎弟が絡んでいたことが原因だった。

「最近、奴が追いかけていたものは？」

サムが鷲津の手元にあった黒い分厚いファイルを開いた。

「鈴紡《すずぼう》？」

大阪に本社がある、日本の代表的な紡績と化粧品の会社だった。

「ここの役員と頻繁に会っていたようです」

「アラン以外の担当者はいるのか？」

「前島さんが担当していたようです」

前島朱実《まえじまあけみ》は、二八歳のエネルギッシュなアソシエイトだった。慶応を卒業した後、ニューヨークでＭＢＡ（経営学修士）を取得。ゴールドマックスという投資銀行のＭ＆Ａアドバイザリー部に二年在籍した後、ホライズン・キャピタルに移籍してきた。鷲津も仕事を一緒にしたことがあった。時に若さが目立つこともあったが、人とのコミュニケーションの大切さをよく理解した将来の有望株だった。彼女がアシスタントであることからも、この案件に対するアランの思い入れが理解できた。

「前島は、まだ社に在籍しているのか？」

「ええ、そう聞いています」

ならば詳しいことは彼女に聞いた方がいい。

鷲津は、アランの死を聞いて以来ずっとわだかまっていたことを口にした。

「俺のせいじゃないのか？」

「何がですか？」

「アランが死んだのは俺のせいじゃないのか？」

「分かりません。ただ、あなたに対する示威行為なり報復攻撃だったとした場合、タイミングとしておかしくないでしょうか？」

鷲津が一年日本を離れたのにはわけがあった。サムと共に長年追いかけたある事件の落とし前をつけるため、メガバンクが守り続けていた極秘情報をアメリカのメディアに流したのだ。その結果、当時の政財界に衝撃が走った。鷲津は、サムやホライズン・キャピタルの親会社であるＫＫＬのトップから、身の安全のために日本を離れるように強く言われた。自分が取った行動に何一つ後悔のない鷲津はそれを拒絶し続けたが、度重なる妨害や脅迫めいたことが起こり、彼だけではなくホライズン・キャピタルの社員全体にも危害が及ぶ可能性が出てきたため、渋々日本を離れていた。

「報復するのにタイミングなんかないぞ。むしろほとぼりが冷めるのを待っていた可能性もある」

そんなことはサムだって百も承知だろう。だから鷲津をここまで強制的に拉致してきたのだ。

「いずれにしても、まだ全てが可能性です」

「そうだな。色々とありがとう。これらの資料は、じっくり読ませてもらう」

サムがミニバーから、鷲津のために新しいスコッチのミニボトルを、自分にはミネラルウォーターを手にして戻ってきた。

「アランの遺体は？」

「ボストンに運ばれて埋葬されました」

鷲津は、アランの両親が日本にやって来た時のことを思い出していた。

アランと同じファーストネームを持つため「シニア」と呼ばれている彼の父は、ボストンで三代続く企業弁護士事務所の総帥であり、地元の名士としても知られていた。彼の事務所は企業法務が中心だったが、彼自身は大きな連邦法訴訟にも関わるなど法曹界の重鎮で、アランに言わせると「いずれは連邦最高裁判所の判事になる可能性もある」のだという。また、熱狂的な民主党支持者で、党の大統領選任委員会のメンバーでもあった。

シニアは三歳から一〇歳までを東京で暮らしたのだという。彼の父がGHQの法律顧問として日本に滞在したからだ。以来、ウォード一族は大の日本贔屓《びいき》になる。アランはそのウォード家の御曹司であり、将来は父の事務所を継ぐべく育てられた。

しかし、彼の興味は法律ではなく、経済と企業経営にあった。その結果、アランはハーバード大学でMBAを取得し、父が顧問弁護士を務めていたゴールドバーグ・コールズのメンバーとなった。そしてニューヨーク本社のM&Aアドバイザリー部で実績を積んだ彼は、鷲津とほぼ同時期に日本へやってきた。そこでアランは企業買収に直接携わりたいと東京とニューヨークのボスを説き伏せ、三年間という条件付きで、鷲津が立ち上げたばかりのホライズン・キャピタルのメンバーになったのだ。

アランの両親が日本にやって来たのは、二〇〇一年の秋だった。痩身だったアランと違い、シニアは恰幅も良く学究肌の印象があった。物静かな雰囲気がある一方で、法律家としての厳格さも併せ持っていた。取っつきにくいわけではないのだが、腹の内が分からないところがあり、彼らを連れて日光や京都を案内した鷲津も最初は気苦労が多かった。だが、シニアも懐かしい日本の風景に接するうちに、徐々に鷲津らに打ち解けるようになった。母親のアグネスは小柄で細身の美人で、細やかな気配りをする温厚な才女だった。彼女は何にでも驚き感動してくれた。

「俺はアランの両親に合わせる顔がない」

「彼らは政彦に会いたがっていました。葬儀に列席したリンと私が事情を説明したので、分かってはくださいましたが……」

リンとは、かつて鷲津の公私にわたってパートナーだったゴールドバーグ・コールズの元日本法人社長だった。彼女はアランを弟のように可愛がっていた。

鷲津は、アランの両親が日本を去る前に言ったことを思い出した。

「アランにとって初めての外国暮らしでとても心配していたのだが、あなたがいてくれて安心した。息子をよろしく頼む」

彼らの帰国前に都内のホテルで催した夕食会で、鷲津はシニアから手を握られてそう言われたのだ。今でも彼の大きな柔らかい手の感触が残っていた。

なのに俺は、アランを守ってやれなかった……。

「俺がシニアなら、鷲津という男を許さんぞ」

「政彦、もう自分を責めるのは止めてください」

「シニアはアランの死について納得しているのか？」

鷲津はサムの諫言を無視した。

「分かりません。あの人は心の内を簡単には明かしませんから。ただ、表立って動いている形跡はありません。また、あなたが帰国したらぜひボストンに墓参りに来て欲しいと言付かりました」

「どの面下げて行くんだ……」

鷲津はそう言って窓の外を見た。窓の外は既に漆黒の闇だった。

本当は今すぐにでもアランが眠るボストンに飛んで行きたい。だがアランがなぜ死んだのかも分からない状況では、シニアらに合わせる顔がなかった。いやそれ以上に、俺は今、彼らと会う勇気がない……。

隣に並んだサムが呟いた。

「久しぶりにこんな海を見ました」

「暗黒の海だな」

「やっぱりおやりになるんですか？」

「何を？」

「アランの死の謎を解くことです」

「俺は探偵じゃないからな」

サムが視線を向けた。鷲津の言葉の真意を探っているようだった。

「あなたは探偵どころか考古学者のように全ての石の裏側を覗く人だ」

「うどん屋でもやろうと思っている」

「念願の夢を果たすと？」

日本一のきつねうどんの店を開くというのは、鷲津が昔から口にしていた戯《ざ》れ言《ごと》だった。サムもそれを覚えていたようだ。

「日本に帰る前にうどん屋をやっている夢を見てね。アランも店に来ていた」

愚かだった。そんなことを言えば、せっかく封じ込めた感情がどうなるか分かっていたのに……。案の定、腹の底から激しい感情が込み上がり目頭と唇を刺激した。

鷲津はそれをサムに見られたくなくて、窓際に近づいた。全てを呑み込んでしまいそうな漆黒の海が見えた。

5

二〇〇五年二月一四日・三浦半島

三浦半島には寒風が吹きすさんでいた。バスから降りた貴子は、湿り気を帯びた風に凍え、コートの襟を立てた。日光の乾いた空っ風とは異なり、同じ冷たい風でも三浦半島のそれは潮の香りがした。久しぶりに嗅ぐ香りだった。

遥かに広がる太平洋。だがこの日の海は大時化《おおしけ》で、海面から一〇メートルほどの高所にある国道にいても、牙を剥き出しにした波濤にさらわれてしまいそうだった。自分がさらされている逆境を象徴するような景色だった。彼女は魅入られたようにその景色を見つめていた。

平常心の時なら、この猛々《たけだけ》しい海からでも勇気がもらえそうだった。だが今は、景色の雄大さが逆に彼女の孤独感を募らせた。

彼女は海に向かって大きなため息をついてから、バス停の先にある白い建物を目指して、人ひとり歩いていない坂を上り始めた。

国立三浦アルコール症センター。国立の医療施設としては唯一アルコール依存症の専門病棟を有する同センターは、戦後すぐに、結核の療養所として誕生した。そして昭和三八年（一九六三）にアルコール専門病棟が誕生し、以来日本におけるアルコール依存症治療の中心的存在になっていた。

貴子はそこにいる知人を訪ねようとしていた。昨年までミカドホテルグループ再生のアドバイザーを務め、グループ再生のためのスポンサー選定にも知恵を貸してくれた芝野健夫だった。彼は会長を務めていた栃木県の中堅スーパー恵比寿屋本舗を辞して、栃木を去っていた。

以来連絡が途絶えていたのだが、恵比寿屋で芝野の後を襲って社長に就いた宮部みどりという女性から、彼の妻がアルコール依存症で三浦半島の病院に入院したため、毎日付き添っているという話を聞いた。その情報を得たのは、一週間前だった。株の売却問題で芝野の知恵を借りたいと思っていたのだが、事情を聞いてしまった貴子は気が引けた。相談事を持ち込めば、彼に迷惑をかけることが分かっていたからだ。だが、結局はこうして日光からのこのことやってきてしまった。

彼に会って一体何を相談するつもりなのだと自問しながら、貴子はセンターの玄関に続く道を重い足取りで上っていた。

時刻は午後一時を過ぎていたが、外来病棟の中は診察を待つ人で溢れていた。彼女は、薄暗いロビーの片隅にあった総合受付に近づいた。宮部は、直接病室を訪ねることはできないが、総合受付で芝野を呼び出してくれるはずだと教えてくれた。

「私からもよろしく言っていたとお伝え下さい」。宮部は、いつもより少し沈んだ声でそう貴子に言づてを頼んだ。もともと宮部は、都銀時代の芝野の部下だったという。芝野が友人の懇請で旧えびす屋の再建のために宇都宮にやってきてしばらくして、彼女もえびす屋に移ってきた。英語を母国語のように話せる才女だったが、誰とでも親しく話せる気さくな性格のおかげで、すぐにえびす屋に溶け込み、芝野をサポートしてきた。二人の頑張りで恵比寿屋本舗となった新会社は、当初の予定よりも早く再生を終え、今では栃木の優良企業になりつつあった。最大の功労者は、自ら先頭に立って接客し、億単位の個人保証までして社の再建に情熱を注いだ芝野である。だが、宮部がいなければ再生にはもう少し時間がかかっただろうというのが、芝野を含めた周囲の一致した見解だった。

彼女は芝野にとって必要不可欠な参謀であるだけではなく、そう遠くない将来芝野と結婚するのではないかという噂もあった。

貴子は総合受付で、付き添いでここに通う芝野健夫に会いたい旨を伝えた。

濃紺の制服を着た五〇過ぎの女性は受話器を上げると、芝野を呼び出し事務的に来客を告げた。

「こちらにいらっしゃるそうです。かけて待っていて下さい」

貴子はホッとして待合室の長椅子に腰を下ろした。

「会いたくない」と言われたらどうしようと思っていた。その時、自分は万策尽きたことになる。だが芝野が会うと言ってくれたことで、くじけそうになっていた気持ちが少しだけ勇気づけられた。もっとも、未だに彼に何を相談すればいいのかは分からなかったのだが……。

「いやあ、お待たせしました」

懐かしい声が聞こえ、貴子は我に返って顔を上げた。

優しげな容貌の初老の男性が微笑んで立っていた。久々に見た芝野は銀髪になり、トレーナーにジーパン姿というラフな出で立ちのせいかずいぶんと印象が変わっていた。が、その人懐っこそうな瞳に以前の面影を見つけ、貴子は懐かしさが込み上げてきた。

「ご無沙汰しております。こんなところまで押しかけてしまって申し訳ありません」

「いえいえ、あなたのようなお客様なら大歓迎です。お元気でしたか?」

芝野は、以前より少し嗄《か》れ気味の声で貴子に微笑んだ。

「何とか生きているという感じです」

「そうですか。まあ、生きていることが大切です。お茶でも飲みますか?」

彼女が頷くと、芝野は勝手知った様子で外来病棟と隣接する食堂に案内した。

「食事はされましたか?」

「いいえ。でも、大丈夫です」

「私はちょっと食いっぱぐれちゃいましてね。よかったら、つきあってくださいよ」

四〇人程度が入る小さな食堂だった。既に昼食時刻を過ぎていたこともあって、人はまばらだった。芝野は、食券売り場でランチとホットコーヒーを二人分買った。そして、ランチの食券を彼女に手渡すと、厨房に向かって豚のショウガ焼きを頼んだ。貴子は彼につられるようにして天ぷらそばを注文した。

すぐに用意された料理を手に、二人は窓際に向いた席に横並びに座った。

「まあ、病院の食堂ですから御馳走とは言い難いが、なかなかいけますよ」

彼は貴子に割り箸を手渡すと両手を合わせた。貴子も「いただきます」と小さく言ってそばを食べ始めた。

「ここにいるのがよく分かりましたね」

豚肉とごはんを口に放り込んで芝野が呟いた。

「宮部さんに伺ったんです」

「なるほど。何かあったら困るので彼女にはここを教えていたんです。でも、もう少し遅かったら空振りでした」

「じゃあ、退院されるんですか？」

「ええ、余程のことがない限り入院は三ヵ月って決まっているんでね」

芝野の妻がここに入院しているということは、彼女が重いアルコール依存症にかかっているということだった。貴子はそれ以上芝野にその話を尋ねず、黙って頷いてそばを口に運んだ。

「退院してからが大変なんですけどね」

芝野は明るくそう続けた。

「ここに入院している間は、完全看護でアルコールが飲めない環境ですし、薬も飲みますから、たとえお酒を飲みたい衝動に襲われてもうまくセーブできるんです。でも、退院して日常生活に戻ると、誘惑はいっぱいですからね」

芝野の声に苦労は感じられなかった。以前、進んで逆境を買いに行くようなところがあると芝野が自嘲していたのを、貴子は思い出していた。

「これは知り合いから聞いたんですがね、一〇年断酒していた人が、ウィスキーボンボンをうっかり食べたことで再び逆戻りしたってこともあるそうなんですよ」

「逆戻りっていうと、またお酒がやめられなくなるんですか?」

芝野の話につい引き込まれて、貴子はそう尋ねてしまった。

「やめられないというか、いきなり連続飲酒して、結局そのまま入院したそうなんですよね。だから、私も妻と一緒に断酒です」

芝野がにっこりと笑って答えた。そばで眺める横顔には苦労の跡があった。宇都宮でえびす屋の再生をしていた頃の生き生きとした艶はない。だが、その横顔に刻まれた皺には、当時なかった優しさが感じられた。

「さてと、私のつまらん話をしてもしょうがないんで、貴子さんの相談を伺いましょうか」

料理を平らげた芝野が立ち上がり、トレイを厨房の片隅に返しに行ったついでにホットコーヒーを受け取った。貴子は急いでそばを口に運んだものの、結局半分以上残してしまった。

「じゃあ、伺いましょうか」

芝野はコーヒーにクリームを入れてから貴子を見た。

貴子は小さく頷くと、ここに来たわけを芝野に話し始めた。

6

二〇〇五年二月一四日・三浦半島

「あと一〇日で五〇億ですか。限りなく不可能だなあ」

芝野は貴子の長い話を聞いた後、彼女を病院の正面にある小高い丘に誘った。

貴子は、マフラーを巻きコートのボタンを上まで留めて、丘の中央にあるベンチに腰を下ろしていた。風は少し緩くなったようだった。そこからは太平洋が見渡せ、左手には房総半島、右手には三浦海岸が見えた。芝野は彼女の隣に腰を下ろすと、ため息混じりにそう切り出した。

「…………」

「すでに期限を一週間延ばしてもらっているということは、再延長も難しいだろうしねえ」

芝野は海を見ながら言葉を続けた。貴子は黙って波濤を見つめるしかなかった。

「おたくの再生プランには、ホライズン・キャピタルが噛んでいませんでしたか？」

「契約当初はそうでした。ファイナンシャル・アドバイザーという形でサポートしていただきました。でもふるさとファンドから、現在はもうホライズンは無関係だと言われました」

「おかしいなあ。ふるさとファンドは、実質的にホライズンが運営しているという話だったと記憶していているんですけどねえ。直接ホライズンにお尋ねになりましたか？」

「はい。ですが、答えは同じでした」

貴子がホライズン・キャピタルに電話を入れアラン・ウォード社長を呼び出してもらうと、先方はしばし言葉を失った後、「社長は代わりましたが」と返して来た。貴子は新社長に取り次いで欲しいと頼んだのだが、会議中ということで断られた。折り返しお電話すると言われながら何の音沙汰もなく、以降、何度か貴子から電話をして、ようやく社長の代理という者が応対に出てきた。

彼はふるさとファンドとの関係を否定し、ミカドホテルの株売却の話も与《あずか》り知らないと冷たく突き放した。最後に鷲津とアランの行方を尋ねると、「会長は長期の休暇中で、前社長は亡くなりました」と返されて貴子は呆然としてしまった。その後インターネットのニュースで、アランが年末に東京の地下鉄の駅から転落死したことを知った。

「地下鉄の駅から転落死？」

海を見ていた芝野が驚いたように貴子を見た。

「芝野さんもご存じなかったんですか？」

「ええ、私も最近はすっかり世捨て人でしたから。そうでしたか。それはお気の毒なことだ」

貴子はアラン・ウォードに数回会ったことがあった。育ちの良さそうな温厚な青年で、ミカドホテルの再生にもとても熱心に関わってくれていた。昨年秋には、ガールフレンドと一週間ほど日光に泊まりにも来てくれていた。それだけにアランの死を知らなかったことはショックだった。

「銀行もダメでホライズンが当てにならないとなると、後は別の救済先を探すしかないわけか……」

「そんなところがあるでしょうか?」

彼女自身、この一〇日ほどは今まで取り引きしたこともない金融機関にまで支援のお願いをした。だが、短期間でそれだけの額を融資してくれるところはどこにもなかった。

「可能性があるとすれば、別のファンドだろうな」

「別のファンドですか?」

「そうです。どこか別のファンドにその株を買い取ってもらうことですね。一種のホワイトナイトです」

「ホワイトナイト?」

「白馬の騎士という意味ですが、ある会社が敵対的買収をかけられた時、より友好的に買収してくれる先のことをそう呼ぶんですよ。今回の場合、TOB(Take Over Bid=公開買い付け)をかけられたわけではないですが、実際は投資銀行に株を買われて過半数を握られるのですから同じことです」

白馬の騎士でも、テンプル騎士団でもこの際何でも良かった。この急場を凌《しの》いでくれる先であれば、藁にも縋《すが》りたいのだから。

「そんなところがすぐに見つかるものでしょうか?」

「まあ簡単ではないですが、不可能ではないかも知れません。一人、心当たりがあるにはあるんです」

貴子は反射的に立ち上がっていた。そして芝野の方を向いて深々と頭を下げた。

「ぜひ、ご紹介ください」

「やめてください、そんな風にされるいわれはない。僕自身、あの時は自分自身のことで精一杯で最後まで御社の救済のお手伝いができなかったという負い目があるんですから」

「負い目だなんて」

メインバンクである足助銀行の破綻の影響で、ミカドホテルが経営危機に陥った最中に、芝野はミカドのアドバイザーを降りた。彼自身に「衝撃的な事件があったから」というのが理由だった。それが何だったのかは貴子は知らない。ただ、身を引くことを貴子に告げた時、芝野は憔悴し切っていた。しかし、だからといって、今度の一件について芝野に負い目を感じさせるのは心苦しかった。

芝野は明るく笑って首を振った。

「まあ、それはいいです。とにかく一度その人に当たってみましょう。夜まで待ってもらえますか？　自宅に戻ったらすぐ連絡を取ってみますから」

「よろしくお願いいたします。お差し支えなかったら、その方のお名前をお教え願えますか？」

「加地《かじ》俊和《としかず》と言います。ご存じかな。アイアン・オックス・キャピタルの社長をしています」

会社の名前は聞いたことがあった。イソップの「金の斧、銀の斧」にちなんで付けられた社名で、加地社長は、日本を代表するM&Aの専門家だと言われていた。

来てよかった……。この一〇日余りで初めて可能性のある答えを手にした貴子は、心からそう思った。彼女は改めて芝野に頭を下げた。

「とにかく連絡を入れます。できれば東京で待機してもらえますか？　彼の時間が取れそうなら、すぐにでもお引き合わせしますから」

芝野はベンチから立ち上がると、貴子の両肩に手を掛けた。

「ウチの宮部にも相談してみますよ。恵比寿屋としては厳しくても、彼女なら何か知恵があるかも知れないから」

貴子はもう一度頭を下げようとしたが、芝野に止められた。

「もう充分です。あなたには毅然とした姿がお似合いだ。だから顔を上げてください。加地さんはね、ちょっと気難しいところがあるんだが、優秀な経営者には支援を惜しまない人だ。あなたほどの経営者がいるんだ、ミカドは大丈夫ですよ」

その言葉で、今までずっと堪えていたものが急に吹き出したようだ。貴子は知らぬ間に芝野の肩に頭を預けて泣いていた。

その時だった。芝野の背後で人の気配がした。

「まあ、盗人《ぬすっと》猛々しい女ね、こんなところにまでやって来て」

貴子が顔を上げるのと、何かが飛んでくるのが同時だった。彼女の頬のすぐそばをピンポン玉大の石が通過した。貴子は何とかそれをよけたが、その弾みで体がよろけてしまった。それを芝野が抱き留めた。

「あなた、どういうつもり！」

芝野はハッとして声のした方に体をよじった。

「亜希子、よさないか」

彼はそう言うと、貴子に摑みかかろうとした女性を抱きしめた。

「触らないで、汚らわしい。私の入院している先まで女を呼び込むなんて、あなたはやっぱりそういう人よ！」

その女性の形相《ぎょうそう》の凄まじさに、貴子はしばし立ち尽くしてしまった。海風のせいで髪は振り乱れ、鬼女のように見えた。

「違うんだよ、亜希子。こちらはミカドホテルの社長の松平さんと言って……」

「そんな女にも手を出していたのね、許さないわ」

彼女は激しく体を揺さぶり、芝野の腕から逃れようとしていた。

芝野は、首だけ貴子の方に向けて言った。

「松平さん、申し訳ない。ひとまず今日はこれで」

そう言い残すと、まだ暴れ続けていた妻を抱きしめて芝野は丘を降り始めた。

間違いなく芝野の妻に誤解されてしまった。せっかく私を救ってくれようとした人を、窮地に陥れてしまった。

これじゃ、疫病神《やくびょうがみ》じゃないか……。喜びも束の間、貴子は己の軽はずみな行動を呪った。

海から吹き上げる風が再び強くなり、彼女の頬を襲ってきた。だが、貴子はそれ以上に心の中で吹き荒れる風の冷たさに立ち尽くしていた。

7

二〇〇五年二月一四日・三浦半島

日が暮れた頃、ようやく亜希子は静かな寝息を立て始めた。芝野は、自分の手を握りしめているか細い妻の手を優しく撫でながら、その寝顔を見つめていた。

自分より三歳下の亜希子は、今年で四七歳のはずだった。だが、酒のせいで肌や髪の艶は既に五〇代後半に見えた。それでもここでの療養生活のお陰で随分顔色も良くなり、髪にもしなやかさが戻ってきた。

東大ドイツ文学科の教授である父と、都内有数の大地主の娘だった母との間に生まれた亜希子は、我が儘いっぱいに甘やかされて育った。北海道の高校教諭の息子である芝野とは、どだい住む世界が違っていた。それが学生時代、芝野が所属していた山岳部へ新入生として入ってきた彼女を見初め、猛烈にアタック。多くのライバルを蹴落として彼女のハートを射止めた。最初から、結婚相手としては厳しいかも知れないと思っていた。ところがつきあい始めてからは、亜希子の方が熱を上げてくれた。

裕福な家ではあったが、娘が決めた相手だからと彼女の両親から大きな反対もなく、彼らは一緒になった。芝野が二六歳、亜希子が二三歳の時だった。

しかし二人の生活は、最初から大変だった。当時の芝野は大阪の船場支店に勤務しており、新婚生活は阿倍野区にあった銀行の社宅からスタートした。だが、結婚するまで社会人経験がなかった亜希子には、銀行員の妻同士のつきあいなど所詮無理だった。彼女はわずか二週間で実家に戻って親に泣きつき、吹田に新築で一戸建ての賃貸住宅を借りた。

芝野としてはそこから銀行に通うわけにはいかなかった。将来の幹部候補生として期待され、入行当時から希望していたニューヨーク勤務が約束されていたのだが、その条件として、三葉銀行発祥の地である大阪で結果を出すことが求められていた。その結果とは、単なる融資額や預金獲得額だけに止まらない。上司からの勤務評定や、同僚やその家族との関係まで勘案されることになっていた。芝野は、彼女自身も行きたがっているニューヨーク赴任のためにと妻を説得し、社宅に連れ帰った。

実はその時から彼女の飲酒癖は始まっていた。もともと芝野も亜希子も酒は強く、健啖家同士だったため、休みの日にはよく飲み歩きに出かけた。しかし、彼が早朝から深夜まで仕事に忙殺されるにつれ、徐々にそういう習慣もなくなっていった。また自分も酒を飲んで帰ることが多くなり、彼女を家で迎える妻の吐息にアルコールが混じっていても気づかなかった。

それでも二人の間に一人娘のあずさが生まれたことで、亜希子も落ち着いた。実際は、子育ての大半を東京の実家で行ったことが大きな理由だったのだが、彼女は育児に没頭し、芝野に向けていた不満も随分解消されたようだった。

そして四年間の地獄のような船場支店勤務を及第点以上の成績でクリアし、芝野は二歳になったあずさと亜希子と共に念願のニューヨークへと赴任したのだった。ニューヨークの赴任期間は五年間に及んだ。そしてこの五年が芝野家にとって、最初で最後の楽しい日々となった。

ニューヨークから帰国した後は金融マンとして激務の時期に入り、芝野は日々仕事に追われた。だが、彼の努力は報われることなく徒労の日々が続き、失意のうちに銀行を辞した。もともと彼の仕事に興味を持っていなかった妻には何の相談もせずに辞表を書いた。それが彼女の逆鱗に触れた。さらに、高校からニューヨークでミュージカルの勉強をしたいという娘の申し出を、芝野が妻に無断で許してしまったことで、彼女の怒りの火に油を注いでしまった。

その後、芝野は約六年間、栃木県宇都宮市に住み、亜希子一人がたまプラーザの自宅に残された。

宇都宮での毎日は、芝野のそれまでの人生でも一番充実した時間だった。念願だったターンアラウンド・マネージャーとして格闘する日々ではあったが、自分の二本の足で立っているという実感がたまらなかった。さらに三葉銀行時代から彼のアシスタントとして支えてくれた宮部みどりが、銀行を辞して再生事業をサポートし始めてから、彼の充実感はさらに大きくなった。やがて二人は結ばれ、芝野は離婚を考え始めていた。その頃亜希子は横浜で、近所の友人たちと勝手気ままな生活をしていた。二週間以上も海外旅行に出かけたり、たまに芝野が自宅に戻っても、大抵は夜遅くまで飲み歩いて顔を合わせることもなかった。

今思えばその期間、亜希子はどっぷりと酒に浸り、アルコール依存症への道を突き進んでいたのだ。その頃に気づいていたなら、後戻りができたかもしれない。だが、芝野は全く気づくことがなかった。

そして昨年、彼は自身が銀行時代に犯した大きな罪の存在を知り、しばし抜け殻状態に陥った。再生を果たした恵比寿屋本舗を含め全ての職を辞し、一ヵ月以上宇都宮のマンションから一歩も出ずに酒浸りの生活を送った。その間、彼に代わって恵比寿屋本舗を切り盛りしていた宮部みどりが献身的に彼を支えなければ、妻より先に彼がアルコール依存症になっていたことは間違いなかった。彼女に無理矢理酒をやめさせられ、〝事件〟の詳細を自ら調べ、落とし前をつけることを勧められて、やっと再起への道を辿ることができた。

そして財産の全てを妻と娘に残し、宮部と二人で生きていこうと決心した時、芝野は妻の主治医から呼び出された。内科でも婦人科でもなく精神科医というのが腑に落ちなかった。だが亜希子にはもともと精神的に不安定なところがあったため、軽い鬱病の治療でも受けているのかと思って、主治医が開いている高田馬場のクリニックを訪ねた。

「かなり重いアルコール依存症になっています」と主治医から告げられた時、芝野は呆然と相手を見つめ返していた。

「そんなはずはない。確かに妻は酒が好きだが、節度のある飲み方を知っている。それは何かの間違いじゃ……」

医者は咎《とが》める顔すらせずに芝野に尋ねた。

「ご主人とは長い間別居生活が続いていると聞いていますが、それでもそう断言できますか？」

芝野に返す言葉はなかった。

「ウィスキーを平均一本、その前後にビール数本やカクテルが付くそうです。言っておきますが、それが奥様の一日の酒量です」

「しかし……」

「二ヵ月前、奥様が左足首を骨折されたのをご存じですか？」

いや、妻とは半年以上会っていない。芝野はそう正直に言うことすらできなかった。彼は辛そうに首を振るばかりだった。

「内臓も滅茶苦茶です。内臓疾患か、くも膜下出血で亡くなるか、それとも急性アルコール中毒死か。いずれにしても、何が起きても不思議ではありません」

主治医は、妻の飲酒の大きな要因は孤独だと言った。

「甘やかす必要はありません。ですが、奥様と向かい合ってください。それしか奥様を救う方法はありません」

クリニックを出たその足で、芝野はたまプラーザの自宅に戻った。駅で妻の大好きなバラの花束を買って帰宅した。玄関のドアに鍵がかかっていないのを知った途端、いやな予感がした。用心深い亜希子が玄関の鍵を掛け忘れたことは、今まで一度もなかった。急いでリビングに向かうと、テレビが点けっぱなしになっており、その前にウィスキーのボトルが転がっていた。芝野は妻の名を呼びながら彼女を求めて家中を探した。時刻は午後二時過ぎ、外は秋晴れだった。亜希子はキッチンで見つかった。開けっ放しの冷蔵庫の前で、右手にジャック・ダニエルのボトルを手にして鼻歌を歌っていた。

彼女は芝野を見上げて笑い声を上げた。だが自分の目の前にいる人間が誰かも分からない様子で、ただ彼に抱きついた。

「亜希子、すまない」

彼が何度もそう繰り返したことで、彼女の中に僅かに残っていたと思われる理性が反応した。彼女はハッとして彼から離れると、突然悲鳴を上げて取り乱した。芝野に向けて手当たり次第に食器を投げつけた後、まるでねじが切れたようにその場に倒れ込んだ。

それが、妻の最初の入院だった。


「芝野さん、時間です」

顔見知りの看護師が声を掛けてきた。午後七時、付き添いの人間の退出時刻だった。

「今晩は付いていてやりたいのですが……」

午後の妻の取り乱しぶりを思い出し、芝野は看護師に許可を求めた。

「大丈夫です。私たちがちゃんと看ていますから。大切なのは構い過ぎないことです。先生もそうおっしゃっていたでしょ」

アルコール依存症から本人を救うために、家族のサポートは不可欠と言われている。しかし、その距離感は非常に微妙なものだ。本人を甘やかすような「世話焼き行動（イネーブリング）」は、却って本人のアルコール依存を助長すると言われている。亜希子が最初に入院した時がそうだった。子どものように甘える亜希子に、芝野はとことん尽くした。それが逆に再発を誘うことになった。今回の入院では、主治医から「奥様の自立を徹底させて欲しい」と厳しく言われていた。そのため今日の出来事を聞いても、主治医は普段通り帰るようにと芝野に指示した。

芝野は渋々頷いて腰を浮かせた。

「よろしくお願いします」

病棟の外は、頬が痛いほど冷たい風が吹きすさんでいた。他の病棟からも顔見知りの家族が何人か出てくるところだった。芝野は誰彼なく別れの言葉をかけ、背中を丸めて駐車場へ急いだ。車に乗り込むと、エンジンを掛けてから携帯電話を起動した。そして、古い知人を呼び出した。

「加地です、お元気ですか?」

相手は、懐かしそうに電話口に出た。

「すっかりご無沙汰で、失礼しています」

「とんでもない。奥さんの調子はどうです?」

加地は、芝野の妻の状態を知っている数少ない友人の一人だった。

「まあ、一進一退ですね。でも、今月中には退院の予定です」

「そうですか。まあ、一安心ですね」

お互い多くは語らない。加地も二年前、妻をガンで亡くしていた。

仕事中毒と言われた彼らにとって、それは互いに触れられたくない話題だった。

「実はちょっとお願いがありまして……」

芝野は、貴子の話をかいつまんで説明した。飲み込みの早い加地は、芝野の電話の意図を的確に理解してくれたようだった。

「日光ミカドホテルは、私も大ファンですからな。あれを外資の連中の手に渡すのは忍びない」

彼はそう言って、一八日の午後一時に打ち合わせを入れてくれた。

「それまでに、色々調べさせてもらって、ご期待に添える準備はしておきますから」

芝野は、加地に礼を言って電話を切ると、すぐに貴子を呼び出した。彼女は本題に入る前に、今日の午後の一件をくどいぐらいに詫びた。彼女の迂闊な行動が芝野の妻を怒らせてしまったことをとても気にしていた。だが、芝野はそれを「あなたが気にされると、却って私も辛いので」と言って封じ込めた。そして加地の話を彼女に伝えた。貴子は感極まったような声で、芝野に何度も礼を述べた。

「加地さんの会社は大手町にあります。お昼でも食べながら打ち合わせをした後、一緒に行きましょう」

芝野はそう誘い、さらに加地から事前に送って欲しいと頼まれていた資料の件を貴子に伝えた。

加地の潑剌《はつらつ》さと貴子の強い想いのせいで、芝野は寒さを忘れていた。車のエンジンも程よく温まり、真っ暗な駐車場から車を出そうとギアを入れた。そこで携帯電話が鳴った。加地か貴子かと思った芝野はギアをパーキングに戻し、ディスプレイを開いた。登録されていない番号が浮かんでいた。

「芝野です」

「わしや、久しぶりやな」

そのだみ声と強い関西訛りで、相手が誰かはすぐに分かった。芝野は、顔が紅潮するのを感じながら電話を強く握りしめた。

「これは、飯島さん。大変、ご無沙汰しております」

飯島亮介《いいじまりようすけ》だった。芝野が三葉銀行船場支店に在籍していた時代の上司であり、彼が昨年、塗炭の苦しみを味わうことになった元凶だ。現在の飯島は、メガバンクに生まれ変わったＵＴＢ銀行の頭取を務めていた。

「奥さんの調子はどや？」

あなたには関係ない話です、とは言えず、芝野は努めて冷静に礼を言った。

「ありがとうございます。何とかやっております」

「そうかあ。先日はウチの若いもんが病院にまで押し掛けたそうで悪かったなあ」

「とんでもありません。あの、飯島さん、大変申し訳ないのですがご用件をお聞かせいただけますか？　ちょっと今急いでいるので」

話を急《せ》かさないと、飯島は好きなだけ無駄話をする男だった。

「ああ、悪かった。どや、近々飯でも食わへんか。積もる話もあるよって」

あなたとだけは死んでも嫌です！

「ありがとうございます。ちょっとしばらく取り込んでいるんですが」

「来週の水曜日の晩飯と思ってるんや。何とか頼むわ」

彼の頼むは、昔から決定事項と同義語だった。もっとも、今や上司でも部下でもない彼の「命令」を聞く義務はないのだが……。しかし芝野は、一度言い出したらどんな手を使ってでも自分の思い通りにことを運ぶ飯島の性格を思い出して、無駄な抵抗をやめた。

「分かりました。ただ、よろしければ横浜辺りでお願いできれば嬉しいのですが」

「ええよ。ほな、中華にしよか。また連絡する」

かかってきたのと同様の唐突さで電話は切れていた。

古いしがらみはまるで亡霊のように俺の体にまとわりついてくるようだ。

芝野は静かに車を駐車場から滑り出させた。

8

二〇〇五年二月一七日・幕張

「何か気になることがあるのかね」

鷲津は、テーブルを挟んで緊張し続ける部下にそう尋ねた。二人の間には豪華な懐石料理が箸をつけられないまま置かれ、グラスの中の白ワインもほとんど減っていなかった。

「いえ、そういうわけでは……」

時々窺《うかが》うように視線を投げていた前島朱実は、さらに緊張した面持ちで首を振った。

「ならば、どうしてそんなに固くなっているんだ。まるで、生け贄と食事しているモンスターの気分だ」

アラン・ウォードの死の真相を探るため用意された資料を読み尽くした鷲津は、アランが最も時間を費やしていた案件について話を聞きたくて彼女を呼んだ。

二八歳の前島は年より若く見えた。美形ではなかったが、目鼻立ちがはっきりしていて意志の強さを感じさせた。また、アメリカ留学中に女子アメフトのチームに所属していたためか、小柄だったが逞しさがあった。アランからは〝豆タンク〟と呼ばれていたそうで、クールなメンバーが多いホライズン・キャピタルの中では珍しい体育会系だった。

「すみません。なぜ私がここに呼ばれたのかが不思議で」

「不思議なのではなく、不安なんじゃないのか」

鷲津の指摘は的を射ていたようだった。前島はびっくりしたように鷲津を見た。彼女は自分の視線が鷲津と対峙していることに気付き、慌てて目線を落とした。

「図星です」

「不安の理由は?」

「最近、失敗続きで。このままだと来年の契約更新はない、とミスター・マイスキーから何度も言われているので……」

「来るべき時が来たと思ったわけだ」

前島の表情に怯えが浮かんだ。鷲津は嬉しげに口元を歪めた。

「はずれだ」

「えっ」

「そんなつまらん理由で、忙しい君をここに呼んだわけじゃない」

「じゃあ、どうして私が呼ばれたんでしょう?」

この部屋に来て以来ずっと不安そうな表情だった前島が、初めて鷲津に挑むような眼差しをぶつけてきた。物怖じしない〝豆タンク〟らしい果敢さだった。

鷲津が〝幽閉〟されている部屋に、彼女は食事に呼ばれていた。新社長であるピーター・マイスキーですら、未だに入室が認められていないにもかかわらずだ。

「君の元気そうな顔を見たくてね」

「嘘です」

「断言する根拠は?」

「私は、会長とはほとんどお話ししたこともありません。そんな方が、気晴らしに私を呼ばれるとは思えません」

鷲津は嬉しそうに肩をすくめると、ワインをあおった。

「鈴紡だ」

前島の顔が「腑に落ちた」と言っていた。

「やはり私の失敗の追及じゃないですか」

「何のことだ?」

「私が失敗を続けているのは、鈴紡の案件がらみです。しかも、先週で担当から外されてしまいました」

そんな資料は手元に届いていなかった。

「私が君を呼んだのは、君がなぜ鈴紡で失敗を続けているのかを質すためではない。アランがなぜこの会社に注目していたのかを、君から聞きたかったからだ」

鷲津がアランの名を口にしたことで、強気だった前島の表情が曇った。

「失礼しました。私、また早合点してしまったようで」

「いや、構わんよ。私の方が浦島太郎状態だからね。申し訳ないが、現在進行形の鈴紡については、まだ何も知らないいんだ。とにかく、資料に書かれていないことを教えて欲しい」

前島は大きく頷いた。

「分かりました。何でも聞いてください」

「その前に飯にしよう。さっきから何度も君の腹の虫が飢えを叫んでいる」

前島は顔を真っ赤にして頭を下げた。また詫びようとする彼女に、鷲津はワインのボトルを突き出した。

「もう詫び言はいい。酒も強いんだろ。とにかく楽しく飯を食おう」

前島はアッという間にグラスを空けて、鷲津から酒を受けた。

景気づけのワインと海の幸のお陰で、前島から緊張感は抜けていった。鷲津は食事中は仕事の話をせず、アメフトの話と海外放浪中の笑い話で場を盛り上げた。帰国してから気の重い状態が続いていただけに、彼女の飾らない明るさは鷲津にとっても救いだった。彼は久しぶりに笑い声を上げ、酒と料理を存分に味わった。

やがて、鷲津はワインのボトルを持ったまま、作戦ルームとして急ごしらえした続き部屋に前島を誘った。昨夜《ゆうべ》サムに指示して、八人ほどが座れるテーブルやホワイトボード、そしてパソコン二台を部屋に設置してもらった。また、壁際にはキャビネットを置き、社内にあったアランと鷲津関係の書類の全てを移動していた。

鷲津はテーブルの中央に陣取ると、前島に椅子を勧めた。

「そもそもなぜ、アランが鈴紡に目を付けたのかから教えてくれ」

鈴紡の創業は明治時代にまで遡る。大阪で誕生した同社は、当初は富国強兵、殖産興業の名の下、半官半民の紡績会社としてスタートした。民営化後は、大正・昭和の激動の時代に常に日本を代表する一流企業として君臨し、財界の重鎮としても多大な影響力を誇った。戦前には中国、朝鮮半島を中心に世界中に資産と工場を有し、早くから多角経営を目指して、本業の紡績のみならず化学繊維、化学薬品、化粧品、さらには医療分野やハイテク産業にも進出していた。

業界屈指の名門だったが、組織としての老化や多角化による事業不振の対応の遅れなどが重なり、鈴紡は徐々に企業として翳りを見せ始める。ここ十数年は経営危機が叫ばれ、メインバンクである旧三葉銀行から役員が送り込まれるなど再生が進められていた。だが、こうした企業にありがちな旧態依然とした伝統と傲慢さによって、再生は一向に捗《はかど》らず、既に後戻りができない状態に陥っていた。

そんな中、メインバンクが窮余の策に出る。鈴紡から、稼ぎ頭である化粧品事業を切り離して業界第三位の月華化粧品に売却し、その売却益で本体を立て直そうというプランだった。

「これはウォード社長から聞いたんですが、向こうから助けて欲しいという連絡があったんだそうです。もっとも彼らが助けを求めた相手は、ウォード社長ではなく、鷲津さんだったんですが」

「助けて欲しいと言ってきたのは、誰だ？」

「非主流派の役員と従業員組合です」

話としては面白いケースだった。つまり、ボードの中に銀行と経営陣のやり方に不満を抱いていた人間がいたわけだ。しかも、その人物は従業員組合という強力な味方も持っていた。

「仲介者はいたのか？」

投資ファンドに救済を求める際、当該企業との間に仲介者が入る場合が多い。まして日本を代表する老舗企業である。ハゲタカファンドなどと揶揄されている外資系バイアウトファンドに、何の伝《つて》もなく飛び込みで電話をしてきたとは考えられなかった。

「監査法人の進藤先生だったそうです」

進藤昭之は、日本の大手監査法人の一つである毎日監査法人の幹部だった。だが、過去に彼と一緒に仕事をした記憶はなかった。

「毎日監査法人は知らないわけではないが、進藤さんとは面識もない」

「飛び込みだったようです。旧三葉と対抗でき、さらに様々な障害を乗り越えて鈴紡を再生できるのは、鷲津さんしかいないと」

鷲津は苦笑してそれを聞き流した。

「先方は、アランが担当するというのでも了解したわけだな」

「ええ。彼らには選択の余地がなかったようです」

藁にも縋る思いで、ハゲタカの巣に駆け込んできたわけか……。

「資料を見ていると、相談を受けたのが、去年の一〇月一六日の土曜日。アランは、翌週にはCA(Confidentiality Agreement＝守秘義務契約)を結んで、彼らとの交渉を始めている。しかし、それから先の進捗が遅いが」

スピードこそが成功の秘訣。鷲津はアランに何度もそう教えてきた。今回はボードの一部によるMBOを狙っていたようだが、企業を買収する際は、その情報が他に漏れてしまうと失敗する可能性が高くなる。依頼主がMBOを宣言した時には、既に全ての手続きを終えている必要があった。その期間を鷲津は「一ヵ月以内」と決めていた。

「どうもクライアントの動きが社内で気づかれたようで、様々な妨害が入ったようです。また、別のコンペティター(競争相手)も入ってきたようなので」

「アイアン・オックスか」

「そうです。彼らは、社長ら主流派役員から依頼を受けたようです。一方で、メインバンクのUTBは、強引に月華への事業売却を推し進めていました」

「月華との間に独占交渉権は結ばれてなかったのか?」

メインバンクのUTBコーポレート銀行による月華との統合話は、一年も前から進められていた。通常、こうした交渉を行う場合、他からの干渉を抑えるために、両社の間で独占的交渉権を結ぶのが一般的だった。

「当初は結ばれていたそうです。ただ、昨年一月から始まっていた月華との統合交渉の際に結ばれた独占交渉権は半年。昨年の六月でいったん切れ、二度再延長されたのですが、結局九月末で切れていました。月華は、さらなる独占交渉権の延長を求めていたようですが、もはや社内で意見がまとまらず、取締役会での同意が得られなかったようです」

その結果、三つ巴の争いになっていた。ならば、力業で勝負するしかなかった。株を買い占めて経営権を奪うなり、債権を買い漁るという手段だ。

「アランが鈴紡の債権を買った形跡もないし、株奪取に動いてもいないのはなぜだ」

「クライアントの希望でした。鈴紡のブランドイメージを損ねたくない。地味にやってほしいと」

資料から判断した限り、既に鈴紡は「死に体」だった。今さらブランドイメージもない。第一、三つ巴になった時点で「地味」に動くことはありえなかった。

「アランはどうするつもりだったんだ」

「とにかく化粧品事業部門を会社分割させて、可能なら相対で獲りに行く。それがダメなら、ビッド合戦も辞さない」

「相対で獲りに行く」というのは、経営陣と交渉して分割された会社を買い取る方法だった。アランらしい手堅い作戦ではあった。だが、化粧品部門を分割するというところまでは、他のライバルも同じ提案をしていた。それだけに相対で会社を買収することはありえなかった。

「で、それは順調だったのか？」

「それが全然ダメで。とにかく取締役会の議題にすら乗せてもらえず、ウォード社長が亡くなった後も、私が中心になって進めているのですが、なかなか捗らず今日に至っています」

それが、彼女が言うところの「鈴紡での失敗の連続」の一つか……。

「交渉の現況の話に入る前に、アランが死ぬ直前の状況がどうだったのかを教えてくれないか」

「あの頃ウォード社長は、何度も単身で大阪に行かれていました。一発逆転の話がもらえそうだとおっしゃって」

「一発逆転の話？」

「内容については、『チャンスの神様が逃げないようにまだ内緒』とおっしゃっていて、結局教えてもらえなかったのですが」

「君の印象としては、どういう可能性が考えられる？」

「正直言うと、さっぱりです」

前島は申し訳なさそうに答えた。

「ヒントは全くなしか？」

「はい。何度聞いても惚《とぼ》けられました。ただ、一度だけ変な暗示を口にされていましたが」

「どんな暗示だね」

「ある鳥次第だ、と」

鷲津の脳裏に、様々な鳥とそこからイメージされる意味が浮かんでは消えた。

「その鳥がどんな鳥かは聞かなかったのか？」

「それは内緒だと……」

「……まあいい、それ以外に気になることはないか」

「ウォード社長は亡くなる前、ＵＴＢの幹部の方と頻繁に会食されています」

資料にそんな記録はなかった。鷲津の中で嫌な予感がした。

「誰だ」

「ＵＴＢ銀行の頭取である飯島さんです」

懐かしい旧敵の名が思わぬところから出てきた。

鷲津がその話を詳しく尋ねようとした時、彼の携帯電話が鳴った。ディスプレイを見て発信者を確かめた鷲津は、前島に断って席を離れた。

「はい」

「シャンパンのお代わりはいかがです？」

艶っぽい声が英語でそう尋ねてきた。

9

二〇〇五年二月一七日・幕張

前島と入れ替わるように彼女はやって来た。フライト・アテンダントの制服のままだった。彼は驚きながらも、恭《うやうや》しく彼女を部屋に招き入れた。

帰国した翌日、鷲津は、アランの死で心の中にぽっかり空いた穴を埋める一番手っ取り早い方法を取ってしまった。女だった。鷲津は彼女から教えられた番号に電話をして、「シャンパンのお代わりを頼む」と切り出した。

彼女はその口説き文句に笑い声を上げ、その日のディナーを幕張プリンスでとることを承諾した。鷲津はディナーの席でも彼女を笑わせ続けてその気にさせ、難なくベッドインを果たした。

ビジネスで初対面の相手には戦略的に演出していることもあって、鷲津はどこにでもいる貧相な冴えない男にしか見えなかった。だがディールが動き出したり、ピアノを弾いている時の鷲津には別人のような殺気や色気があると、かつてつきあっていたリン・ハットフォードから言われたことがある。

〝野性が目覚めるのよ。全身からパッションが溢れ出ていて、そばにいるだけでゾクゾクしてくる〟と彼女は言って彼を何度も求めた。

世界中を放浪していた時は、不思議と性欲も起こらなかった。全くなかったわけではないが、酔った勢いや発作的なものでしかなく、ほとんど修行僧に近い禁欲生活を続けていた。ところが日本に戻るなり眠っていた性欲が目覚めた。理由は自分でも薄々気づいていた。一つは、アランの死によるショックからの逃避だった。だが最大の理由は、自分の中で芽生えつつある恐怖感だった。俺は狙われているのかも知れない、突然この世から消えるかも知れないという得体の知れない恐怖感が、彼の生存本能を激しく刺激していた。

いつのまにこんな弱い男に成り下がったのかと、鷲津は鏡に映った髭面の男に何度も侮蔑の笑みをぶつけた。だが、そもそもおまえは小心者で臆病者だったのだと逆に鏡の向こうから嗤われるだけだった。

「制服を着ると見違えるね」

リビングの窓から夜の海を眺めていた彼女に、鷲津は声を掛けた。

前回会った時は、セーターにジーパン姿だった。その時は、モデルか女優の卵のような華やかさがあった。だが、今夜の彼女は近寄りがたい気品を漂わせていた。

「だってそういうリクエストだったでしょ。それに今夜はフライトを終えてそのまま飛んできたから」

鷲津はそれ以上彼女にしゃべらせなかった。彼女を背後から抱きすくめると、うなじに唇をはわせた。彼女は最小限の抵抗をした後、彼に身を委ねた。鷲津が彼女の体をまさぐるのが窓ガラスに映っていた。鷲津がそのことを彼女の耳元で囁くのと、彼女が吐息を漏らすのがほぼ同時だった。無駄のない動きで右手を制服のスカートの下に這わせると、吐息は喘ぎ声になった。

そこで相手を自分の方に向かせ、唇と舌を絡ませた。鷲津に負けないぐらい彼女も激しく返してきた。鷲津は女の髪をまさぐり、彼女は鷲津に抱きついてきた。女が制服の内側に封じ込めていた野性が目覚め、鷲津の中で爆発寸前だった野獣も解き放たれた。こらえ切れなくなった細い指が鷲津のジーパンを脱がせると彼の野獣を口に含み、鷲津を恍惚の世界に引きずり込んだ。

鷲津は彼女のリズムに身を委ねた後、今度は自らがリードするために、窓に両手をつかせた。ストッキングとパンティを脱がせ、野獣を女の中に突き立てた。

女は悲鳴を上げた。鷲津はそれに刺激され、さらに激しく彼女を突いた。目の前で夜の海と闇が彼に襲いかかってきていた。その闇の中に呑み込まれていくかのように、彼は忘我の世界に溺れていった。

10

二〇〇五年二月一八日・大手町

窓の外に皇居が見えた。投資ファンド、アイアン・オックスの本社がある大手町野村ビルの二一階。そこからの眺望は、東京を睥睨《へいげい》するような気分にさせた。

既に芝野から良い返事になりそうだと聞いてはいたが、それでも貴子の中では不安が尽きなかった。

最後のチャンス。ここで断られたら、ミカドホテルが外資の傘下に入ることは避けられない。芝野が少し調べてくれたところでは、今回、ふるさとファンドに株の買収を持ちかけているゴールドバーグ・コールズ自体がミカドを経営する可能性は低いらしい。

「おそらくは、大手ホテルグループがクライアントで、その代理としてゴールドバーグ・コールズ《G　C》が株式購入に動いていると見るべきでしょうね」

もし投資銀行自身が経営するつもりなら、貴子ら経営陣はそのまま残される可能性が大きい。投資銀行にはホテル経営のノウハウがない上に、現在のミカドホテルの経営は至極順調なため、経営者を据え置く方が、彼らも安心してキャッシュフローを手にできる。だが背後に外資系のホテルグループがいるとなると、買収した途端、買収したホテルのシステムでの経営を考えるはずだ。そうなれば、貴子らは解任される。

それでもまだ、ミカドホテルが昔と変わらぬ風格とホスピタリティが維持できるのであればいい。だが、そこに経済的合理性なるものが入ってしまうと、ミカドの伝統など邪魔なだけだった。

「大丈夫ですよ。きっとうまくいきます」

芝野は、この日何度も口にしている言葉をまた囁いた。

「加地さんは大の外資嫌いですから。ミカドが外資に買われると聞いただけで燃えてくれます」

貴子は弱々しい微笑みを浮かべて頷いた。

軽快なノックがして、二人の男と一人の女性が入ってきた。

「いやあ、遅くなりました。申し訳ない」

先頭にいた中肉中背の五〇代の男性が、柔らかい声で二人に挨拶した。スキンヘッドが印象的だった。それとは対照的に彼の優しそうな細い目は、貴子の緊張感をほぐすように笑っていた。「一度会ったら忘れられない人です。貴子さんはご存じないかも知れないけれど、黒澤明監督の『七人の侍』の志村喬そっくりです」と芝野が言っていた言葉が思い出された。

確かに、六人の強者《つわもの》を率いた野武士の頭目という表現が似合っていた。だが、目の前にいる野武士の頭目は、ベージュのスーツに赤い蝶ネクタイ姿だった。人を食ったようなアンバランスが、貴子に親近感を感じさせた。

「どうもはじめまして、加地です。こちらは今回の実務を担当する安西と坂本です」

安西治郎はヴァイス・プレジデント、坂本久美はアソシエイトという肩書があった。二人は加地と同じように爽やかな笑みを浮かべて、芝野と貴子に名刺を差し出した。

「ここからの眺めはいいですねえ」

芝野が貴子の緊張をほぐそうと切り出した。

「それがここにオフィスを決めた最大の理由です。皇居のそばに構えて日本を守る。そう言うところの連中に笑われるけれど、ここから東京を眺めているとご先祖の血が騒ぐんですよ」

貴子の怪訝そうな表情に芝野が答えた。

「加地さんは、鹿児島生まれでね。曾《ひい》お祖父様は、島津藩で明治維新に参加したそうだ」

「でも時代の流れに乗れず、西郷隆盛について彼と運命を共にしたんですがね。まあ、私のご先祖らしくはあるが……」

彼は笑い声を上げ、二人の部下はうつむきながら苦笑していた。貴子は、こういう人たちにミカドを救って欲しいと感じた。

その想いが届いたのか、加地はすぐに真顔になって本題に入った。

「勿体をつけてもしょうがありません。単刀直入に言います。御社への支援、喜んで引き受けさせていただきます」

貴子の体から力が抜けた。体を縛り続けていた緊張からようやく脱出したという安堵感が、大きなため息となって漏れた。そして次の瞬間、彼女は立ち上がり丁寧に一礼した。

「ありがとうございます。こんな無茶なお願いをご快諾いただき、心から感謝申し上げます。どうぞ、よろしくお願いします」

気がつくと芝野も隣で頭を下げていた。顔を上げた貴子は、嬉しそうに笑う芝野に肩を一つ叩かれた。

「まあまあ、お二人ともそう肩肘張らんでください。別に我々は慈善事業をするわけじゃない。純粋にビジネスとして御社に投資すると申し上げているだけですので」

加地は笑顔のまま二人を見上げ、椅子に掛けるように勧めた。

「ふるさとファンドとの契約では、御社に株の優先的買い戻し権が与えられています。我々がそれを買うと向こうから色々言われるでしょうから、我々としては、ひとまずはその株を担保に、御社にご融資をするという手法を取りたいと思います」

貴子に異論はなかった。

「その上で改めて、どういうスキームでおつきあいするのかをご相談させていただくということでどうでしょうか?」

「そこまでご配慮いただきありがとうございます。よろしくお願いいたします」

「分かりました。では、時間もありませんから、まずはご融資についての契約書を交わしましょう」

その時、貴子の携帯電話が振動した。発信者は妹の珠香だった。経営陣の一人である彼女は、この時間、姉がどういう状況にあるか重々承知している。それを押しての電話だったので、貴子は嫌な予感を抱きながら、彼らに断って席を立つと窓際で電話に出た。

「どうしました」

「お姉さま、やられたわ。さっきゴールドバーグ・コールズが、ふるさとファンドにあったミカド・ホールディングズの株を全て買い取ったと発表したそうよ」

余りの衝撃に貴子はよろめいてしまった。

「どうしました？」

貴子の異変に気づいて芝野が声を掛けてきた。貴子はそれに答える余裕もなく、珠香に真意を質した。

「発表したってどういうこと？」

「ふるさとファンドからミカドの株を買い取ったというリリースを出したとかで、栃木新聞が事実確認の電話をしてきたの。ネットでGCのホームページを見たら、確かにそういうリリースが出てたわ。今、藤巻さんに確認してもらっているんだけれど、埒《らち》が明かなくて」

「分かった。私からふるさとファンドに連絡してみます」

貴子は電話を一度切ると、胸が締めつけられるのを堪えた。

「どうしました、何かありましたか？」

加地に尋ねられて振り向くと、部屋にいる全員から心配の眼差しを向けられていた。貴子は力のない声で、妹の話を告げた。

その言葉で加地の両脇にいた二人の若手が部屋を出ていった。貴子は、「ひとまずふるさとファンドに電話をしてみます」と加地に告げた。

「いや、ちょっと待ってください」

加地は部屋の隅にあった社内電話を取り上げて、何かを確認すると貴子に言った。

「これからの経緯は全て録音すべきなので、録音装置のある電話を使ってください。別室にご案内しますので」

加地は大股で部屋のドアを開けると、そのまま同じフロアにある小さな部屋に二人を導いた。部屋の中央の打ち合わせ用テーブルに電話が三台置かれていた。

「この電話を使ってください。我々も一緒に聞けますすし、通話は全て録音できますので」

緊張で潰れそうな胸に空気を入れようと貴子は深呼吸を一つして、加地が勧めた席に着いた。そして、手帳を開いてふるさとファンドの轟木一朗の直通電話を呼び出した。

電話に出たのは、初めて聞く声だった。

「轟木は、二月一五日付で退社致しました」

貴子は息を飲み、苦しそうに言葉を絞り出した。

「では、轟木さんの後を引き継がれた方を」

相手は自分だと名乗った。貴子がミカドの株の話を尋ねると、「その件は発表の通りです」と冷たく言い放った。

「発表の通りとはどういうことでしょうか。私は轟木さんから、ゴールドバーグ・コールルズへの株の売却を一週間待っていただくというお約束をいただいたのですが」

「申し訳ありませんが、そういう引き継ぎは受けておりません。私の手元には、二月一七日で、御社との間に結んであった優先的買い戻し契約は消滅したとあるだけです。そのため、以前よりお話があったゴールドバーグ・コールズへ売却いたしました」

「しかし……」

「申し訳ないのですが、これから会議がありますので」

相手は一方的に電話を切ってしまった。貴子は受話器を握りしめたまま、呆然としていた。

「失礼ですが松平さん、その轟木という人物と約束を交わした一週間の猶予について、何か記録に残されていますか?」

加地の言葉で貴子はようやく受話器を戻した。彼の言わんとしていることは分かった。今日のように録音を残したか、覚え書きを交わしてあるかということだ。だが、株買い取りの資金探しで進退窮まってかけた電話だった。そんな余裕はなかった。

彼女は力なく首を横に振った。

「何てこった」

芝野が吐き捨てた。

迂闊だった。いや迂闊などでは済まされない。自分のガードの甘さが、取り返しのつかない結果を生んでしまった。貴子は激しい自責の念で、我を忘れて泣き崩れてしまいそうだった。

その時、ドアがノックされて安西が入ってきた。

「今、ふるさとファンドの知り合いに確認したのですが、既にミカド株は、ＧＣへ譲渡し終わっているそうです」

安西の言葉は、貴子に止めを刺した。

「ただ、彼の話では、今回の売却計画は急に決まった話で、ふるさとファンド内でも異論があったのを、轟木という担当者が強引に決めてしまったのだそうです。彼には以前から、いろいろとよからぬ噂もあったようで……」

「よからぬ噂とはどういう意味だ」

加地が厳しい顔で尋ねた。

「リベートをもらう代わりに案件の情報を流したり、今回のような恣意的な株式売買の仲介をしていたとか」

そうすると、少なくとも轟木は最初からミカドに株を買い取らせるつもりはなかったのかも知れない。そう考えると貴子は、ますます己の甘さを責めずにはいられなかった。

「加地さん、この取引を無効にすることは？」

芝野の問いに、加地は難しい顔で腕組みをしてしまった。

「厳しいでしょうな。契約解除を一週間猶予するという約束が、松平さんと轟木の二人の間の口約束だったという点が痛い。しかも、その轟木は既にふるさとファンドにおらず、GCは株の取得を終わっている。残された方法は、GCから買い取るぐらいか」

貴子の思考回路はもはや機能していなかった。ダメだった。床が突然抜けたような衝撃と悔恨で押し潰されそうだった。彼女は彼らに断ると部屋を出た。

風に当たりたい。心からそう思った。戦場ヶ原の冷たい風に吹かれて、そのまま永遠に凍りついてしまいたい……。

頭を冷やさなければ！　本能が動揺し続ける彼女にそう命じていた。

インテリジェントビルの長い廊下をさまようように貴子は歩き始めた。

だが、全てが密閉されたビルの中で、外気に当たることは無理だった。貴子は必死の想いでよろめく足に力を入れて化粧室に駆け込み、洗面台の蛇口をひねった。それが限界だった。激しい嗚咽《おえつ》と共に涙が溢れ、そのまま床にへたり込んでしまった。

第二章　挽歌

1

二〇〇五年三月一日

月華との事業統合再度延期
迷走続ける鈴紡・化粧品事業

月華による鈴紡・化粧品事業買収の動きに暗雲が立ちこめてきた。〇四年一月に統合が発表されて以降、過去二度にわたり鈴紡側から「準備不足」を理由に延期された統合は、「白紙撤回」まで取り沙汰されるほどの迷走ぶりを見せ始めた。

鈴紡は二月二八日午後、月華との間で進められている化粧品事業の統合を五月末まで延期して欲しいという旨を月華に伝えたと発表した。

同社の発表によると、今回の延期の理由は、前回同様の「準備不足」。しかし、買収サイドである月華では、「説明不足で納得できない」と反発。今週中にトップ会談が開かれる予定だ。

三度にわたる統合延期の背景には、鈴紡取締役会内の不協和音、従業員組合の猛反発、さらには全国に約二万五〇〇〇店と言われる同社の特約店組合からの反対などの調整が難航しているのが最大の理由と見られている。

その一方で、社内から投資ファンドによる分社化などの動きもあり、鈴紡再生の鍵を握ると言われる化粧品事業の先行きは予断を許さなくなってきた。


【日本産業新聞】

2

二〇〇五年三月一日・荻窪

最高の夜でした\(^o^)/
あんなおいしいフレンチ初めて！
でも何よりの御馳走は、ワイルドな村岡サンを知った事かな♥
今度は、真っ赤なクワトロでドライブ連れて行ってくださいね♥♡

麻美

村岡彰一は、昨日の夜から何度も眺めた携帯メールを今朝も飽きずに見ながら、一人心ときめかせていた。こんな気分は久しぶりだった。

人事部一の美人と誉れ高い平岡麻美が彼の食事の誘いに応じたことだけでも驚きだったのに、話が弾み思わぬところまで展開した時には、さすがに「これは夢か」と酔いすら吹き飛んだ。人生まだまだ捨てたもんじゃない。村岡はしみじみと思った。問題は次の展開だった。彼はこのメールを受信した後、すぐに打ったものの、〝時期尚早〟と判断して未送信のままだった返信文を呼び出した。

夢のような夜だったね。

じゃあリクエストにお答えして、来週の土曜日でもどう?

彰ちゃん

良かった。こんな舞い上がったメールを送ったら、せっかくの俺のイメージが台無しになるところだった。そう、最後の「彰ちゃん」がまずい。やっぱり「彰一」かな。そう打ち直そうとした時、いきなり寝室のドアが開き、村岡は慌てた拍子に送信してしまった。

「あっ!」

「何、どうかしたの？」

やはり手に携帯電話を持っていた妻の早智子が、怪訝そうに夫を見た。

「急にドアが開いたからびっくりしたんだよ。一体朝から何をばたついてるんだ」

「もう大変なのよ」

「何が大変なんだ」

「今朝の日産新聞見た？」

おまえ、いつから経済新聞なんて読むようになったんだ。

「いや、まだだ。何か出てたか？」

「鈴紡の化粧品事業を月華に売却するという話が、延期になったのよ」

「それがどうかしたのか？」

「ほら、言ったでしょ。私、最近株やってんの。美奈が薦めてくれたんで月華の株を結構買ったのよ。鈴紡の化粧品事業を買ったら業界第二位になって、一位に肉薄するそうだからね」

美奈とは早智子の大学時代からの遊び仲間だった。妻はここ数ヵ月、その美奈に誘われてインターネットによる株の売買に凝っていた。デイトレーダーとかいうやつだ。

「それがそんな記事で大変になるのか？」

「そうなのよ。こんなに統合が長引くと大体ダメなんですって。そうすると上がっていた株価が暴落するのよ。もう美奈も朝からパニックになってメールを送ってくるの」

勝手にやってくれと思ったのも束の間、一体妻はその株を買う金をどうやってひねり出したのかが気になった。

「なあ、おまえ」

「ごめん、ちょっと今はダメ！　それと朝ご飯、用意できているからね」

彼女は言い捨てると、そのまま部屋を出ていった。一体、ここに何の用があったのかも分からなかった。

新しい物好きで、何でもやってみてはすぐに飽きる妻が、珍しく三ヵ月以上続けている。それがいいことなのか、悪いことなのかは分からなかった。ただ、時々主婦が株に手を出して借金地獄になったという話も聞く。

そこだけはちゃんと抑えておくべきだな。

村岡が妻に釘を刺しておこうと部屋を出かけたところで、携帯電話にメールが着信した。ディスプレイに浮かび上がったのは、平岡麻美の返信だった。

「おお」と思わず声をあげながら、彼はメールを読んだ。


嬉しい！　来週の土曜日大丈夫です！

もしかしてお泊まりですかぁ～？.(゜o゜)　　　　　麻美(*^_^*)

3

二〇〇五年三月一日・内幸町

帝国ホテルで正午から始まった日本エグゼクティブ・テーブル会議（ＪＥＴ）の例会は、鈴紡の話で持ちきりだった。

グローバル社会に対応したカンパニーを目指すエグゼクティブの会として昭和五五年（一九八〇）に発足したＪＥＴは、今やどの経済団体よりも政官財に大きな影響力を持っていた。

その理事の一人に名を連ね、次期議長就任も決定しているシャインの滝本誠一郎は、ため息混じりに隣のトヨハシ自動車の会長で、ＪＥＴ議長の岡崎惣一朗に囁《ささや》いた。

「名門という驕りが判断を誤らせてしまっているんでしょうか」

「そうね。鈴紡と言えば、かつてはどこかのパーティでご挨拶しても、我々は返事もしてもらえなかったエクセレント・カンパニーだったけれど、こうなると見苦しいと言わざるを得ないね」

歯に衣着せぬ物言いで知られる岡崎らしい言葉だった。彼はいつも微笑んでいるような温和な印象があったが、その洞察力と決断力には冷徹なまでの厳しさがあった。滝本は岡崎の言葉に頷きながら、シャインに入社したばかりの頃、大阪の鈴紡本社に営業に行った時のことを思い出していた。右も左も分からない飛び込みだったが、自社製の複写機を扱ってもらおうとした。だが先方からは、「課長以下の方の営業はお断りしてますねん。それにウチは昔から理化学コピーさんとつきあいがありますんで」と追い返された。

「それより、和泉さんが大変ですね」

着々と総合電機の名門を買収する準備を進めていた滝本は、いずれ自身も同じ境遇になりかねない和泉の心中を察して言った。和泉とは、鈴紡の化粧品事業を買収しようとしている月華の社長であり、JETの理事の一人だった。さすがにここまでマスコミに騒がれたのを嫌ったのか、今日は姿を見せていないようだった。

「まあ、あそこは堅実だけが取り柄だから。MA《エムエー》(M&A)なんて似合わないことをやるとこういう火傷をすることになる」

バブルの影響すら受けなかったと言われる無借金経営の優良企業が、傾きかけた会社の一事業を飲み込もうとする、いわば一見「楽勝」に見える企業買収でも、下手を打つとここまでこじれる。

「何がまずかったんでしょう」

「アドバイザーでしょうな」

「アドバイザー?」

「そう。先日、和泉さんからも似たようなことを聞かれたので申し上げたんだが、MAというのは、その道のプロの協力を仰がなければ絶対にうまくいかない。中でもFA(ファイナンシャル・アドバイザー)には金を惜しんではいけない。月華はその選択を誤った」

トヨハシ自動車は表には余り出ていないが、国内外で多くのM&Aを重ねて来た。さらに、他社からの買収を回避するためのコーポレートガバナンスも徹底している。

それだけに岡崎の言葉には重みがあった。

「あそこは、どこが？」

「ＵＴＢキャピタルでしょ。素人集団という噂ですよ。しかも、仕切りはリーガルサイドがやっているという話だし」

「つまり弁護士ですか」

「そうです。確かにＭＡには弁護士は不可欠です。でもね、彼らは法律の専門家ではあるが、経営については素人です。法的な局地戦には強いが、大局からビジネスを見る目に欠けている。まあ、皆ではないですがね。今回の問題はそこでしょうな。どうしたんです、滝本さん。まさか御社もどこかを飲み込もうなんて思っているんじゃないでしょうな」

今回の一件は、滝本にとって他山の石として学ぶべきことが多かった。月華ほどではないが、シャインも金融機関やコンサルティング会社を恣意的に遠ざけているところがある。勉強のためにも企業買収のプロに話を聞く機会を持つべきだ。

察しのよい議長の鎌かけに苦笑して、滝本は中座した。間もなく今日のゲストスピーカーによる講演が始まる。今日は、〇六年に全面改正される会社法の策定に携わった経産省の官僚が登場することになっていた。

滝本は、すれ違う何人かの社長と挨拶を交わしながら、会場を出るなり彼の右腕である経営統轄室長の携帯電話を鳴らしていた。

4

二〇〇五年三月一日・首都高

同じ日産新聞の記事を読んでいても、鷲津が気になったのは別の記事だった。

リゾルテ・ドゥ・ビーナス　日光の名門ミカドホテル買収

鷲津は、すぐに前島朱実の携帯電話を呼び出した。彼はこの日、ようやく幕張プリンスから出て、一年近くご無沙汰だった古巣ホライズン・キャピタルに向かっていた。

「おはようございます。今、どちらですか?」

先日来すっかり鷲津のお気に入りとなった前島は、鷲津が久しぶりに出社するための準備を進めていた。

「今、田町のあたりだ。それより今朝の日産新聞は何だ?」

「鈴紡の一件ですね」

「違う。ミカドホテル買収の話だ」

「…………」

電話の向こうで前島が動揺していた。慌てて新聞をめくっている音も聞こえた。

「すみません、気がつきませんでした。これが何か？」

「なぜ、ミカドがフランスのリゾート会社に買われるんだ」

「あの、おっしゃっている意味が分からないのですが」

そこで鷲津は、ふるさとファンドとホライズン・キャピタルとの関係を前島がどのくらい知っているのか尋ねた。

「以前、経済誌でそういう噂があるという記事は読みました。でも、本当だったんですか？」

業界内では公然の秘密だった。地銀連合と政府系銀行である政策復興銀行を母体にして生まれたふるさとファンドだったが、実際の運営は、ホライズン・キャピタルとゴールドバーグ・コールズが請け負っていた。ただそれを表面に出すと、政府がハゲタカと癒着かなどとマスコミがうるさいのと、まだまだ外資アレルギーが強い地域では障害になる可能性もあると判断して、鷲津らは黒衣《くろご》に徹していた。前島はその事実を知らなかったようだ。

「この件について鷲津が説明を求めているとピーターに言っておけ。あと一五分で神谷町に着く」

車は首都高をのろのろと西へ向かっていた。鷲津はピーターに確認するまで待てずに、携帯電話のディスプレイを開いた。電話は新調されていたが、アドレスは全て移されてあった。最初、そこに残っているはずのある人物に、衝動的に詫びの電話を入れようとした。だが、何が起きているのか分からない段階で電話をしても意味はなかった。同時に、彼女の前に二度と姿を現さないと心に誓ったことも思い出した。鷲津は別の人間の携帯電話を鳴らした。

「もしもし」

相手が応えると、鷲津は険しかった表情を一気に和らげ、愛想のいい声で挨拶した。

「ごぶさたしております、ホライズンの鷲津です」

電話の向こうで息を飲むのが分かった。どうやら危惧は当たっていたようだ。

「これは鷲津さん、いつお帰りに……」

相手が必死で取り繕っていることに気づかないふりをして、鷲津は話を合わせた。

「先月中旬、戻って参りました。長い間、留守をしており申し訳ありませんでした」

「何々、日々変わりありませんから。それより我々のような貧乏暇なしの人間にはうらやましい限りですよ。一年間もの休暇を取られて、世界を回られたとは……」

言ってくれるじゃないか。その貧乏な人間が、この一件でいくら儲けたんだ……。

電話の相手は、ふるさとファンドの社長である赤松隆彦だった。世界銀行から政府系金融機関である政策復興銀行に移り、出向の形でふるさとファンドの社長に転じていた。

「いやいや、休暇というよりは、一年間ペナルティボックスに入れられたようなもんです」

鷲津のくだらないジョークに、赤松は乾いた笑いを返してきた。鷲津は本題を切り出した。

「時に赤松さん、つかぬことを伺いますが、今朝の日産新聞に出ていたミカド・ホールディングズはどうなっておりますか？」

「ミカド・ホールディングズの件、ですか」

再び相手の声に緊張感が籠《こも》ったのが分かった。

「ええ。何でもフランスのリゾート会社、リゾルテ・ドゥ・ビーナスがミカドを買収したとあるのですが……」

「そうでしたかねえ、いや、どうやら私は見落としたようです」

「ミカド・ホールディングズ株は、確かそちらで持っていただいてたはずなんですが」

「ああ、そうでしたね。ただ、先月末にゴールドバーグ・コールズがどうしても売って欲しいとおっしゃったので、売却したと聞いていますが……」

意外な名前が出てきた。

「GCがですか」

「そうです。お聞きになられていませんか？」

「ええ、まだ社会復帰の最中でねえ。しかし、いくらGCが売ってくれと言っても、ミカドはまだ再生途中のはずです。再生を始めて一年でその株を手放すとは驚きですな。弊社の方でもそれは了解したんでしょうな」

「はて、鷲津さん、またおかしなことを。我々がなぜ、御社にそんなお伺いを立てる必要があるんです」

貴様、言うに事欠いて何を言い出す。そもそもふるさとファンドは俺たちの傀儡《かいらい》ファンドなんだ。GCがレバレッジ（企業買収用融資）や債券・株券業務をバックアップし、俺たちが買収と再生を指示しているからこそ成り立っているはずだ。

「あははは、赤松さん。冗談は止めましょうよ」

「冗談なんて言ってませんよ。あ、もしかして鷲津さんはご存じないいんじゃないですか」

「何をです」

「御社の新社長であるマイスキー氏から、一月末で、弊社との関係を清算すると通告があったんです。その上、そちらから一方的に契約を解除したにもかかわらず、未払いのアドバイザリー料として法外な金額を請求されてほとほと困っているんです」

さすがの鷲津も言葉を失っていた。一体、誰がそんな指示をしたんだ。鷲津は怒りを堪えて先と変わらぬ飄々とした口調で答えた。

「いや、そうでしたか。これは失礼いたしました。どうも、すっかり浦島太郎になった気分です。また、改めてご挨拶に伺います」

「どうぞ、ではまた」

相手は鷲津の返事を待たずに電話を切った。

鷲津は、目をつぶって腹の中から湧き上がってくる怒りを抑えてから、再び前島を呼び出した。

「悪いが、もう一つ頼まれてくれ」

「何でしょう」

「急いで、リゾルテ・ドゥ・ビーナスとミカド・ホールディングズの現況について資料を集めてくれないか」

「今、やっています」

優秀じゃないか。

「手回しがいいな」

「とんでもありません。私自身が興味を持ったので」

その調子だ。

「あと五分で着く」

車がゆっくりと桜田通りを北上し始めた。

この街の風景も一年前と全く変わっていない。だが変わっていないのは、どうやら見かけだけのようだ。俺の知らないところで、この国はどんどん変化している。目に見えない変化ほど怖いものはない。

もしかして、不在の一年間が俺にとって取り返しのつかない一年になるかも知れない。

鷲津は懐かしい風景を眺めながら、今の自分にはこの風景の向こう側を見通す情報と力が圧倒的に不足していることを思い知らされていた。

5

二〇〇五年三月一日・神谷町

鷲津が会長を務めるホライズン・キャピタルは、神谷町の城山JTトラストタワーの三三階と三四階にオフィスを構えていた。九六年に、世界屈指の投資ファンドKKL（ケネス・クラリス・リバプール）の日本法人として誕生したホライズン・キャピタルは、九九年にはホライズン・ジャパンというグループ会社になっていた。グループには、ホライズン・キャピタルを中心に、債権回収会社（サービサー）のホライズン債権回収や不動産ファンドのホライズン・エステートなど七社があり、グループ内であらゆる案件の処理に対応していた。

鷲津を乗せた車は、予定より少し遅れて地下駐車場に滑り込んだ。社内の人間には出迎え無用と言ってあったため、彼を迎えたのはサム・キャンベルと黒ずくめの男たちだけだった。

「おはようございます」

サムが低い声で挨拶した。

「社長自らのお出迎え、恐縮だな」

「これが私の仕事ですから」

幕張から車に乗り込んでいた二人のボディガードと共に、サムの後ろにいた連中が、車のトランクからパソコンや大量の書類を取り出していた。

エレベーターに乗り込むなり、鷲津はサムに呟いた。

「今朝の日産の記事だが」

「どの記事ですか、鈴紡？」

「いや、そっちじゃない」

サムはそれで納得したように頷いた。

「今回のミカド株買収の裏に何があったのか、それとふるさとファンドの現況を調べてもらえないか」

「了解しました。私から一つだけ」

「何だ」

「当分の間、単独行動は厳禁です。どこへ行くにも彼らを同行してください。よろしいですか」

鷲津は肩をすくめた。そこでエレベーターの扉が開いた。

ホールいっぱいに人がいた。

「ウエルカム・バック！　ミスター鷲津！」

中央にいたピーター・マイスキーが叫ぶと、後ろに控えていた全員が同様に叫んだ。鷲津は驚いたものの、すぐに右手を胸に当てて深々と頭を下げおどけてみせた。背後でサムを乗せたままのエレベーターが閉まった。

鷲津はメンバーの間を縫いながら、会長室の扉の前で振り向いた。

「ようやく、ここに戻れました。また、一緒に日本をガンガン買い漁りましょう！」

ドッと歓声が沸き上がる中、鷲津はもう一度胸に手を当てて一礼した。

会長室は、一年のブランクを感じさせないほど整然としていた。長い間留守にしていた部屋特有のほこりっぽさも、寒々しさもなかった。鷲津はまるで二日ほどの留守から戻ってきたような気分になった。デスクの上はきれいに整頓されており、今朝の新聞や雑誌、さらに今日のスケジュールの一覧が、手に取りやすいように置かれていた。鷲津はデスクに指を這わせてその感触を確かめた後、久しぶりの椅子に腰を下ろした。

一年間の放浪中には、もう二度とここには戻らないだろうという予感めいたものを感じた時もあった。だが、どうやら俺の中に流れる血はここを忘れていなかったようだ。何の違和感もなく、この部屋に溶け込んでいる。

　ノックがして秘書の村上浩子が入ってきた。

「失礼します」

「やあ、ご無沙汰」

　普段はクールに仕事をこなす彼女も「お帰りなさいませ」と柔らかい笑みを返してきた。

　秘書なんぞ持つ柄じゃないと渋る鷲津だったが、忙しさの余りスケジュール管理が手に負えなくなり、会社をグループ化した時に秘書を雇い入れることに合意した。

　村上は帰国子女で、英語とフランス語、スペイン語がネイティブに近いレベルでこなせた。都銀の国際部に総合職として就職し、その後秘書室と外資系投資銀行の広報担当を経て、ホライズンに入社している。確か今年で三六歳になるはずだった。華奢な体つきで姿勢が良く、小さな顔は美人ではなかったが知性を感じさせた。彼女はグレーのスーツにヒールという、鷲津がホライズンを離れた時とほぼ同じ格好で彼の前に立った。

「また、きれいになったかい？」

　鷲津はわざと英語で尋ねると、彼女はフランス語で返してきた。

「何て言ったんだ」

　彼女は肩をすくめて英語で答えた。

「あなたは、また一段とワイルドになったわ」

　鷲津は、椅子から立ち上がりくるりと一回転した。

「だが、この部屋にはちょっと似合わん格好だろ」

帰国直後ほどひどくはなかったが、鷲津は未だに長髪で頰髭を生やしたままだった。久しぶりの出社を前に、髪と髭を切ろうと一度は鏡の前でシェイビングクリームをつけた。だが、なぜかしばらくこのままでいるべきだと鏡の中の政彦に言われて、スーツに合うよう少しこぎれいに整えただけだった。理由は考えないようにした。いずれ鏡の中の彼が、髪と髭を切れと言うに違いない。

村上は、彼の全身を三〇秒ほどチェックした後、日本語で感想を述べた。

「鷲津さんらしいと思います。昔から、この部屋とはマッチしない方でしたから、むしろそれぐらいの方が似合います」

村上は鷲津のスタイリストも兼ねており、鷲津が赴く交渉の場と目的にふさわしいコーディネートを考えてくれた。彼女はひと呼吸置いてから言葉を足した。

「ただ、鷲津さんが以前よく口にされていた、どこにでもいる冴えない男というイメージを作るのは少し難しいかも知れません」

鷲津はことさら地味ないでたちをして数多くの取引先を油断させ、相手の懐深くに入ってきた。その点では、確かに今の格好は〝異形〟に近い。

「いずれにしても、鷲津さんも業界では有名人になっちゃいましたから、服装程度の小細工では相手は騙されないでしょうね」

「結構。安心したよ。じゃあ、久しぶりに君のおいしいブラックコーヒーをおねだりしてもいいかね」

鷲津が後半部分を英語で言うと、彼女は「喜んで」とだけ答えた。

「その前に、本日の予定ですが」

そう言われて鷲津はデスクの上に視線を落とした。おそらくはピーターが入れたのであろう挨拶回りが三〇分刻みで入っていた。鷲津はザッと目を通してから顔を上げた。

「一四時からのGCへの挨拶と、夜の堀さんとの会合以外、全部キャンセルだ」

「承知しました」

彼女は眉一つ動かさずにそう言った。最初からそう言われるのを承知の上だったようだ。

「で、まずはマイスキー社長がお話をしたいと言っていますが」

「後だ。先に前島君を呼んでくれ。ピーターは三〇分後でいい」

「了解しました」

彼女は軽く会釈をして部屋を出ていった。鷲津はパソコンを起動させると、ぼんやりとディスプレイを眺めた。

目に見えない変化をどうやって見抜いていくのか。今の鷲津には明快な戦略はなかった。だが、まず一番重要であり、肌で感じることができるのは、周囲の人間と自分との間の距離感を測ることだった。しかも鷲津にとって辛いのは、一年前までビジネスを共にしてきた重要な人間が二人も欠けていることだった。公私にわたって彼のパートナーだったリンはこの国を去り、アランはこの世を去っていた。あの頃と変わらないと実感できるのは、サムだけだった。

とにかく以前のつきあいを再開させて、各人と顔を突き合わせてその感触を測るしかない。

鷲津はメールソフトを立ち上げると、アドレスの中から会うべき人のリストを作り始めた。

忙しないノックの音と共に、社長のピーター・マイスキーが入ってきた。血相を変えた彼は大股でデスクに近寄ると、いきなり英語でまくし立てた。

「なぜ、私が苦労して組んだスケジュールをキャンセルされるんです！　それになぜ、最初のミーティング相手が、私ではなく朱実なんです！　それに」

「やめろ」

鷲津は渋々英語で返した。

「質問は一度に一つだ。まず第一の質問への答えは、俺は挨拶に無駄な時間を費やすほど暇じゃない。二つ目、俺が会う人間は俺が決める。今は、おまえさんより前島に用がある。それだけだ。何か問題あるか？」

「いえ」

だがピーターの顔は一向に納得しているようには見えなかった。鷲津はそこで攻めに転じた。

「それよりおまえ、ミカド・ホールディングズの一件について、説明は万全なんだろうな」

ピーターがムッとして鷲津を睨んだ。

「その件については私は関知していません」

「ピィータァー、ここの社長は誰だ？」

「私です」

「ならばこの会社の過去、現在、未来の全てを把握しておくのがおまえの仕事だ。あと三〇分だけやる。俺が納得できる説明を準備しろ」

「しかし、ボス！」

鷲津はそれを無視してデスクの上のインターフォンを押した。

「前島を通せ」

それを聞いてピーターは大げさに両手を広げたが、渋々引き下がった。入れ替わりに村上がコーヒーを持って現れ、その後ろに〝豆タンク〟前島の筋肉質の体が見えた。

6

二〇〇五年三月一日・神谷町

「いいんですか、社長をあんなに邪険に扱われて」

前島が心配そうに尋ねた。

「ホライズンに来た直後のアランは、人間扱いしてもらえなかった。それに比べたら随分ましだ。おまえさんも他人の心配をしないで、自分のビジネスに専念することだ」

鷲津はお気に入りの椅子に体を預けて、村上が淹《い》れてくれたブルーマウンテンを味わっていた。

前島は鷲津の前で両手に抱えきれないほどの資料を抱き、足を肩幅まで広げて立っていた。

「本題に入る前に、一つ大切なことを聞いておきたい」

「はい」

彼女の表情は臨戦モードに入っていた。良い眼をしていた。

「おまえさんは幕張で、俺に鍛えて欲しいと何度も言っていたが、あれは本心か？」

「私は嘘は申しません」

「結構。では、今日から俺の直属で動いてもらうが、それでもいいか」

彼女の表情が明るくなった。分かりやすい性格も今の鷲津には救いだった。

「喜んで！」

「俺の下に付くということは、一日二四時間、一年三六五日、俺の電話一本ですぐ仕事にかかるという意味だぞ」

「承知しています」

「休みだの、プライベートだのはないぞ」

「全然、問題ありません！」

鷲津はしばらく彼女を愉快そうに見上げていた。前島は緊張気味の面持ちで、鷲津の視線を受け止めていた。鷲津はコーヒーカップを口元に運びながらも、眼だけは彼女を捉えていた。やがてコーヒーを飲み終えると、立ち上がって右手を差し出した。

「じゃあ、よろしく頼む」

「はい！　私こそよろしくお願いします！　ご期待に添えるように精一杯努めます」

彼女は感激しながら両手で鷲津の手を強く握りしめた。床には彼女が両手で抱えていた資料が散乱した。前島は慌ててそれを拾い集めた。鷲津はニヤニヤしながら彼女が立ち上がるのを待った。

「今のデスクはそのまま持っていればいい。だが俺がここにいる間は、村上君の前にあるデスクを使え」

「分かりました」

「じゃあ仕事の話だ。鈴紡の化粧品事業は、俺たちがもらう」

泣き出さんばかりの顔で、前島は鷲津を見ていた。

「何だ、不満か?」

「いえ、感激しているんです。そのお言葉を心から待っていましたので」

鷲津は部屋の一角にある打ち合わせテーブルに彼女を誘った。六人がかけられる楕円テーブルの中央に電話が置かれ、パソコンの端末やホワイトボードもあった。先にデスク中央に腰を下ろした鷲津は、自分のそばに座るように前島に指示した。

「プロジェクト名は、鈴を鳴らせ! という意味で〝ジングル〟」

「良い名ですね」

前島は新しい黒革のプロジェクトノートを開いて、そこに英文字で〝jingle〟と書き込んだ。

「プロジェクトルームとしてこのフロアの第二会議室を使う。誰か一人サポートに付けろ。おまえが一番使いやすい人間でいい」

前島は黙って頷く。

「で、今日の午後四時にキックオフ・ミーティングをやりたい。ただし急な話だから、顔を出せる人間だけでいい。外部の人間には後で言うとして、ひとまず堀さんと中延さんに来てもらってくれ。それとサムにも」

堀嘉彦はホライズン・ジャパンの会長で、現在は、ホライズンが再生している地銀・相愛銀行の会長も務めていた。そして中延五朗は、ホライズン・グループの不動産ファンド、ホライズン・エステートの社長だった。いずれも鷲津が日本で投資ファンドのプレイヤーとして地盤を固める上で必要不可欠な金融界の大先輩だった。

「で、外部の方だが、まずCPA（会計士）とPRは、いつもの顔ぶれでいい。問題は、FA（ファイナンシャル・アドバイザー）とLA（リーガル・アドバイザー）だ。ここ半年ほどのウチの案件を見ていると、毎回のように顔ぶれが変わっているんだが、何か理由があるのか？」

前島は、鷲津が示した最近のFAとLAのリストを覗き込んだ。

「いくつか理由はあります。最大の理由は、ウォード社長が、独自のチームを作ることが鷲津さんから課せられた宿題の一つだとおっしゃっていて、色々な方を試していたからです」

そう言えば、確かにアランにそんなことを言った記憶があった。鷲津は不意にアランの健気さに触れて心が揺れた。

「この様子だとなかなか絞り込めなかったということか」

「はい。ただLAに関してはある程度、案件の中身によって人を決めていたようです」

「案件の中身とは？」

「破綻処理なのか、MAなのか。あるいは法廷勝負を想定しているか、ネゴ（交渉）で決着するかなどです」

かつて日本の企業弁護士は、お飾り的な顧問弁護士と〝倒産村〟と呼ばれた会社更生のエキスパートに大別できた。しかし、毎年のように制定される産業再生関連法案や会社法の改正、そしてグローバル化などによって、より高い専門性と、時代の変化に対応できる柔軟性が求められるようになってきた。

そういう意味で、案件の中身によってLAを使い分けるというのは、一つの見識だった。

「ならば、今回は誰だ」

「青田大輔先生が良いと思います」

三八歳の青田には以前、鷲津自身も何度かLAを依頼していた。日本屈指の企業弁護士ファームから先輩と独立した若手で、エネルギッシュで明るい性格が印象的だった。

「理由は？」

「ジングルの一件では、最初からウォード社長と組んでいました。それに今回の一件は法廷闘争の可能性もあり、ゼネラリスト的な方がいいと思います。また青田先生は情熱家で、ウォード社長が亡くなった時の嘆きも半端じゃありませんでした」

鷲津は冷たい表情になり、前島に釘を刺した。

「一つだけ言っておくが、アランの弔《とむら》い合戦をしようと思っているわけじゃないぞ。ビジネスに私情は禁物だ」

前島は顔を赤らめて詫び言を口にした。

「すみません、失言でした。ただ、いずれにしてもジングル案件では、青田先生がベストだと思います」

「よし、じゃあ彼で行ってみよう。で、FAはどうだ。もう一年近くGCと一緒に仕事をしていないが、その理由を知っているか？」

日本に来て以来、鷲津はFAをGCに固定していた。彼がプライベートでもパートナーだったリン・ハットフォードがGCのM&Aアドバイザーリー部のトップだったことが最大の理由ではあったが、両社の関係はすこぶる良好だった。しかもアランはそもそもGCからの〝預かり者〟としてホライズンに出向しており、最後は彼の強い希望でホライズンに転籍したという経緯もあった。

前島はしばらく答えるのを逡巡していたが、鷲津の促すような視線に頷いて口を開いた。

「一言で言えば、今のトップが信用ならないからだと思います」

GCの日本代表（東京支店長）はリンの後、ニューヨークから来たアメリカ人が務めたが急逝し、その後同社では初めての日本人がトップに就いていた。

「確か今は、野村さんだな」

野村徳広。GCでは珍しいエクイティ（株式）&デット（債券）ファイナンス部門の出身者だった。確かリンが蛇蝎《だかつ》のごとく嫌っていた男で、鷲津も良い印象を持ってはいなかった。

「そうです。ウォード社長は、野村さんのことをハゲタカ以下のハイエナだと何度も言っていました。いつも尊大で傲慢で、何かと我々のビジネスに嘴《くちばし》を容れてくる。そのくせリスクは取らず、リターンはべらぼうに要求する」

「俺たちの商売はそんなもんだぞ」

「それは分かっています。でも、ウォード社長は、後ろからいつ刺されるか分からないような相手とパートナーは組みたくないとおっしゃって、他社を試していたみたいです」

だが、それを一つに絞り込めなかったことは記録が示していた。

「あの、鷲津さんが戻ってこられたのなら、もうＦＡなんていらない気もするんですが」

「なぜだ？」

「彼らの無責任なアドバイズなんぞなくても、鷲津さんなら的確なご判断ができると思うのですが」


鷲津は恭しく頭を下げた。

「お褒めに与《あずか》って光栄なんだが、それはおまえがＦＡという仕事を正確に理解していないからだ」

「どういうことですか？」

「確かに、買収者が事業会社や日本の銀行なら、ＦＡの最大の仕事は被買収会社を迅速かつリーズナブルに奪取するための知恵を貸すことだろう。だが、それ以外にもＦＡには重要な役割がある」

前島は、真っ直ぐに鷲津を見つめていた。

「一つは資金調達であり、それにＭＡをかけたことによって動く株価の対策、政治的な動きの牽制、ケースによっては我々と共に買収に参加してくれるパートナー探し、さらには他のライバルの動向など金融界の情報収集も重要だ。そうした細かい作業を彼らに任せられるから、俺たちは常に前を向いて闘える。だからＦＡは絶対に必要なんだ」

「すみません、不勉強で。それならば今回のディールには、ジャーマン・インベストメント（Ｇ

I）の石岡さんが良いと思います。青田先生と同様、最初から参加されてましたし」
聞いたことのある名前だった。

「石岡というと、石岡紳一のことか？」

「そうです。以前はGCでハットフォードさんの下にいた方です」

彼ならよく知っていた。エキセントリックなリンの下で、黙々とサポートしていた冷静な男だった。

「彼は今、ジャーマンにいるのか？」

「半年ほど前に、チームごとジャーマンに引き抜かれたそうです」

外資系投資銀行ではよくある話だった。一人のプレイヤーだけではなく、チームごとごっそり引き抜いていく。その効果は絶大だった。移籍先で新たにチームを構築する時間も手間も省けるだけではなく、クライアントに与える信頼度も違ってくる。

「よく野村さんがそんなことを許したな」

「ひと騒動あったそうです。でも、そもそも野村さんが石岡さんを解雇したのがきっかけだったので、野村さんが石岡さんと行動を共にしたメンバーの動きを知った時は、後の祭りだったようです。その結果、未だにGCでは、ジャーマンの案件は絶対に奪取しろと厳命されているそうです」

鷲津の印象が間違っていなければ、野村はジャーマンが石岡らを放り出すまで、あの手この手で嫌がらせを続けるだろう。それぐらい執念深い男だった。

「分かった。じゃあ、石岡君にお願いしてみてくれ。大至急、みんなに連絡をとってくれないか。

あと一五分ほどで出かける。結果は、移動中の車の中で聞かせてくれ」

「了解しました」

前島はそう言うと黒革のプロジェクトノートだけを手に、部屋を飛び出しかけた。そこで彼女は思い出したように鷲津の方を振り向いた。

「あの、出かけるってどちらに？」

「話題の人、ゴールドバーグ・コールズの日本代表、野村さんのところだ」

7

二〇〇五年三月一日・神谷町〜溜池山王

車に乗り込むなり、鷲津は同乗すると言って聞かなかったピーターに報告を求めた。

「ミカドホテルの一件も含めて、私が日本に着任してからのご報告は、帰国された時にお部屋にお届けしたのですが」

ピーターは半ば怯えながら英語で説明を始めた。

「見ていない。とにかくおまえさんの口から説明を聞きたい。ふるさとファンドの赤松社長は、おまえさんが一方的に契約解除を通告した上に、法外なアドバイザリーフィーを請求したと怒っていたが、その通りなのか？」

「ニュアンスはちょっと違いますが、事実としてはそうです。ですが、いずれも契約書に則って行ったフェアな手続きです」

「言い訳はいい。契約解除の根拠は何だ？」

「上からのお達しです」

「上だと？　おまえは社長だろ。お前の上にいるのは会長の俺だけじゃないか。俺はそんな指示をした覚えはない」

「すみません、ニューヨークのポールからです」

懐かしい名前だった。ポール・カーマンスタイン。彼こそ、鷲津をこの世界に引き込んだ張本人だった。彼は現在、ニューヨークのKKLで海外統括担当取締役を務めていた。

「なぜ、そこでポールの名が出てくるんだ」

「日本への赴任が決まった時、ポールから、ホライズンのビジネスは複雑怪奇になりすぎている、おまえが行ってシンプル＆クリアにして来い、と言われました」

「ポールにそんな権限があること自体解せないが、百歩譲ったとして、なぜそのシンプル＆クリアにすることが、ふるさとファンドとの契約解除に繫がるんだ」

「あれは、スキームとして歪《いびつ》です。表向きは政府系の地方版再生機構でありながら、実際はGCがレバレッジとFAを担当し、ホライズンがソーサー（企業買収者）兼再生担当になっています」

「歪であろうがなかろうが、それでビジネスが成立しているんだ。何が悪い」

経営危機に陥った地銀のせいで、地方の優良企業が連鎖破綻を起こしかけていることに早くから目を付けていた鷲津は、地方での企業再生ビジネスを目論んでいた。地方の企業は一社ごとでは小規模だったが、アランは、いくつかの部品工場などを統合して一大総合部品メーカーの構築を目指していた。ただ、地方での外資アレルギーは相当なものだった。そこで一種の隠れ蓑として、また実際に政府系金融機関などからの依頼もあって、ピーターが言う「歪な構造」のファンドが誕生したのだった。

「ポールは、我々が政府に近づきすぎることを懸念していました。また、どうせ手間暇かけるのなら利の大きいビジネスにエネルギーを集中するようにと言っていました。そこで、売上ベースで一〇〇億円以下の案件を全て切ったんです」

「When in Rome, do as the Romans do.（郷に入っては郷に従え）という言葉をおまえは知らんのか」

「でも、ここはニッポンです」

鷲津は手にしていたファイルをピーターに投げつけた。

「二度とくだらないジョークを言うな。いいか、よく覚えておけ。貴様は、俺たちが何年もかけて築き上げた金脈を一本潰したんだ。この埋め合わせはしてもらう。今年中に三億ドル以上の売上が達成できなければ、貴様はクビだ」

「そんな……」

「それ以外に、ポールから言われたシンプル&クリア・プランでやったことは？」

「それも、先日メールで」

「俺は、今、ここで、貴様から、それを、聞きたいんだ！」

鷲津は一語ずつ区切ってピーターにぶつけた。ピーターは自分の鞄から別のファイルを取り出した。

「言ったはずだ、口で説明しろ」

「いくつかの日本レストランとスパハウスを売りに出しています。まだ、売れたかどうかは聞いていませんが……」

「日本レストランとスパハウスだと？」

「ああ、あの〝リョーテー〟っていうんですか、それと〝温泉リョーカーン〟です」

鷲津は、ピーターに手渡されたファイルを開いた。接待などのためにホライズン・キャピタルが持っていた赤坂と柳橋の三軒の料亭、さらに銀座のクラブ三軒、そして熱海と箱根、京都の老舗旅館がリストアップされていた。

「おまえ、これらの店の意味が分かっているのか？」

「いえ、分からないから売却する指示をしたんです。我々は不動産を持たない主義じゃないですか」

もう言葉もなかった。

「これは不動産じゃない。ビジネスを成功させるためのツールだ」

「何ですって？」

「いいか、日本でビジネスを成功させるためには、日本ならではのやり方で攻めなければならないこともある。そのために必要不可欠な場所としてわざわざ手に入れたんだ」

「そんなことは聞いていません」

「貴様、日本に来るに当たって何を勉強してきたんだ。札ビラ切って、俺たちは進駐軍でございってチョコレートでもまけば、仕事が獲れるとでも思っていたのか」

「チョコレートって何です」

鷲津はまたファイルをピーターに投げつけた。

「いいか。一週間以内にこれらを全て取り戻せ。その際、買い戻し価格が売却価格より高かった場合は、その分、貴様の報酬から差し引く！」

「そんな、無茶です。何度も言うようにポールが」

鷲津はピーターの言葉を遮った。

「ポールに聞いてみろ、おまえがやったことで鷲津が激怒していると。ポールはこう言うはずだ。そんな命令をおまえに出した覚えはない。自分の失敗は自分で落とし前をつけろとな」

ピーターはべそをかきながら携帯電話を開いて、ポールを呼び出した。ニューヨークが真夜中であるにもかかわらず、だ。鷲津は新社長の愚かさに呆れ返るばかりで、助手席で緊張したまま前方を見ている前島に声を掛けた。

「悪いが中延さんに連絡して、ジングルのキックオフ・ミーティングの前に社で話をしたいのだが時間がとれないか聞いてくれ」

前島もすぐに携帯電話を取り出した。隣では、ピーターが悲鳴に近い声をあげて電話の相手にまくし立てていた。やがて絶望的な表情を浮かべたまま、電話を鷲津に差し出した。

「ポールがお話ししたいということです」

鷲津は電話を受けとり、長らく忘れていた悪友の声を聞いた。

「政彦、何だか悪いことをしたようだな」

「………」

「おい、怒ってんのか。俺はただ、おまえがいなくなりアランも急死した後だから、気合を入れろと言っただけで……」

「ポォール、俺はお前の言葉は昔から信じないことにしている。今度、同じことをやってくれたら、俺は即刻このクソ会社を辞めるからな」

鷲津はそれだけ言うと電話を切り、落ち込んでいるピーターに電話を投げ返した。

「申し訳ありませんでした。鷲津さんのおっしゃるとおり、こっぴどく叱られました。しかし」

「言い訳はいい。とにかく、おまえさんがどれだけ仕事ができるか、見せてもらう。一ヵ月やる。ぶち壊した関係を全て元に戻してくれ。それができなければ、転職先を探せ」

ピーターはもはや反論する気力もなく、うなだれながら頷いた。

「それともう一つ」

「何でしょう」

「俺の前で、二度と英語を使うな」

「えっ？」

「ここはニッポンだ。英語なんぞ使っていたら、誰も相手にしてくれん。おまえの経歴書によると日本語もできるとある。ならば日本語を話せ」

「無理です」

「どうしてだ」

「六歳から二年間日本にいたことは確かですが、もう錆びついていて、日常会話がせいぜいで」

「ならば鍛えることだ。前島、いいな。おまえも報告は日本語でいい。報告書も日本語だ」

ピーターは唇を噛み締めて窓の外を眺めていた。前島は、返事の代わりに停止した車から飛び降り鷲津のためにドアを開けた。ゴールドバーグ・コールズの日本オフィスがある山王パークタワーの地下駐車場に車が到着したのだ。

「了解しました。それと中延さんは、社でお待ちしているということです」

鷲津は頷くと、まっすぐエレベーターホールへと歩き始めた。

8

二〇〇五年三月一日・溜池山王

世界屈指の投資銀行の一つ、ゴールドバーグ・コールズの日本オフィスは、溜池山王に聳《そび》える山王パークタワーの四〇階から四三階までの四フロアを占めていた。一階ロビーには同社専用の受付があり、専用エレベーターもあった。地下の駐車場にも専用の入口があり、鷲津らは地下受付で丁重に迎えられ、そのまま社長室がある四三階に通された。

エレベーターホールで鷲津を迎えた総帥・野村徳広は、この世界のトップには珍しい肥満体型で、上背もあったが横幅も広かった。一見豪快に見えるが、実際は非常に神経の細かい男だった。

彼は鷲津の容貌の変わり様に一瞬たじろいだが、すぐに脂ぎった丸顔に満面の笑みを浮かべて両手を広げた。

「これは見違えた！　ゴールデンイーグルが一年でライオンになって戻ってきた」

彼は大仰に笑い声を上げ、鷲津の両手を握り締めた。身体と同様、脂ぎった手だった。

「ご無沙汰しております。どうもまだ放浪気分が抜けなくて、こんな格好で失礼します」

「何をおっしゃる。いいじゃないですか。より凄みが出て鷲津さんらしい」

そう言って頭一つ低い鷲津の肩を抱きかかえながら、社長室に誘った。野村がソファに腰を下ろすと、後ろに控えた無表情な六人の男女が、彼を取り囲むように立った。なるほど元柔道部の野村は、こういうやり方がお好みか……。

威圧感を漂わせる総帥を中心に、仕事のできそうな連中が直立不動で睨みを利かす。気の弱い相手なら、これだけで相当有利に交渉が運べそうだ。

鷲津はそんな威圧など全く気にもせず、人懐っこく微笑むとお祝いの言葉を口にした。

「遅くなりましたが、この度は日本代表ご就任おめでとうございました。GC初の日本人トップということで、業界でも評判だそうで」

「何、たまたまですよ。私はもう少し動きやすいポジションが嬉しかったんですがね、まあ、どこも人材不足で……」

かつてのトップだったリンがこの男を蛇蝎のごとく嫌っていたのがよく分かる気がした。大手企業の増資で数々の幹事社を獲得した伝説的な営業マンだったったが、その強引さと手段を選ばないやり方も伝説的だった。多くの投資銀行において、利益の大半を上げる稼ぎ頭は債券や為替、コモディティ（商品）市場のトレーディング業務だが、会社の看板を背負うのはM＆Aアドバイザリー部だった。そのためトップを襲うのも、M＆Aアドバイザリー部出身者が多い。リンもそこの出身だった。しかし野村は、同じ投資銀行業務でも、資金調達やエクイティ＆デットファイナンス部門のトップだった。数字が全てであり、利の聡さでのし上がってきた男だけに、企業へのアドバイスというデリケートで人間同士の結びつきが重要なビジネスには不向きだろうというのが鷲津の印象だった。

野村は鷲津に葉巻を勧めた後、自分も一本くわえた。

「いやあ、あんたはいつも絶妙のタイミングというのを知っているねえ。まるで千両役者のように、舞台の準備が全て整ったのを見計らうようにして登場するんだから」

「何をおっしゃいます。私なんぞ芥子粒《けしつぶ》みたいなちんぴらです。それより野村さんこそ大胆な改革をされているそうじゃないですか」

「大胆な改革ねえ。まあ、ちょっとウチはお上品過ぎましたからなあ。この国では、欧米のようなスタイリッシュなビジネスは馴染みませんから、アハハハ」

葉巻にまんべんなく火を回し、煙を吹かしながら笑い飛ばした後、野村はいきなり身を乗り出して、鷲津の前にガマガエルのような顔を突き出した。

「これは冗談じゃなく鷲津さん、ぜひ我々でニッポンをがっぽりいただきましょうや。いくつかあんたに相談に乗ってもらいたい案件があるんですよ」

鷲津は、野村の鼻先に葉巻の煙を吹きかけながら、体を背もたれに預けた。

「ぜひ聞かせてください」

「うん、まずスーパーのダイコー。もうすぐ機構入りするだろうが、どうです。我々で料理してやろうじゃないですか」

「ご冗談を。機構は大の外資嫌いですよ。その中でも我々は札付きですから。我々には死んでもやらせませんよ」

野村はひときわ大きなアームチェアに身体を預けて、にんまりと笑みを浮かべた。

「なあに、そんなものはやり方一つでどうとでもなる。どうです。乗りますか？」

「もう少し具体的なお話を伺えれば」

「よし、決まり！　明日の夜は時間ありますか？」

鷲津は、壁際の席で控えていた前島に声を掛けた。

「今週の夜は、もう全部予定が入っていたんだよな、前島」

そんなことを前島が知るわけはなかった。だが彼女は即答した。

「はい。動かせない予定がびっしりで」

鷲津は申し訳なさそうに野村を見た。

「申し訳ないです」

「まあ仕方がないですな。いずれにしても近々一席設けますので、そこでじっくりやりましょう。ダイコー以外にも相談したい案件がいくつかあるので」

鷲津は何度も頷いた。彼は、野村が腰を上げかけたのを見計らって本題を切り出した。

「時に、一つお尋ねがあるのですが」

「ほお、何です」

野村は浮かせた腰を下ろして鷲津を見た。

「ふるさとファンドの件です」

「ふるさとファンド？」

「かつて私と御社の前任者とで取り組んでいたプロジェクトなんですが、御社もウチもこのプロジェクトから降りたと聞いたものですから。その辺りの経緯を伺えればと思いまして」

「あれも私が取り組んでいる大胆な改革の一つですよ」

「と申しますと」

「うん、ウチは今後一〇億円以下のビジネスは手控えようと思いましてな。確かに政府と一体になった地方再生は面白いスキームではある。しかし、金にならん。まあ、前任者には別の考えがあったんだろうけれど、私から言えば、日本は東京だけでビジネスをやっていればいいんです。だがその件はおたくの、ほら、そこにおられるマイスキー社長も了承済みですよ。いやあ、彼はいいねえ。話が分かるし上昇志向がある。今時の若い人には珍しい。さすがに御社は人の層も厚い」

それはあんたが与《くみ》しやすいというだけだろうが……。

ふるさとファンドから両社が一斉に手を引いた理由に納得した鷲津は、再び微笑みを浮かべると立ち上がった。

「いやお忙しい中、時間を取らせてしまい、どうもありがとうございました」

彼は丁寧に一礼すると、一緒に立ち上がった二人の部下に頷いて社長室を出ようとした。今度は、野村が鷲津を呼び止めた。

「ああそうだった。鷲津さん、あんたのところは鈴紡には関わるのかね？」

鷲津は二呼吸おいてから振り返った。

「鈴紡、ですか？」

「そうだよ。化粧品事業の分社化の話はあんたも知ってるだろう。何しろアラン君が一生懸命だったからな」

「そうでしたね。まだ検討中です」

「じゃあ、ぜひウチの秋庭を使ってやってくれ。こいつがウチで鈴紡を担当しているので」

野村が言うと、三〇過ぎの痩身で無表情な男が一歩前に出て会釈した。

「使ってくれと言われますと？」

「もちろん、ＦＡにだよ。これから検討するなら必要だろ。君の凄さをこいつにも見せてやってくれよ」

「よろしくお願いします」

秋庭が「お願い」したがっているとは思えない無感情な声でそう言った。

「その件もいずれまた。では失礼します」

鷲津はあっさりと彼らを振り切り部屋の外に出た。慌てて秋庭ともう一人の女性が彼らに続こうとした。だが鷲津は彼らに微笑みを投げるだけで、さっさとエレベーターに乗り込んだ。

「何ですか、あれは！」

扉が閉まるなり前島が憤《いきどお》った。

「できない人間の虚勢さ。アランの言葉の意味がよく分かったよ」

「あの、ミスター鷲津」

ピーターがたどたどしい日本語で声を掛けてきた。

「何だ」

「一体あそこでどんな話をされていたんですか？」

鷲津はピーターに視線をやると、無表情に答えた。

「ビジネスの話だ」

鷲津はそこから英語でピーターに言った。

「GCの連中とは、二度と単独で会うな。貴様、連中のカモにされている。ウチは大空を飛ぶ猛禽類の会社だ。カモはいらん」

9

二〇〇五年三月一日・日光

わずか三ヵ月ほどの間に、これほどまでに違う状況と感情で、同じ人間と再び相対するとは思ってもみなかった。まったく感情が窺い知れないアルカイックスマイルでミルクティを飲む目の前の人物を、貴子は得体の知れないもののように見ていた。

ジャック・カッセル、世界的リゾートグループであるリゾルテ・ドゥ・ビーナスのパン・パシフィック担当執行役員。整髪料で固めた黒すぎる髪と太い眉、そして丹念に手入れしているらしいチャップリン髭が、独善的な風情を漂わせていた。パリ仕立てのピンストライプのスリーピースと蝶ネクタイというセンスに品格はなく、成金趣味にしか見えない。だが本人はパリのエスプリを体現しているつもりか、上品に取り澄ましていた。

貴子は、とにかく相手を歓待するように芝野から言われていた。隣には、アイアン・オックスの加地が彼女に寄り添うように座っていた。彼は、ミカド・ホールディングズのFAという立場で列席していた。

さらにその隣に加地が連れてきた企業弁護士が陣取り、今し方カッセルから手渡されたミカドホテルの事業計画の概要書に目を通していた。

彼らの背後には、ミカド・ホールディングズの専務であり鬼怒川ミカドホテルの社長も務める妹の珠香、財務担当の藤巻、さらにはアイアン・オックスの二人の担当者も控えていた。残念ながら芝野は、妻の調子が悪く同席できなかった。

一方のビーナス社サイドは、責任者であるカッセル以外に、パリから連れてきたという弁護士と会計士、そして、今回FAを務めるゴールドバーグ・コールズの担当者、それに通訳が揃い、貴子らとテーブル越しに対峙していた。

この日の会談は、ミカド・ホールディングズの七五％の株を取得したビーナス社の呼びかけで開かれた。カッセルは、会の冒頭で今回の買収の経緯を説明した。そして日光と中禅寺湖、さらには鬼怒川にあるミカドホテルに深く魅了されたことが買収のきっかけだったと明かした。また、ビーナス社サイドは、株式は取得したが、基本的には現経営陣のままで三つのミカドホテルを運営して欲しいという方針も提示した。彼らに言わせると、オーナーがふるさとファンドからビーナス社に変わっただけで、現場の運営に何ら変化はないということだった。

それを聞いても貴子はなお、闇討ちにあったという後味の悪さを感じていた。この買収劇に先駆けて、昨年一一月末、まさに目の前にいるジャック・カッセルから、日光と中禅寺湖のミカドホテルを同社のクラブ指定ホテルにしたいという申し出があった。

「我々はこれから五年ほどかけて、極東エリアで量と質においてホテルを充実させようと考えています。そのモデルになっていただきたい」

カッセルは終始笑顔を絶やさず貴子にそう持ちかけた。

ホテル業に身を置く者であれば、〝リゾルテ・ドゥ・ビーナス〟の名を知らない者はいない。その提携ホテルに選ばれるのは、五つ星ホテルの評価を得ることと同様だと言う者もいるほどだった。再生に光が射し始めた彼女たちにとって、この話は大いなる朗報と言えた。

そのエントリーのために、ミカド側は膨大な資料を準備した。だが、さらにカッセルから資料が請求され、たかが契約ホテル程度でなぜこれほど細かい情報が求められるのかと貴子は訝《いぶか》しんでいた。今になって考えると、彼等はその時点で既にミカドを買うべきかどうかのデューデリジェンス（精査）をしていたということだった。

そんなことにも気づかず、世界一と言われるリゾートグループのメンバーズ・ホテルからの指名に舞い上がっていた貴子は、己の愚かさを呪った。それと同時に、眼の前の男もその男が所属している会社も、さらにはそれをサポートしている連中も、全てが憎悪の対象に見えた。

概要書を見ながら、黙々とメモを取っていたミカド側の弁護士が顔を上げた。

「現経営陣を存続させるという点についてお尋ねがあります。彼らの地位についての保証が全くありません」

若い弁護士は、流暢なフランス語で指摘した。スイスのローザンヌホテル大学を卒業した貴子が、隣にいた加地の耳元で通訳した。

カッセルはおどけた顔で弁護士を見た。

「地位の保証とはどういう意味です」

「ご存じかと思いますが、三つのミカドホテルはいずれも現在、再生の途中にあります。再生には継続的な計画とそれを推進する力のある経営者が必要です。そのためにも、彼らに対しては長期にわたって経営者の地位を保証すべきかと思いますが……」

「そんな必要はないでしょう。私どもは、松平さんの経営手腕を露ほども疑ってはいません。しかし、未来はどうなるか分からないのが人の世です。また、人は危機感の中でこそ思わぬ力を発揮します。そういう意味で、雇用契約は毎年更新するというのが我々のやり方です。もちろん我々が一方的に解雇通告できる権利は保持します」

ミカドサイドの反応を気にしたのか、カッセルはミルクティを口元に運んだ後、人差し指を立てて左右に振って見せた。

「ご心配は無用です。途中で解雇なんてことはありませんよ。また、万が一そうなった場合には、それ相応のパラシュートをご用意します」

買収者が、経営陣を退陣させる場合に用意するという多額の役員慰労金を、M&A業界では「ゴールデン・パラシュート」と言う。金額は法外ではあるが、その一方で経営者時代に起きた一切の出来事を封印するだけではなく、退任後も会社の批判をしないなど多くの条項を承諾させられる。

弁護士が貴子と加地を見た。二人とも頷いたので、彼は別の質問をした。

「この概要書によると、あなた方はこのホテルを、メンバー対象の専用ホテルにしようとしている。ところがその一方で、役員報酬については年間利益に連動した算出方法になっている。メンバー以外の客を泊めるな、だが利益を上げろというのは、虫が良すぎる話だと思いますが」

カッセルは、白い歯を見せて微笑んだ。

「大丈夫です。これだけのホテルです。メンバーが先を競ってやって来ます」

「ならば、最初から固定給にするべきでしょう」

「そういう考え方が弊社にはないのです。結果が全て。アメリカ人でなくても、それは変わりませんよ」

「従業員は全員再雇用するとあります。しかし、ホテル内では英語とフランス語での会話が必須とあります。プラス、ドイツ語とスペイン語ができるスタッフも求められています。これは矛盾します」

貴子が流暢なフランス語で指摘した。

「ほお、どこが矛盾していますか?」

「弊社で英会話を自在にこなすスタッフは、せいぜい全体の二五%です。また、フランス語となると私を含めて二人。ドイツ語が分かるのは私だけで、スペイン語になるとゼロです」

カッセルは呆れ顔で首を左右に振った。

「それは驚きました。しかし矛盾ではありませんよ。できない方はこれから必死に勉強してもらえばいいのです。それぐらいの費用は計上してもらって結構です。ただ、それでも身に付かない方には申し訳ないが、ここで働いていただくわけにはいきませんな」

そう簡単な話ではなかった。東京のホテルでも、こんな条件を満たすホテルが一体いくつあるというんだ。ここは栃木の田舎なんだ。それではスタッフなんぞ到底集められない。

貴子の絶望を感じてか、加地が英語で尋ねた。

「釈迦に説法でしょうが、外国人だけを受け入れてしっかり利益を上げているホテルは国内のどこにもない。しかも、ミカド・ホールディングズの三つのホテルで、外国人利用者が全体に占める率は一〇％以下だ。カッセル氏のプランは最初からナンセンスに思えますが」

「ノン！　それは見解の相違だ。我々はプランが実現可能と判断したから、ここの買収に踏み切ったのです」

加地は呆れ顔で、さらに反論した。

「それがナンセンスだと言ってるんですよ。もし、それがそちらの絶対条件なら悪いことは言わない。さっさとここの株を売却しなさい。今なら、現経営陣は二〇％のプレミアムを付ける用意がある」

つまり加地は、ビーナス社がミカド・ホールディングズ株取得のために費やした七五億円に、プラス一五億円を付けて買い取ると提案しているのだ。

だがその提案は言下に否定された。加地は笑顔のまま粘り強く続けた。

「悪いことは言わない。我々にお売りなさい。それがあなたとあなたの会社の将来のためだ」

「あなたに我々の将来を占って欲しいとお願いしていない。とにかく、この流れでやるのでそのつもりで」

そう言ってカッセルは腰を上げた。彼を取り巻く群れが一斉に立ち上がった。

「待ってください。もう一つ重要なお尋ねがあります」

貴子のフランス語にカッセルが反応した。

「何です」

「もし、この申し出を我々経営陣が拒絶した場合、どうなるのですか」

「何ですと、拒絶？　いけません、そんなこと！　タカコ、あなた、このホテルを捨てていいんですか！」

貴子は、相手を真っ直ぐに見て答えた。

「あなたの申し出を受け入れるということは、このホテルを捨てるというのと同じ意味です」

10

二〇〇五年三月一日・神谷町

アランが「コマネズミ」とあだ名した中延との会談で、それまで悪かった鷲津の気分は一気に良くなっていた。中延は、ピーターから売却を指示された案件のどれ一つも触っていなかった。

「あの坊っちゃんにこれらの重要性が分かるわけがないと思っていましたんで、鷲津さんが戻るまでは、私の責任でお蔵入りさせておきました」

鷲津は安堵のため息をつくと、中延の手を握りしめた。

「助かりました。あのバカからその話を聞かされたときは、怒りで奴を八つ裂きにしそうでしたから」

「まったく、ニューヨークも何を考えているのやら。これから先が思いやられますよ」

ピーターは、ポールの命で社内のリストラ案も作り上げていた。彼のリストラ案の中には、中延の名もあった。理由は、『不動産事業はＫＫＬの方針にそぐわないため』とあった。

社内でもそのリストラ案の中身を知る者はまだいないようだったが、鷲津は、帰国がもう少し遅くなっていたら今頃ここは不毛地帯になっていたと戦《おのの》いた。

前島が声をかけてきたので、中延と鷲津は扉に〝ジングル・ルーム〟と張り付けた部屋に向かった。急な呼びかけにもかかわらず、鷲津が指名したメンバーの大半がそこにいた。懐かしい顔、新しい顔がみな上気したように鷲津を見た。

鷲津は、この中で一番年輩であるホライズン・ジャパン会長の堀嘉彦に歩み寄り、力強い握手を交わした。

「お忙しい中、わざわざお運びいただき恐縮です」

「あなたがここに戻ってくるのを心から待ち焦がれていましたよ」

小柄だが風格を感じさせる堀は、心底嬉しそうに言った。

〝プロジェクト・ジングル〟のメンバーは、鷲津を含めて総勢一一人だった。

ホライズン・キャピタルからは、鷲津以外に前島と、彼女が〝相棒〟に選んだアソシエイトの同期杉山満の二人。また、ホライズン・ジャパンの堀とホライズン・エステートの中延はオブザーバーとして入ってもらう。新社長のピーター・マイスキーは、本人が強く希望したにもかかわらず、鷲津が出席を認めなかった。

「その前に、おまえにはやることがたくさんあるだろ」

鷲津は冷たく彼を突き放した。

グループ内からは、ホライズン・グループのPR会社スカイラインの社長清水貴之とプロモーション統括という肩書の女性が同席していた。そして、グループのデューデリジェンス会社のトップでもあり、会計アドバイザーとして鷲津と共に数々の企業買収に携わってきた竹下義彦もいた。竹下は、鷲津と目が合うと後退した額を撫で上げながら懐かしそうな視線を投げてきた。

LAに指名された青田大輔は一八〇センチ近い巨漢だったが、童顔で実際の年齢より一〇歳は若く見えた。

初めてヘッドFAとして鷲津と組むことになるジャーマン・インベストメントの石岡紳一は、緊張した面持ちで頭を下げげた。またクーリッジ・アソシエートからは、サム・キャンベル代表の代理として、調査部長が来ていた。

鷲津が楕円形の打ち合わせテーブルの中央に腰掛けると、他のメンバーは彼を囲むように腰を下ろした。

「急なお願いにもかかわらず、キックオフに参集していただき、ありがとうございます。一年ぶりのディールとして、話題の鈴紡をMBOすることにしました。資料を見るかぎりでは、なかなか難物のようですが、相手にとって不足はないと思っています。どうぞ、よろしくご協力下さい」

鷲津がそう言って立ち上がり一礼すると、前島らホライズン・キャピタルの者も慌ててそれに倣《なら》った。

「ゴールデンイーグルの復帰戦にふさわしい案件だね」

堀は興奮気味にそう発言した。

「いやあ堀さん、ゴールデンイーグルなんぞおこがましい。今や雀かカモメの心境ですよ」

「それもまた結構。雀百まで踊り忘れずと言いますからな。それより私としては、あの鈴紡の凋落が哀しい。それだけに、ぜひあなたに再生をお願いしたいところです」

堀の言葉は、どうやらメンバー全員の総意のようだった。明治維新の殖産興業以来、日本のシンボルの一つとして隆盛を誇った鈴紡は、明治二〇年（一八八七）に創業。その二年後には、東京株式市場に上場した。当時から現在まで上場銘柄として名を残しているのは、ほかに東京海上日動火災保険などわずか五社ほどに過ぎない。まさに日本の資本主義の生き証人である名門企業が、今や風前の灯に晒されていた。そして大阪・船場生まれの鷲津にとっても、鈴紡という企業はあらゆる意味で巨人というイメージがあった。

繊維問屋がひしめく船場に品物を納入してくる相手の大半は、中小零細企業だった。そんな中、地元で「鈴紡はん」と呼ばれていた鈴紡の製品は、特別の扱いをされた。大手企業ならではの質の高さを誇りながらも、大量生産によってそれらが安価であったために、船場でも歓迎された。また、鈴紡側も船場の重要性を熟知しており、年に二度、船場の旦那衆を有馬温泉に招き、意見を聞く懇親会を五〇年以上にわたって続けてきた。鈴紡が戦前、中国・朝鮮・台湾などへ進出した際には、いくつかの船場の大店が流通支援のために外地へ出店したこともあった。

鷲津にとって鈴紡の想い出と言えば、風船ガムの記憶だった。幼い頃に流行したアニメの主人公が膨らませていた風船ガムと同じものを鈴紡が製造しており、出入りの営業マンからシール付きのガムをもらうのが嬉しかった。

「私が鈴紡再生に適任かどうかは分かりません。ただ今回は、亡きアランのためにこのディールをものにしたいと思っています」

アランという名が出たことで、メンバー全員の顔が引き締まった。この案件がアランにとってどういう意味を持っていたかを、ここにいる誰もが知っていたからだ。

鷲津の本意としては、これを弔い合戦にするつもりはなかった。だがメンバーの士気を高めるためには、こういう高揚感が重要なのだ。アランの死以降、ホライズンは完全に停滞していた。今朝の日産の記事のお陰で逆転の可能性は残されたが、それでも挽回は難しいかも知れない。起死回生のために、使えるものは何でも使うしかなかった。

鷲津は前島を指名した。

「今回の案件の事務方を担当する前島朱実より、現状を報告してもらう」

前触れなく指名されたにもかかわらず、前島が大きな声で返事をして立ち上がると、隣にいた杉山満もそれに続き、黒いカバーをかけたファイルを出席者全員に配り始めた。

「既に、昨年秋から前社長のウォードと共に今回のプロジェクトにご協力いただいている方もいらっしゃいますが、ひとまずメンバー全員で情報を共有するため、改めて資料をまとめさせていただきました」

ファイルを手にしたメンバーは、それぞれページをめくって前島の説明を待った。

彼女は鈴紡株式会社の概要、現在の状況、そして今回のプロジェクトの焦点である化粧品事業部門の解説と、月華との間で始まった統合交渉の概略を説明した。

　それを受けて、おそらくこの案件についての知識が一番浅いであろう鷲津が口火を切った。

「今の話を端的に説明すると、こういうことか。現在、鈴紡には約七〇〇億円の債務超過がある。その負の遺産を清算するために、稼ぎ頭である化粧品事業をスピンアウト（会社分割）させ、その株を売却して埋め合わせをしようと考えた。埋め合わせの方法は、その化粧品会社に、業界第三位の月華から資本参加させるというスキームだった。しかし、それが現在迷走している」

　前島は「おっしゃるとおりです」とだけ答えた。

「迷走の原因は？」

「統合会社への月華の出資額の齟齬《そご》です」

「いくら違ったんだ」

「実数は公表されていません。しかし、関係者の話を総合すると、鈴紡は統合会社の四九％の株の値段として三〇〇〇億円を提示していたようです。しかし、月華は、一〇〇〇億円以上は出せないと突っぱねたそうです」

　企業を統合する場合、まずベースとなるのは、新会社の企業価値をどう評価するかだ。

「鈴紡の化粧品事業部門の適正価格はいくらぐらいなんですか？」

　鷲津は、デューデリ担当の竹下を見た。

　竹下は後退した額を一撫でした後、老眼鏡の奥からこちらを見た。

「鈴紡の化粧品事業単体の財務を精査したわけではないので、何とも言えませんが、今の前島君の話から計算すると彼らは六〇〇〇億円とはじき出したようです。しかし、この数字はあり得ませんね。せいぜい三〇〇〇億円というところでしょう。ただし、完全に鈴紡の化粧品部門を月華が買収できるとなると、のれん代としてプラス一〇〇〇億円程度を乗せても、月華は欲しいんじゃないでしょうか」

のれん代とは営業権と呼ばれる場合もあるが、ブランド代だと考えればいい。鈴紡化粧品が持っているブランドイメージ、さらに販売店網や販売員の力を評価して企業価値にプラスする。ただし、鈴紡が月華に対して提案しているのが四九％分の出資に止まっているために、のれん代は発生しない。

「現状のスキームで、月華が鈴紡案で出せる額の上限は？」

即答できる話ではなかったが、鷲津とのつきあいが長い竹下は、それでは鷲津が許さないことを知っていた。彼は眉間に皺を寄せて思案した後、渋々答えた。

「出して一五〇〇億ってところでしょうか」

「妥当なところだな。鈴紡の三〇〇〇億の根拠は？」

それに答えたのは、ＦＡの石岡だった。贅肉のない筋肉質な体格の石岡には、表情が乏しく融通のきかない頑固者の印象があった。だが実際はとてもしなやかな人間で、粘り強く人の話に耳を傾け打開策を練ることができた。

「それだけの金が欲しかったということだと思います」

部屋の中に小さな笑い声が湧いた。

「つまり、それが鈴紡という会社の体質ということか?」

日本を代表する名門企業という虚像にあぐらをかいて、己の実体を見失った者が陥る驕り。どうやらこの会社の攻略には、この点が重要な要素になりそうだった。

石岡は静かに頷いた。

「彼らは、救済を求めているんじゃないんです。ここ三ヵ月彼らと交渉していて、それをつくづく思い知らされました。名門の鈴紡様が大変なんだ。日本人なら助けて当然だと言わんばかりの物言いが何度もありました」

「あいにくだな、俺たちはハゲタカだ」

鷲津がそう茶々を入れると、爆笑が起きた。

「そこで月華の一〇〇%子会社化という話が浮上したわけだ。今度は、月華は四〇〇〇億円出してもいいと言っているそうだが、さっきの竹下さんの試算では、まあ妥当な線ということか……」

鈴紡経営陣の対応に業を煮やした月華から、分社化した化粧品事業部門を丸ごと買収する新提案が出されているという情報を、鷲津は聞かされていた。

竹下が付け足した。

「彼らの場合、我々と違って化粧品事業についてはプロですから、統合によって無駄が相殺できます。まだ金額的には余裕を持っていると考えるべきです」

もし、ホライズン・キャピタルが考えているような鈴紡の役員によるMBOが行われる場合、あくまでも鈴紡の化粧品事業部というフレームの中で新会社を設立することになる。問題がなければば、ＭＢＯを行った経営陣がそのまま経営を続ける。従業員も大半は社に残れるだろうし、他の企業文化との融合に気を配ることもない。しかし企業としての成長は、彼ら自身の頑張りで全てが決まってしまう。

一方、月華に吸収合併された場合、おそらく鈴紡の化粧品事業は一度解体されて、月華に必要な部分だけが残され、後は切り捨てられる可能性が高い。その結果、無駄が削ぎ落とされ、月華は〝おいしいところ取り〟ができる。それを考えると、少し高めで買っても元は充分取れると月華経営陣は判断しているのだろう。

「ウチがＭＢＯする場合はどうなんだ。それだけ出せるのか？」

石岡が答えた。

「デューデリ前ですが、我々としては三五〇〇億円がせいぜいです。それも、公表されている財務諸表を信じた場合という条件つきですが……」

鷲津は、石岡が言おうとしていることを忖度《そんたく》した。名門大手企業の末期には、延命のためになりふり構わない粉飾工作が始まる。負債を関連会社に飛ばしたり在庫調整をしたりと手法は様々だが、破綻した後、公表されていなかった負債が膨大に出てくると考えるべきだった。

「あそこは色々と噂のあったところだよな」

セブンスター経営と銘打って突き進んできた鈴紡の多角経営が暗礁に乗り上げて、各事業部で相当の負債を抱えており、その一部を隠蔽しているという噂は随分昔からあった。

「おっしゃるとおり、老舗企業の一番悪い末路をまっしぐらという感じですね。鈴紡本体は、金がいくらあっても再生どころか延命すら難しいというのが業界と金融界の判断です。問題は、稼ぎ頭と呼ばれている化粧品事業の数字ですね」

「商品が売れなくて海洋投棄したことがばれたという事件も以前にあったな」

「ええ。さすがに今は、そんな杜撰《ずさん》なことはないと思いますが、商品の在庫というのがよく分からないんです。また、全国にある二万五〇〇〇店以上の販売店の数字もどこまで信用していいのか。私の見た限りでは、八掛けぐらいが適正ではないかと思います」

鷲津は、クーリッジから来ている調査部長の方を向いた。

「鈴紡の化粧品事業の実数を知ることは可能だろうか？」

「ウォード社長から依頼されて調べてはみました。ただ、どうもよく分からない数字が多くて、我々としても判断がつきにくいというのが正直なところです」

彼らの調査結果はファイルの中にもあった。彼らの判断は、約五〇億円の債務超過から一二〇億円の利益という非常に幅広い数字をはじき出していた。

「財務諸表が複雑だということは、何か隠していると見るべきだろう。中延さん、どう思われます？」

不動産の専門家ではあるが、銀行時代は不良債権処理や危ない案件の審査などに携わってきただけに、中延の意見は貴重だった。

「私も鷲津さんの意見に賛成ですな。あそこには昔から、メインの銀行ですらアンタッチャブルな二つの大きなガンがありました。一つはカリスマ的経営者の威光であり、もう一つは強力な労組です」

経営者と労働者とが同じ舟に乗る運命共同体的〝ノアの方舟《はこぶね》構想〟を鈴紡は標榜《ひょうぼう》してきた。それを主導していたのが、八二歳の現在も未だ名誉顧問の座にいる岩田春雄だった。彼は四五歳の時に前社長を辞任に追い込み、同社の基幹事業だった繊維部門を軸に七つの事業を立ち上げ、それぞれが利益を補完し合うというシステムを構築した。

それはある時代、企業経営の理想と言われ、同時に岩田も日本の経営者の鑑《かがみ》と持ち上げられた。しかし、結果としてそれが鈴紡の現代化を阻害したとも批判されていた。中延は続けた。

「元々カリスマ的経営者というのは、右肩上がりの間は会社を勢いづけるエネルギー源となる。ところが低成長期に入ると、一気に恐怖政治に変わるもんです。岩田さんも同様だったようですな。当初は部下の意見をよく聞き、共に議論し切磋琢磨して前に進むリーダーだったのが、いつの間にか、自分の考えに絶対的な自信を持ち、周りにイエスマンしか置かなくなった」

それは日本企業のというよりも、日本人の特徴なのかも知れない。理解できる言葉と親近感を持つリーダーを味方だと思った瞬間、多くの人は盲従を始める。この人についていけば安心だ、幸せへと導いてくれる——。戦後の日本経済を支えたのは、そういうリーダーとその信仰者だった。それがやがて欧米諸国から脅威と見られた経済大国を生み出した。しかし、その盲従はバブル以降の迷走から抜け出せない元凶にもなった。

「さらに労組が強いため、人事や賃金だけでなく、経営方針にも嘴を容れる。多角化経営などという古い考えを捨てて、コアビジネスに特化することが鈴紡再生の鍵を握ると随分前から言われていたんです。その足枷になったのが労組の反発です。今回の月華との統合が迷走しているのも、最終的に労組が月華への吸収合併に大反対しているからだと言われていますな」

鷲津が読んだ新聞や雑誌でも似たような分析が書かれてあった。しかし鷲津は、この期に及んで急に組合が反対し始めたことが気になっていた。

「前島、ホライズンサイドには組合もついていると言ったな」

「はい、我々にMBOを依頼してきたのは、化粧品事業担当の専務と総務担当常務、さらに従業員組合です」

「組合関係者ともコンタクトしているのか？」

「書記長が窓口で、何度かお会いしています」

「委員長ではなく書記長が窓口というのは、理由《わけ》があるのか」

前島が答えを躊躇した。彼女が石岡を見やると、彼が代わりに口を開いた。

「その辺りも微妙です。組合も役員会同様各事業部ごとで細分化されてまして、現在の委員長は繊維事業部出身ですが、書記長は化粧品事業部です。この二人、余り関係が良好とは言えず、どうやら委員長はまだ旗幟《きし》を鮮明にしていないようで」

「理由は？」

「組合も、会社が相当末期的だという自覚はあります。委員長が一番恐れているのは、自分たちの事業部が沈みゆく船に残されるだけなのではないかという危機感です」

「つまり自分たちが見捨てられるかも知れないような話には乗れないということか……」

盲従していた従業員の尻に火がついたということだ。こうなるとますます厄介になる。鷲津は思わずため息を漏らした。

「早急にその書記長と会わせてくれ。その時は委員長も経営陣もなしだ」

前島が威勢良く返事を返した。

「それよりも俺が気になるのは、組合が反対しているから統合計画が延期されたという話の信憑《しんぴょう》性《うせい》だ」

「どういうことでしょう？　月華との統合には絶対反対という意味では、組合は一致していますが」

前島は怪訝そうに尋ねたが鷲津はそれに答えず、ＰＲ会社スカイラインのトップである清水に尋ねた。

「この話、どう思う？」

熱心にミーティング内容をメモしていた清水が顔を上げた。かつてアランが〝ホスト貴之〟とあだ名を付けたこともある清水は、整った容貌とアイドルのような笑みで周囲の注目を集めるのが抜群に巧かった。クラブでＤＪを務めていたこともあるという甘い声も武器だった。しかし、ここで彼が試されているのは、ＰＲ戦略の真髄とも言える洞察力だった。彼は記者会見の際に見せる顔とは別の厳しい眼差しで鷲津を見た。

「正直に申し上げると、鷲津さんに指摘される今まで、彼らの発表に疑問は抱いていませんでした。あそこならそれぐらいあり得るという先入観がありましたから。だが言われてみると確かに、組合が統合に反対の声を上げるのが遅かったという印象はありますね。本来、労組を持たない月華との統合に早い段階から反対の声を上げても不思議ではありませんでした」

鷲津はクーリッジの調査部長に尋ねた。

「おたくは、鈴紡の岩田春雄についてどれぐらい知っているんだ」

「どれぐらいと言われますと？」

「彼は政府とのパイプも太い人だ。また、組合に強かったということは、思想的にもマークされていたはずだろ」

厳《いか》めしいが至って穏やかな調査部長の顔に困惑の色が浮かんだ。

「鷲津さん、我々はそういう類の調査はしません。ご存じのように我々は純然たる民間の調査会社ですから」

「能書きはいい。しかし彼ほどの人間なら、分厚いファイルがどこかにあるのは間違いないでしょ。何もおたくが隠し持っているとは言わないよ。俺が今聞きたいのは、名誉顧問というポジションにある彼の影響力だ」

そこで出席者の大半が、鷲津が何を言おうとしているのかが分かったようだった。調査部長も尋ねられていることが分かったように説明した。

「ご存じのように、彼は鈴紡の株を一〇〇万株以上も持っている個人の筆頭株主です。さらに、今なお彼を慕う中堅・幹部社員は多い。影響力はあると思います」

「しかし、現在の鈴紡の危機を作った張本人ですよ。そんな人間の影響力がまだ及ぶんでしょうか？」

若い前島らしい意見ではあった。だが、彼女の意見を支持しているのは彼女と同世代の数人だけのようだった。鷲津が彼女の疑問に答えた。

「法律上の権限はないかも知れない。だが、カリスマ的経営者として長年君臨してきた彼のような人物は、死ぬまで絶大なる影響力を会社に持ち続けているものだ。今回の月華との統合話の迷走は、彼のその影響力のせいかも知れない」

「岩田さんがここで組合を焚きつけているという可能性はあるでしょうな」

堀の言葉に、出席者の大半が頷いた。石岡が付け足した。

「それで思い出したのですが、今回の月華との統合話を終始リードしてきたのは、メインバンクのＵＴＢコーポレート銀行です。同行からは副社長も鈴紡に出されていて、その副社長を中心に月華と交渉に当たっています。それは同時に、ＵＴＢによる岩田外しじゃないかと言われています」

そう言えばアランも、死ぬ直前ＵＴＢ銀行の頭取である飯島亮介と頻繁に会っていた。ＵＴＢ銀行は、ＵＴＢフィナンシャルグループのリテール銀行（個人向け融資が中心の銀行）だった。組織として鈴紡の再建に直接は関係していないはずだ。しかしＵＴＢの前身である三葉銀行は、大阪に本店を置き、鈴紡のメインバンクでもあった。その三葉銀行時代の飯島は、関西に本社を置く企業の裏の裏まで知り尽くす地位に長く君臨していた。

アランが言っていた、鈴紡で逆転勝利をもたらす「ある鳥」というのも飯島のことかも知れない。飯島は、鵺《ぬえ》のような男だった。

「そうすると、岩田さんがここに来てＵＴＢに反撃し始めたと考えるのは、穿った見方ではないと？」

鷲津の言葉に隣で険しい表情をしていた堀も頷いた。

「私は個人的に岩田さんをよく知っているがね。彼なら確かにやりそうだよ」

「ならば、彼を攻略して味方に引き込む必要がありますね」

鷲津は至極当たり前の顔でそう言った。予想通り前島が食ってかかってきた。

「待ってください。あんな独裁者と組むんですか。そんなことをしたら、我々に話を持ちかけてきた役員陣も組合もこの話から降りますよ」

鷲津は大きく息を吸うと、メンバーの顔を見渡した。どうやら、前島の意見に賛成の方が多そうだった。

「俺はそうは思わんよ。逆にそれを試してみるべきじゃないかね。我々が岩田さんの協力を仰ごうと考えていると依頼主に打ち明けて彼らがどう反応するか、楽しみじゃないか」

「しかし……」

前島はまだ不服そうだった。

「誰も組むとは言っていない。しかし、彼を敵に回しては勝てないと言っているんだ。俺たちに大切なことは何だ、前島。フェアプレイか？　そうじゃない。勝つことだ」

11

二〇〇五年三月一日・三浦半島

風は冷たかったが、太平洋は穏やかだった。だが、芝野の心はその気候とは対照的に大荒れだった。

三〇分ほど前に、貴子と加地から別々に届いたメールがその原因だった。

〝残念ながら、現状では万策尽きたと言うしかないですね〟

加地は悔しそうに告げた。ただ、相手は貴子ら現経営陣の存続を願っているという。それが救いと言えば救いだった。しかし、その後に来た貴子からのメールでは、彼女は経営陣に残ることに強い抵抗感を覚えているようだった。

〝闇討ちするような方たちとこれから一緒にやっていくことの不安と悔しさがあります。その一方で、どんなことがあってもミカドに残ってその火を灯し続けるべきだという想いもあり、葛藤しています〟

芝野は貴子の携帯電話に連絡を入れてみたが、彼女は出なかった。誰とも話したくないということなのかも知れない。

芝野はやりきれない不条理に怒りを感じ、己の無力を呪った。もはや彼がどうこうできる話ではなかった。しかし、一年前に自分が全ての仕事から手を引いてしまわなければ、今回の一件は回避できたのではないのかという想いが彼を苛《さいな》んだ。

わずかな救いは、加地が〝リゾルテ・ドゥ・ビーナスという会社を調べてみたが、世界各地に保有しているホテルはいずれも大変高い評判を誇っている。過去にもミカドのような老舗ホテルを買収したこともあるが、その際も経営陣をそのまま残し、今も円滑にやっているようだ〟と言っていたことだ。

芝野は高台のベンチに腰を下ろすと、携帯電話を取り出し慣れないメールを打ち始めた。

〝大変だと思います。でも、今守るべきはミカドホテルだとあなたが思うのであれば、そこに止まって闘ってください。微力ですが、私も応援します。芝野〟

陳腐で無責任なメールだった。しかし、芝野はそのまま貴子宛に送信した。

気がかりはまだあった。妻の亜希子が退院を来週に控えてから調子が悪くなった。そして、退院したくないと言い出したのだ。

「ここの方が気楽なの」というのが理由だった。だが、本当の理由はそうではない。再びアルコールに溺れるかも知れない不安と社会復帰に対する恐怖心のせいだった。

「無理強いはしないように」と主治医からは言われている。アルコール依存症の担当医も昔と異なり、多様な意見を持つようになった。スパルタ的な人、熱血漢、そして亜希子の主治医のように静かに見守り本人の自発性を待つタイプと様々だ。芝野は、今の主治医に診てもらえたことを感謝した。しかし、そのために彼はジレンマと自己嫌悪に日々襲われている。

妻の〝病〟を知って以来、彼の思い通りにことが運んだためしがない。何をやっても、予想に反して裏目に出た。そこでもがけばもがくほど、事態は悪い方向に向かう。最近はようやく無駄な抵抗はやめて、あるがままを受け入れることを覚え始めた。

おかげで妻と真正面から向き合えるようにもなった。二人が出会った頃の話や、彼女の両親を説得するために芝野が実家に何度も通ったこと、初めてのニューヨーク赴任時代の思い出など、とりとめもない話をよくして、互いに笑顔を取り戻した。

「アルコール依存症というのは、心の悲鳴みたいなものなんです。お酒を断つことは簡単です。しかし、その原因を見据えて解決しない限り、同じことを何度でも繰り返します」

実際、亜希子の入院もこれで二度目なのだ。一度目の退院時には本人も己の行いを悔い、当時の主治医も「これなら大丈夫でしょう」と太鼓判を押したにもかかわらず、わずか三ヵ月で再びアルコール漬けになった。だがこの頃にはアルコール依存症について様々な本を読み患者の家族会にも参加していた芝野は、救急病院で一命を取り留めた妻を、現在の三浦アルコール症センターに転院させたのだ。

最初は色々文句を言っていた亜希子も、ここで過ごす穏やかな毎日と芝野がずっと付き添っていることに安心したようで、順調に回復しているように見えた。

それが、先日の貴子の訪問あたりから雲行きが怪しくなった。妻が最初に病院に運ばれる直前、二人の間では協議離婚の話が進んでおり後は判をつくだけになっていた。離婚後、芝野が別の女性と一緒に暮らすことを妻は知っていた。それを貴子と勘違いしたのだ。

さらにミカド株の売却の一件と前後して、かつての上司であるUTB銀行頭取から頼み事が舞い込んで、芝野の身辺が騒がしくなってきた。それからは妻のそばにいても上の空だったことが何度かあった。それに彼女は気づいたのかも知れない。

主治医は、「自宅に戻るという現実をまだ受け入れられていないのだと思います」と診断していた。彼が久里浜駅のそばに部屋を借り、亜希子の外泊訓練時に、自宅ではなくそこに連れて行ったことを暗に非難しているように芝野には思えた。

〝奥様がアルコール依存から回復される本当の第一歩は、この病院を退院されてから始まります。つまり、日常生活の中で闘ってもらうことになるわけです。近所の方に恥ずかしいというお気持ちは分かりますが、いずれは越えなければならないハードルです。ならば早めに越えてしまう方が楽ですよ〟

以前主治医がそう言ったのを、芝野は今でもはっきり覚えていた。そこで芝野は、久里浜の部屋で二人で暮らすことを考え始めていた。前々回の外泊訓練の時に、たまプラーザの自宅に連れ帰ったのだが、彼女がひどく怯えて大変だったためだ。

主治医もそれは認めてくれたのだが、ここに来て、その久里浜の部屋さえ嫌だと言い出した。その上、彼女は芝野の悩みを見透かしたような交換条件を出してきたのだ。

「ここにまだしばらくいさせてもらえるなら、あなた、仕事に復帰してもいいわよ」

だが、ここは保養所ではない。そんな勝手がいつまでも通るわけがなかった。それにかつての上司に引きずり込まれようとしている仕事は、簡単に決着が着くようなものではなかった。

芝野がUTB銀行頭取の飯島亮介に会ったのは、一週間前の夜だった。会合場所は横浜の中華街の老舗、聘珍楼《へいちんろう》だった。中華街で最古の歴史を誇るこの店の最上階には、蘇州の邸宅を再現したという豪奢な庭付きの特別個室がある。慇懃《いんぎん》な店主にその特別個室に案内された芝野は、少し遅れるという飯島の連絡を受けて、ひとり居心地の悪い思いをしていた。

飯島は鵺《ぬえ》のような男だった。

芝野が飯島の部下だったのは、UTBがまだ三葉銀行と呼ばれていた時代だった。八七年に大阪船場支店に配属になった時、飯島が営業課長だった。慶応卒ではあったが、飯島はコテコテの大阪弁を使い、露悪趣味をまき散らしていた。その一方で利に聡く、狙った獲物は絶対に逃さない猟犬のような一面も持っていた。

飯島は芝野にとって最悪最低の上司だったが、同時に精神的な剛《つよ》さを与えてくれた最強の上司でもあった。彼は一年三六五日、芝野の生活に介入し蹂躪《じゅうりん》した。芝野の時間は全て飯島の時間であり、彼と共に日夜得意先の接待に奔走させられた。芝野は支店の中でも最も強者《つわもの》の取引先が多いと言われる、船場の繊維問屋街を担当させられた。飯島を遥かに凌ぐ強《したた》かな旦那衆や女将さん連中に連日翻弄されながら、金の怖さと魔力を学んだ。危ない橋も何度も渡った。業界で「B勘定」と呼ばれる、帳簿上存在しない金の受け渡しの証人になったこともあった。危ない債券を持たされたり、出所不明の絵画や骨董品を預かったり運ばされたりもした。その度に、三葉なんぞ辞めてやる！　と思ったものだった。

ところが、いつも絶妙のタイミングで飯島がそれを嗅ぎつけ、芝野の周りに飴をまき始める。最初は、芝野が尊敬して止まない真鍋頭取からの激励の電話。あるいは彼のニューヨーク行きが内定したという嘘八百。あげくに飯島は、芝野の前で臆面もなく己の不甲斐なさに泣いてもみせた。その度に芝野は三葉に踏みとどまった。結局、地獄のような二年間の船場支店勤務を経て、念願のニューヨーク行きを手に入れたのだ。

それ以降も、忘れた頃に飯島は芝野の前に現れた。そして遂には、三葉を辞める引導まで渡してくれた。その数年後、三葉銀行は、中日銀行、東亜信託銀行と合併してUTBフィナンシャルグループとなった。そんな中で飯島はUTB銀行の副頭取に就いたものの、三葉時代のスキャンダルを暴露されて失脚したと言われていた。ところがその翌年にUTB銀行の頭取に就任したと聞いて、芝野は今さらながら飯島の強かさに感心したものだった。同時に、もう二度とあの男に振り回されることもないだろうとも思った。なのに今また、布袋《ほてい》のようなこの男の前に座る羽目になっている。

「いやあ、懐かしいなあ。元気そうやないか」

飯島は個室に入ってくると、大仰に芝野の手を握りしめた。どう見ても一〇歳上の飯島の方が元気そうだった。一年ほど前に会った時よりも一回り体が大きくなっていたが、後退した額には艶があり、時に人を射《い》すくめる藪睨《やぶにら》みの小さな眼も相変わらず狡猾そうに光って見えた。

「飯島さんこそ、お元気そうで。私はもう世捨て人ですから」

「いや、そのロマンスグレーがよろしいがな。若い女にはそういうのがもてますねや。うらやましい」

本当にこの男が、メガバンクの頭取なのか……。

「何や怪訝そうな顔して」

察しの良い飯島はすぐに質してきた。芝野は苦笑して首を横に振った。

「いえ、頭取になられても昔と全然お変わりないので」

「当たり前やないか、わしはいつでもどこでもわしや」

飯島はそう言うと高らかに笑い声を上げた。芝野はそれをやり過ごし、彼の勧めに従って上座に着いた。料理長のお薦めと言われたコースは、前菜の盛り合わせに始まり、雲丹《うに》と海鮮入りフカヒレスープ、鮑《あわび》の黒豆味噌蒸しなど、食い道楽な飯島好みの海鮮をたっぷり使った贅沢な料理が続いた。

「奥さんの調子はどうや?」

少し食事が進んだところで、飯島が切り込んできた。

「お陰様で、快方に向かっています。あと一週間もすれば、退院です」

「ほおか、けどあんなべっぴんの嫁はんが酒浸りになるとはなあ。人は分からんもんやなあ。ウチのなんぞ、核兵器撃ち込まれてもピンピンしとるからなあ」

それが嘘なのを芝野に知られていても、飯島はそうやって茶化す。飯島の妻は元華族の家柄で、彼はそれを背景に銀行内に隠然たる力を持っていたと言われている。なぜか夫には似合わない誠実と気品を感じさせるしとやかな女性で、誰彼となく世話を焼くことを厭わない慈善家としても知られていた。したがって、核兵器を撃たれても死なない云々の話は、飯島独特のほら話だった。

「けど退院できると聞いてホッとしたわ。わしもおまえさんにお願い事がしやすなる」

飯島は、フカヒレを口の中に押し込みながらそう言い放った。

「いえ、飯島さん。実はアルコール依存症というのは、これからが大変で」

「でもな、おまえさんがずっとそばにいるというのは、却ってようないそうやないか」

飯島が真顔になって芝野を見た。

「イネーブリングちゅうそうやな。家族が患者の世話を焼きすぎることを。依存症の人間の我が儘を聞いてやって、逆にダメにする。それでは入退院を繰り返すだけやろ。少し距離を置いてやるのが、真の愛情っちゅうもんとちゃうのか」

飯島の口から専門用語が飛び出してきたのには驚いた。やはりこの男は侮れない。このコテコテの大阪弁と図々しい振る舞いで一体どれぐらいの人間が騙されてきたことか……。

飯島は芝野が黙り込んだのを幸いとばかりに、話を畳みかけてきた。これも彼の常套手段だった。

「どや、この辺でちょっと昔の恩返しをしては?」

芝野は飯島を真っ直ぐに見据えて答えた。

「申し訳ありませんが、私には飯島さんに返すご恩などありません」

飯島が嬉しそうに額をピシャリと叩いた。

「いやあ、これはキツいなあ。安心せえ、何もわしに恩を返せとは言わん。返す相手は別のお方や」

その時、飯島の携帯電話が鳴った。彼は芝野に断って電話に出た。

「私です。いや、それは君たちにお任せします。今は横浜です。そう、例の件でね。そうしてください」

今の今まで関西弁をまき散らしていたいやらしい男とは全くの別人になっていた。関西訛りを毛ほども感じさせない完璧な標準語には、メガバンクの頭取としての気品と風格があった。さらに、低く落とした声のトーンには知性まで滲んでいた。やはりこの人は鵺だ。摑んだと思ったらするっとすり抜け、別の顔を見せる。この得体の知れなさで魑魅魍魎《ちみもうりよう》の世界を生き抜き、日の当たる場所では別人になりすましている。

電話を切ると、飯島はにんまりとこちらを見て笑った。

「そんな驚いた顔しなさんな。人にはそれぞれ場におうた顔があるやろ。いわゆるＴＰＯっちゅうやつやな。で、話を戻すが、おまえが恩返しするのは、鈴紡の岩田はんや」

予想通りの展開だった。三ヵ月前に病院までやって来た男は、同じＵＴＢでも企業を担当しているコーポレート銀行の人間だった。飯島は、リテールを担うＵＴＢ銀行のトップだ。同じグループ内でも、そこには自ずと縄張りや線引きがある。それでも芝野は、飯島がここまで強引に話を持ってきたことから、鈴紡の件だと予想していた。

「その話は、以前病院に訪ねてこられた五味さんにきっぱりお断りしました」

「けど、今度は岩田はんが直々におまえを指名してはんねや。しかも、その仲介を飯島頭取がしとる。それを無下にするんか？」

もちろん！　そう言えれば話は早かった。飯島の思い通りにだけは絶対に動きたくなかった。俺の人生を踏みにじり、どん底に落とした男。それが飯島だった。二度とこの男にだけは関わりたくない。そう思っていたのに……。

「おまえがニューヨークに行けたんは誰のお陰や？　当時駆け出しのおまえに眼をかけてくれた岩田はんのおかげとちゃうのか」

その通りだった。当時鈴紡社長だった岩田春雄には、よく世話になった。だが、そのかわりに彼のために随分危ない橋も渡ってきた。今さら恩返しもない。

「しかし」

「なあ、芝野。岩田はんに最後の死に花咲かせてやってくれよ」

「死に花、ですか」

「せや。かつては経営の神様と崇められ、高度経済成長の立て役者と言われた人が、今では鈴紡の経営危機の元凶と罵声を浴びせられている。けどな、そう言われてもええから、最後に今の経営陣と刺し違えてでも、鈴紡をもう一遍光り輝く会社に生まれ変わらせたい、と岩田はんは言うてはんねん……」

飯島の口を介しても、岩田の熱い想いが伝わってくるようだった。岩田は心血を注いだ鈴紡という会社が光り輝くためなら何でもする人だった。既に当時〝カリスマ〟と呼ばれていた岩田に初めて接した時に、その真っ直ぐな情熱に感動したのを覚えている。

「ＣＲＯっていうそうやな、会社のターンアラウンドの責任者を。おまえにそれをやって欲しいと言うてはる。鈴紡を救えるのは、おまえしかいんとまで言うてくれてはる。おまえは知らんやろうけど、岩田はんは、おまえが三葉を離れた後のことまでよう知ってはったぞ。だからこそ、おまえに鈴紡を託したいんやと」

ＣＲＯ（Chief Restructuring Officer）とは、最高事業再構築責任者のことだ。企業のリストラを断行する責任者で、アメリカなどでは外部のターンアラウンド・マネージャーが任される場合が多い。だが、そう呼ぶと格好良く聞こえるが、実際は〝首切り屋〟だと揶揄する者もいた。

頑《かたく》なな態度の芝野に、飯島は涙まで浮かべて岩田の窮状を訴えた。その手には乗らない。芝野はそう突き放すつもりだった。だが、鈴紡をターンアラウンドできるという話に、彼の中で封印した筈の血が騒ぎ始めた。そのせいで、芝野は飯島を突き放せず、食事の終わる頃には「しばらく考えさせて欲しい」と口にしていた。

その後、飯島からは何も言ってこない。何でも思い通りに事を運ぶのを信条とする男の沈黙は、却って不気味だった。ただ、退院後の妻の生活のサポートのためにと言って、高名なアルコール依存症セラピストの資料や、妻が喜びそうな著名人だけの断酒会の案内などを、紹介状を添えて送ってきたりしていた。後顧の憂いは任せろという意味なのだろう。

日本を代表する名門企業・鈴紡のＣＲＯというのは、魅力的な仕事に思えた。日本でのプロの事業再生家の必要性を説き、自らターンアラウンド・マネージャーを極めたいと思っていた芝野にとって、本来なら垂涎《すいぜん》もののオファーだった。

しかし、自分はそのために妻を地獄に突き落としたのだ。さらに知らなかったこととはいえ、彼自身が犯した過去の罪を知った時に、二度と企業の再生などには関わらないと誓ったのだ。

芝野はベンチから立ち上がると、雄大に波を打ち寄せてくる太平洋を改めて眺めた。

俺はいつも中途半端だった。そのために想像以上に多くの人に迷惑を掛けてきた。だからこそ、妻が回復するための努力は中途半端にしたくない。

不意に飯島の殺し文句が頭をよぎった。

〝少し距離を置いてやるのが、真の愛情っちゅうもんとちゃうのか〟

いつもあの人は痛いところを衝いてくる。確かに俺は妻のためでなく、自分の贖罪のために妻に尽くしているのではないかという気がすることがある。だから一度目の時は、彼女を甘やかしてしまった。結果的にそれが二度目の入院、しかも一歩間違えば命まで危うくするほどの事態を招いてしまった。

「ほら、やっぱりここにいたでしょ」

妻の言葉で芝野は我に返った。振り返った芝野は、妻の隣にいた若い女性を見て声を上げた。

「あずさ……」

中学卒業後、「ミュージカル修業のため」と言ってニューヨークに渡っていた娘がそこにいた。

「パパ、ただいま！」

十数年前の少女に戻ったように、娘は芝野に抱きついた。芝野は感無量で娘を抱きしめた。

「いやあ、見違えたな。ママより背が高くなって、すっかり大人の女じゃないか」

「当たり前でしょ。私、もう二二よ」

一五歳でニューヨークに送り出した娘がもう二二歳。月日が経つのは恐ろしいほど早くなっている。

「そうか、もう二二か。で、どうした。ようやく自分の才能に見切りをつけて帰ってきたか?」

「残念でした。ゴールデンウィークに日本で上演する『シカゴ』に出させてもらうことが決まってね。そのプロモーションで来たの」

『シカゴ』と言えば昔、ニューヨークのブロードウェイで観た記憶が微かにあった。最近、映画としてリメイクされたとも聞いていた。

「ほお、それは凄いな。プロモーションに来たってことは、主役か?」

「そこまで世の中は甘くないわよ。ただ、日本公演に参加する日本人だから話題になるってことで、一緒に来るように言われたの」

「いや、いずれにしてもそれは凄い。お祝いしないとな」

芝野の言葉に亜希子も嬉しげに眼を細めた。

「そうよ、あなた。自慢の娘の凱旋《がいせん》なんだもの。じゃあ、あずさ、後でね、私は退院前のレクチャーを受けてくるから」

その言葉に芝野は驚いて、妻を呼び止めた。

「亜希子、今何と言った」

「あら、ごめんなさい。あなたに言い忘れていたわ。私、来週予定通り退院することにしましたから。しばらくあずさも休暇で日本にいられるそうだし、久しぶりに家族三人水入らずで自宅でゆっくりするのもいいでしょ」

自宅でゆっくりする……？

芝野がその言葉の真意を質す前に、妻は背を向けて病棟に向かっていた。

あずさが、我慢していた感情を抑え切れないように泣き出した。

「ごめんなさい、パパ。ママが、あんな大変な病気になっているなんて、私全然知らなくて……」

彼女はそう言ってもう一度芝野に抱きついた。

「いいんだ。本当にこれはパパとママの問題だから。それよりおまえ、どうしてママのことを？」

あずさはハンカチで涙を拭きながら答えた。

「教えてくださった人がいたの」

「教えてくれた人がいた？　誰だ」

「飯島のおばさまよ」

何てことだ……。芝野は、肩から一気に力が抜けるのを感じた。

銀行時代、同僚との家族づきあいを極端に嫌ってきた亜希子が、唯一慕って何かと相談に乗ってもらっていた人間がいた。それが飯島の妻・琴子だった。

あずさが生まれた頃、芝野が飯島の下にいたこともあって、あずさは子供の時から飯島の妻に可愛がられた。ニューヨークでミュージカルの勉強をしたいと両親を説得する時にも、彼女が後見人に名乗りを上げて現地の知り合いを紹介してくれた。しかし、あずさに妻の病のことを告げたのは、夫・飯島亮介の策略に違いなかった。

狙った獲物は絶対に逃さない。芝野は、飯島の強かさと深謀に呆れるしかなかった。

芝野は娘に呼ばれて我に返った。

「しばらく私、ママと一緒にいようと思うんだ」

「しかし、おまえ、舞台の稽古は？」

「四月に入ってからだから。まだ一ヵ月ある。だからね、パパ」

芝野は思わず娘の言葉を遮《さえぎ》った。動揺が激しすぎてしっかり考えることができなかった。

「お茶でも飲みながら、ゆっくり話そう」

彼はそう言うと、春の気配を感じさせるおだやかな海と日が沈み始めた空を一瞥した後、先に高台を降り始めた。

12

二〇〇五年三月一日・熱海

鷲津は久しぶりに熱海に来ていた。ホライズン・ジャパンの会長を務める堀と一緒だった。一年以上会っていなかった堀に、鷲津が留守の間に起きた諸々について詫びようと、用意した席だった。

彼らは、熱海でも奥まった山間《やまあい》にある老舗旅館・枯淡楼《こたんろう》にいた。戦前の元老が国賓を接待するために設けたのが始まりというこの旅館もバブルの煽りを受けて負債を抱え、倒産寸前に陥っていた。鷲津はそれを買い上げ、旧経営者に旅館を預ける一方で、賓客のためのとっておきの場所として利用していた。中でも数寄屋造りの離れが彼のお気に入りで、時には一人でポルシェ911・GT3を飛ばして来ることもあった。この日はボディガードに運転手付きだったが、到着してすぐに堀と共に露天風呂に浸かり、職場一日目の疲れを落としていた。

いつ来ても露天風呂は絶品だった。岬の突端ギリギリに造られていて、日没時の夕陽の美しさは格別だし、夜になれば星空を仰ぎながら、波音に耳を傾けることができた。ジングルのミーティングが長引いたため、彼らがようやくひと風呂浴びたのは夜更けだった。鷲津は、堀と一緒に湯に浸かりながらしばし目を閉じ、静かに打ち寄せる波の音に耳を傾けていた。

「ここの湯は体の芯からほぐれますな。本当に気持ちいい」

堀は鷲津が目を開けたのを見計らって話しかけてきた。

「世界中を巡っている間、いろいろな場所でこのままその地に住み着こうと何度も思ったんですが、その前にもう一度ここの湯に浸かりたいと後ろ髪を引かれたもんです」

「分かるねえ、ここは日本の故郷だもの」

そう言って高らかに笑う堀の声も鷲津には心地よかった。

「しかし、今日は愉快な一日でした」

「そうですか」

「久しぶりに鷲津節を堪能できましたからね」

「鷲津節？」

「君はいつも他の人と違う目で物を見る。あれだけのプロがいても気づかない突破口をあっさり見つけて、無敵の戦略を練り上げる。久々に今日、それを見せてもらいましたよ。いやあ愉快愉快。こうでないとね」

鷲津は照れ臭そうに顔を湯で洗った。微妙な鉱泉の薫りも懐かしかった。

「本当を言うとね、今日で私は会長を辞めさせてもらうつもりだったんですよ」

堀が続けた言葉に鷲津は驚いた。柔和な顔は火照っていたが、その目は笑っていなかった。堀は湯から半身だけ出すと、そばにあった岩場の一つに腰掛けた。

「そんな怖い顔をしなさんな。私も今年で七〇ですよ。そろそろ余生を楽しまないと……」

堀は多趣味な人だった。年末には合唱団で「第九」を歌っているし、盆栽の腕も相当なものだと聞く。さらに最近は陶芸にも凝っていて、既に作家の域にある。いまさら「余生」もない。

「ピーターのバカが何か言いましたか？」

今日の昼間に、中延と話したことを思い出したのだ。ピーターは資産だけではなく人切りにも熱心で、密かに社員の半減化を画策していた。

だが堀はあっけらかんとして鷲津の問いを一蹴した。

「あの坊やのことはどうでもいいんですよ。私は彼に雇われているわけじゃないんでね。でもね、アランが死んだ時に、何とも言えない無力感に苛まれましてねえ」

鷲津は言葉を失った。堀からそんな話が出るとは思っていなかった。

「彼は頑張っていたんですよ。鷲津さんが帰国した時に、もうあなたはいらないって言いたいじゃないですかってね。で、自分はソニーをバイアウトして、好きなゲームだけ創らせて、ハリウッド女優を妻にするんだって言ってましたよ。それが頼もしくてねえ」

アランが瞳を輝かせて堀にそう言っている姿が目に浮かぶようだった。

「私もせめてアランがソニーを買い取るまではお世話になろうと思ってたんです。お陰様で相愛銀行の方は、頭取以下みな頑張ってくれて、今や日本の地銀のスターですからな。もう私の出る幕はない。ならば、最後にアランがいっぱしのゴールデンイーグルになるのを見届けて、ジ・エンドにしよう。そう思った矢先ですよ。彼があんな目に遭ったのは……」

誰からも愛された男が早死にし、誰からも憎まれ厭われている人間がこうして生き恥を晒している。アランの死を知って以来何度もよぎる想いが、鷲津の胸に込み上がってきた。

「彼が亡くなる数日前にね、私は彼から相談されたんですよ。どうやってもオールド・ジャパンの壁を突き破れない。僕に何が足りないのか教えて欲しいとね」

〝オールド・ジャパンの壁〟とは、おそらく鈴紡のことだろう。

「彼はね、日本の名門である鈴紡を自分の手で再生させることがあなたを超える第一歩だと思っていたようですよ。でも彼には、この国で蠢く魑魅魍魎が理解できなかった。それで私に相談に来たんですよ」

堀に相談に行ったことは間違っていない。堀は日銀時代、数多くの国際的な金融交渉の場で活躍し、日銀退職後は、日本屈指のシンクタンクで副理事長を務め、企業の国際化に貢献してきた。そういう意味で、彼は戦後日本の経済成長と企業の有り様の全てを見てきた人物だ。堀ならアランには理解できないオールド・ジャパンの骨の髄まで知っている。

「だが私は彼にこう言ったんですよ。鈴紡はおやめなさいと。あそこは、日本という国が成長するために封じ込めてきた全ての罪を背負っている会社だからと。だが、彼は聞かなかった。だからこそ、自分が買いたいんだと」

「じゃあ、アランは鈴紡の実体をある程度把握していたんですね」

「だと思いますよ。飯島君とここで何度も会っていたようですからね。だが、所詮アランは飯島君の敵じゃない。私はそう言ったんだが……」

アランはそれでも諦めなかった。

実はアランのこの案件での最大の失敗も、そこにあった。彼は化粧品事業だけではなく、鈴紡全体をバイアウトすることを視野に入れていた。そして泥沼にはまってしまったのだ。

「しかし、結果的に鈴紡との交渉がうまくいかなかったのは、奴の責任です。堀さんが責任を感じる必要はありません」

「そうじゃないんだよ、そうじゃないんだ……」

堀は再び風呂に浸かり、何度か顔を湯で洗った。

「実はね、アランは鈴紡からつなぎ融資の相談を受けていたようなんだ。その融資を相愛で見てくれないかと言ってきた。だがね、それはあり得ない。私はそう突っぱねたんだ。そして、彼に情に流されすぎだと意見した。その数日後だよ、彼が死んだのは……」

「堀さんは何も間違っていませんが」

「いや、そういう話じゃないんだ。これは正しいとか間違いとかいうレベルのことじゃない。私は彼を救えなかった。そう思ってしまう自分が嫌なんですよ。そんなことを思う私はもはやプロじゃない」

堀が言いたいことはよく分かった。だがアランを救えなかったのは堀ではなく、この俺じゃないか……。

鷲津が言葉を探している間に、堀が続けた。

「まあ、それはいいですよ。今日のあなたを見ていて、もう少しこのまま老醜を晒すのも面白いと思ったんでね。ただ、一つぜひあなたに聞いておきたいことがあるんです」

「何でしょう」

「鷲津さん、あなたはどうして鈴紡を獲りに行こうとしているんです。申し訳ないが、アランの弔い合戦だなんぞという戯れ言は、私は信じませんよ」

やれやれ、老獪な策士には通じないか……。

今日の会議で、鷲津がジングル・プロジェクトをアランの弔い合戦だと言った時、何人かが怪訝そうな顔をした。いずれも昔から鷲津と共に仕事をしてきた連中だった。彼らは、そんな言葉を微《み》塵《じん》も信じていない。堀もその一人だった。

「一言で言えば、自己顕示欲です」

「ほお、自己顕示欲と来ましたかぁ」

堀は全く信じないという顔をして笑った。鷲津は苦笑して上半身を湯から上げた。

「それでご納得いただけないなら、復帰戦を派手に飾るためと言ってもいい」

「今まであれほど目立つことを嫌ったあなたが、宗旨変えですか。岩田春雄と飯島亮介じゃないんですか、本当の理由は」

飯島亮介という名に、鷲津は思わず苦笑を浮かべた。彼にとって憎き仇敵でありながら、なぜか憎みきれない不思議な魔力を持った人物だった。江戸時代から幕府と朝廷、さらには有力大名とも通じていたしたたかな政商の歴史を持つ三葉銀行（かつては巴屋と呼ばれていた）の闇を守り続けてきた金庫番。悪《ワル》の中の悪。飯島を言い表すには、それでもまだ足りなかった。コテコテの大阪弁と傍若無人の振る舞いを見せながら、銀行のためなら顔色一つ変えずに非情な決断をやってのける男だった。

彼らは金という共通の興味で時として繋がり、その一方で互いに相手を一撃で倒す機会を狙っていた。そして鷲津が壮絶な闘いの果てに勝利を手にしながら、結果的に一年の放浪を余儀なくさせられたのも飯島のしぶとさ故だった。

だが、それは全て過ぎ去ったことだ……。

「もう私は飯島さんに興味はありませんよ」

「飯島という人間には興味はないだろうが、彼が目を掛けている企業には興味があるはずだ。あれは、日本のアンダーグラウンドを守る番犬みたいな男ですからな……」

鷲津は思わず笑い声を上げてしまった。堀はうまいことを言う。

「あの男が必死になって鈴紡を自分の支配下に置いて解体しようとしている。あなたは、そこに獲物の臭いを嗅ぎつけた」

「獲物の臭い、ですか……」

鷲津は不敵な笑みを浮かべたままだった。堀はその笑みに挑発されるように答えた。

「鈴紡の歴史はすなわち日本経済、いや、日本の歴史と言える。あの会社には、この国が永遠に封印しておかなければならない無数の情報が眠っている。あなたはそう見ている」

鷲津は右手を胸に当てて頭を垂れた。そして、静かに上半身を湯に浸けた。

「いや、恐れ入りました。全部ではないですが、最大の理由はそれです。どう思われますか？」

鷲津は、堀にだけは正直でありたかった。七〇歳の堀に、彼は亡父の面影を見ていたのかも知れない。

「面白い。実に面白い。だからね、私も見届けさせてもらいますよ。あなたの久しぶりの大勝負をね」

つまり俺の読みは正しいということか。

鈴紡を巡る動きを資料などで分析していた鷲津は、鈴紡には堀が指摘したような闇の部分があるように思えてならなかった。既にサムには調査を依頼した。また、中延にも別のルートから鈴紡情報を集めてもらっている。

「果たして、今から間に合うかどうか」

「確かに時間的に厳しいねえ。既にＵＴＢによる鈴紡包囲網は完成しつつある。ただね、今日の日産の記事を読んでいると、当の鈴紡の内部が全然自分たちの置かれている状況も立場も分かっていない気がする。ならば、まだ起死回生のチャンスはありますよ」

堀はそう言うと風呂から上がった。

一人残された鷲津の目の前に、闇が広がっていた。

起死回生か……。所詮、一度死んだものは生き返らない。だが、なぜかこの国では、死んだはずの企業が不思議と生きながらえ、周囲に災厄を撒き散らす。それに止めを刺し、生き腐れの化け物から欲しい物だけを摘出できれば、日本をバイアウトすることに一歩近づけるかも知れない。

本当はそれだけが理由じゃない。いや、正直に言えば、もはやこんな国は滅びようが生まれ変わろうが知ったことじゃないと鷲津は思い始めていた。

だが、俺はここであの会社を獲らなければならない。本能がそう訴えているのだ。そしてそれを手にしたなら、日本の深部でのうのうと蠢く闇に光が当たることになる。

その闇に光が当たった時、俺が今漠然と抱いている得体の知れない恐怖の正体を知ることができる。それは同時にアランの死を解く鍵になるかも知れない。あるいは、自分が帰国してから抱き続けている目に見えない変化を摑み取ることも可能ではないか。そしてそれ以上に、今なお完全には目覚め切れていないハゲタカの血を沸き立たせるきっかけもそこから生まれそうな気がしていた。

言ってみれば俺はアランの弔い合戦などときれいごとを言いながら、自分のために鈴紡を買おうとしているのかも知れない。

不意に〝ビジネスに私情を挟むなんて最低!〟と言い続けたかつての恋人の顔が浮かんだ。

だが、鷲津は口元を歪めてその顔に言い返した。

「いいじゃないか、リン。私情でビジネスをして何が悪い。欲望を充たすことでしか俺たちは生きていけないいんだから……」

東の空に猫の目のような月が現れた。

満月を過ぎ月が欠け始めると、月の出が遅くなる。月や星に妙に詳しかった亡父からそんな話を聞いたことがあった。そのため、居待月《いまちづき》（十八日月）とか臥待月《ふしまちづき》（十九日月）などという言葉もあった。見上げた月は二十日月を少し過ぎたぐらいで、夜更けてからようやく出てくるため、更待月《ふけまちづき》などとも言う。

「まるで今の俺のようだな」

鷲津は、まだ黄色みを帯びた月を見上げてそう呟いた。

闇の中で待っても現れない光。だが、焦らずその闇で時が満ちるのを準備万端で待てば、必ず光は射す。

鳴かぬなら鳴くまで待とうホトトギス。

俺らしくはないが、時にはそんな達観も必要なのだ。

鷲津はしばし、柔らかい光を放つ月に魅入られたように空を見上げていた。

第三章　同床異夢

1

二〇〇五年三月七日

月華が鈴紡化粧品を完全買収
買収額は総額五〇〇〇億円規模

化粧品事業部の統合を進めていた鈴紡と月華の複数の関係者は六日夜、日産新聞の取材に応じ、月華が鈴紡の化粧品事業を完全に買収することが決まったと述べた。〇四年一月に統合が発表されて以降、三度にわたる統合延期は、最終的に月華側の吸収合併という新たなる局面を迎えた。

両社によると、鈴紡が化粧品事業を会社分割して、新会社を設立。月華はその新会社の株式の一〇〇％を買い取る。月華は、鈴紡の商標や鈴紡の販売店網も継承。鈴紡の化粧品事業部門の従業員約九二〇〇人全員も新会社が引き継ぐ。両社は、今月末までには正式な契約締結を行うとしている。買収にかかる金額は約五〇〇〇億円になる見通しで、新会社は業界トップの至宝堂に肉薄する。

【日本産業新聞】

第二の産業蘇生機構設立へ
政府系金融機関の新使命として

政府系金融機関の再編を検討している首相の諮問機関・日本再生プロジェクト委員会（JRP）は、再編を検討している政府系金融機関などを、企業再生の新たなる牽引車的役割を果たす「第二の産業蘇生機構」にするなどの意見をまとめ、首相に諮問した。

既に救済案件の〝買収期間〟を終えている現在の産業蘇生機構に代わり、日本再生のためには政府支援の核になる機関が必要という見解によるもの。政府は今年度中の設立を目指す方針。

なお、今回の「機構」は内閣府がリーダーシップをとり、経済担当相が主管することになるという。
金融界や企業再生ファンドからは、「民業へのさらなる圧迫」と反対の声も上がっているが、同審議会の議長を務めた慶応義塾大学の竹之内博正名誉教授は、「民間では手に負えない案件がまだ当分続くことが予想され、その使命を果たすためには絶対必要」という見解を述べている。

【毎朝新聞】

2

二〇〇五年三月七日・芝浦

滝本誠一郎は社長室でコーヒーを手にしながら、二紙の一面にあるそれぞれの記事を食い入るように読んでいた。地上二一階建てのシャイン本社ビルは、芝浦の海岸通りにある。その一八階にある社長室からは、問題になっている竹芝の鈴紡東京本社ビルも、その向こうの勝どきにある月華本社も見下ろせた。

一体何が起きているのだ。なぜ月華がここまで苦戦しているのだ。一年前、月華と鈴紡の化粧品事業部門との統合発表があった直後、滝本は月華の和泉学社長とある会合の席で顔を合わせた。鈴紡との統合について水を向けると、和泉は「これで一息つけますよ」と満足そうに話していた。万年三位からの脱出。鈴紡との統合は、和泉の、そして月華の宿願だった。それを成し遂げたという充実感が、和泉の丸顔に浮かんでいた。

なのにその後一年は、交渉が何度も暗礁に乗り上げ、ようやくここまで漕ぎ着けた。だが先週JETで会った時の彼には、深刻な焦燥感が漂っていた。つまり、メディアで報道されていない問題点がまだ残っているということなのだ。

数日前、JETの用事があって和泉と電話で話した滝本は、さりげなく鈴紡のことに水を向けた。

「名門とはそんなに大事なものなんでしょうか。それを守るためなら、我々新興企業はいくらでも犠牲になれと言わんばかりですよ」

強気で知られる和泉らしからぬ嘆き節に滝本はたじろいだ。

明日は我が身――。そんな言葉が自然に湧き上がってきた。

月華とシャインには、相似点が多かった。創業当初は一つの商品に特化したメーカーとして、ものづくりにこだわった堅実な事業を展開してきた。主力製品は圧倒的な商品力を持ち、また事業専心を掲げ財テクや不必要な不動産購入も行わなかった。そのためバブル経済崩壊の影響にもさほど左右されず、毎年増収増益を達成する超優良企業の地位を確立していた。ところがその一方で、日本の産業構造の屋台骨を支えるような事業に手を出さなかったために、企業ブランドとしては業績に見合った評価を得られていない。

そこで両社とも、世界に通用するブランド力を持つことに躍起になっていた。それが月華にとっての鈴紡化粧品事業買収であり、滝本が密かに検討を始めた名門総合電機メーカー買収計画だった。

業種は違いこそすれ、月華の買収交渉は、シャインにとって得難い疑似体験だと感じていた滝本は、既に経営統轄室内に事務局を設けた〝サンライズ・プロジェクト〟のメンバーにも情報収集と徹底研究を求めていた。さらに、今回の買収騒動の背景にあるメインバンクの存在も侮りがたい。

彼が師と仰ぐトヨハシ自動車の岡崎会長は先日、今回の統合問題で気になることを言っていた。

〝この統合には、もう一つ裏があるようなんだ〟

〝裏と言いますと？〟

〝鈴紡のメインの思惑〟

鈴紡のメインバンクであるＵＴＢコーポレート銀行は、鈴紡に押し付けた有利子負債をこの統合で取り戻すだけではなく、無借金経営を続けている月華に食い込もうと考えている、というのだ。

〝そもそも積極的に月華に鈴紡を売り込んだのは、ＵＴＢの投資ファンドであるＵＴＢキャピタルでしょ。彼らは鈴紡買収に当たって、月華に対してレバレッジファイナンスの手配もやっている。しかも金の出所はＵＴＢコーポレート銀行だって言うんだから、とんでもないよ〟

かつてアメリカ・シャインの社長を務めた滝本は、ビジネスに対するアメリカの厳しさを痛感した経験がある。アメリカであれば、ＵＴＢの行為は利益相反となる。だが、日本にはそんなことを問題にするモラルはどこにもないようだった。日本の財界には、今なお数字では計り知れない闇がある。そのことを滝本は噛み締めていた。

さらに、毎朝の記事にある「第二機構」については、憤りを禁じ得なかった。なぜこの国では、政府がしゃしゃり出て経済の新陳代謝を妨げるのか。

壊れる時は壊れるべきなのだ。そこから新しい時代にふさわしいエネルギーが生まれる。

「第二機構」については、ＪＥＴでも随分前から話題になっていた。これは近々ＪＲＰの審議委員の誰かをゲストに呼んで、この機構の真の目的を質す必要があるな。

滝本はコーヒーを飲み干すとインターフォンで秘書を呼んだ。午前八時三〇分。今日も長い社長業の始まりだった。

3

二〇〇五年三月七日・汐留

「村岡君、ちょっと」

次長の松居淳平に呼ばれた村岡は、ちょうど外出するところだった。彼は渋い顔をすると、松居に従い小会議室に入った。

年度末のこの時期、次長に別室に呼ばれるなんてろくなことではない。村岡は用件をあれこれ想像しながら、黙って松居の正面に座った。松居の前にはいくつものファイルが積まれ、数冊は開いたまま置かれてあった。

「あの、次長すみません。一四時に恵比寿でアポがありまして」

「ああ、そう、すぐ済むよ」

〝どうだ君〟とあだ名されている松居は、ホームベースのような顔からずり落ちそうな黒縁眼鏡を低い鼻に乗せて呟いた。呼びつけた癖に村岡の顔を見ようともせず、ファイルに視線を落としたままだ。

「で、どうだ」

いつもの口癖とともに彼は顔を上げた。

「あの、どうだというのは？」

「決まっているだろ、今期の目標だよ」

この時期の〝どうだ君〟の頭の中には数字しかない。達成不可能な数字をどうお化粧するのか。それが次長の仕事だった。

しかも彼の場合、その数字次第で来年度の報酬が変わるから大変だ。曙電機は五年前から全社員に成果主義を取り入れた。その中で一番きついのが次長職だと言われている。

課長以上を目指すなら、一気に部長以上になれ！　というのが、曙電機従業員心得の一つだった。次長こそ、この会社の貧乏くじだった。その次長職に〝どうだ君〟はもう七年もいる。生きているのが不思議なくらいだった。

「そうですねえ。まあ、鋭意努力中です」

「鋭意ってさあ、もうあと二〇日余りだぞ。大丈夫なのか、君のところはまだ目標の三分の一以下じゃないか」

村岡が所属するソリューション事業本部第二法人事業部首都圏チーム第二部第三課は、主に企業や自治体などのコンピュータシステムを扱っていた。

それでも、次長の下にあるセクションの中ではナンバー2《ツー》の成績ですよ。その言葉を飲み込んで、村岡は肩をすくめた。

「今、ネジまいている三つのどれかが受注できたら、目標達成ですから。ご期待ください」

「何がご期待くださいだ。おまえさん、秋にもそう言って期待させて、見事に空振ったじゃないか」

「そうでしたっけ。しかし、ほらウチは、公共事業関係も多いですから、ちゃんと年度末で揃えますって」

成果主義を実力主義と世間は言うが、少なくとも曙電機の成果主義はザルだった。上から投げられる営業目標なんぞ無視して、前年より何を頑張るかを自己申告するだけだ。もちろん、数字の目標はあるのだが、それも例えば「前年比二〇%アップ」とすればそれでいい。村岡の場合、去年は売り上げが低迷したので、現状でも既に前年比で二五%アップを遂げており、目標は達成したことになる。二年連続で目標値を割ると大きな減俸対象になるのだが、一年のダウンは現状維持で止めてもらえる。そこで平社員らが考え出したのが、アップダウン作戦だった。一年わざと手を抜いてダウンし、翌年ちょっと頑張って戻す。すると二年に一度ではあるが、年俸はアップする。

ところが次長以上になると、上から与えられた数字をクリアしなければ即年俸ダウンとなる。だから、〝どうだ君〟は必死なのだ。

村岡の気のない約束に業を煮やしたらしい松居は、勢い良くファイルを閉じた。

「ダメだな、そんな空約束は信じられん。なので君、ボトム・アップであと五〇乗せてくれ」

ボトム・アップとは平社員から意見を聞くという意味ではない。数字の底上げ。つまり売上高を粉飾しろという指示だった。五〇とは五〇×一〇〇〇万円、つまり五〇〇〇万円を嵩上げしろという指示だった。

「売上ベースで？」

「バカ！　粗利《あらり》に決まっとるだろ」

粗利益で五〇〇〇万円となると、最低でも二億ほどの売り上げを計上する必要がある。

「次長、それは殺生《せっしょう》でしょう」

「何が殺生だ。おまえさん、アップダウン作戦とか言って嬉しがっているが、それも今年で終わりだぞ」

「何でですか？」

「来年度から、全社員にそれぞれ数字の目標値が与えられる。つまり自己申告による成果目標制度は今年で終わりだ。しかも、権限委譲の徹底という制度も来年度から始まる。その結果、セクター単位、簡単に言えば課単位の数値目標が与えられる」

村岡には、今ひとつピンとこない話だった。〝どうだ君〟は、嬉しそうに村岡を見た。

「つまり、これから地獄を見るのは貴様ら課長連中ということだ」

何だと……。だが、村岡はそれを飲み込んだ。お気楽社員を貫く。それが今までの自分のスタイルなのだ。上司と喧嘩しても始まらない。彼は困惑を顔に浮かべて次長を見た。

「マジですか。それはたまらんですねえ。でも、それならなおさら、これ以上のボトム・アップは無理です。来年に備えなければ」

来年五月に請求予定の三億円の案件があるにはあった。だが、これを前倒しにしたくない。

「おまえ、ほんと暢気《のんき》だな。今週の日産ビジネス読まなかったのか」

「何です?」

〝どうだ君〟は鼻で笑いながら、ファイルの中から日産ビジネスの最新号を取り出して開いた。

総合電機、最終局面
業界再編が進む危機的決算!

この記事なら村岡も読んだ。相変わらず、半導体を中心に総合電機の危機を誇張したデマだった。

「こんな雑誌の記事の心配してたら、生きていけませんよ」

「何を言ってんだ。この危機的決算と名指しされているのは、俺たちだぞ」

〝どうだ君〟には別のあだ名もあった。〝ミスター杞憂《きゆう》〟。いつも「大変だぁ、大変だぁ」と頭を抱えているのだが、何が大変かは分かっていない。

「でもウチの会社、もう一〇年も前から危ないって言われてますけど、二年前にこんなとんでもない新社屋つくっちゃったんですから、大丈夫ですよ」

「そうじゃない。いいか、鈴紡の次はウチなんだ。それを覚悟しなければ」

「鈴紡の次ですか？　でも、あそこだって結局銀行と国が守るって話じゃないですか。そういう杞憂、やめましょうよ」

だが、今日の〝どうだ君〟は強硬だった。

「とにかく五〇のアップ、架空だろうが、実績だろうが構わないからちゃんとやってくれ。さもないと俺は自分の権限で、貴様の成果に最低点をつけるからな」

村岡は大仰に驚くと、会議室のドアを開くなり大声で叫んだ。

「止めてくださいよ、次長。そんな風に責任を僕らに押しつけんの！　それってパワハラじゃないですか！」

フロア中に自分の声が届いたのを、ドアの向こうにいる全員がこちらを見たことで村岡は確かめた。

「おい村岡、貴様！」

慌てる次長を後日《しりめ》に、村岡はさらに声を張り上げた。

「分かりました。次長がそこまでおっしゃるんです。五〇の嵩上げ、頑張ります！」

ドアのすぐそばに立っていた女性社員がびっくりしたようにこちらを見ていた。村岡は大仰に松居に頭を下げた。

「鋭意、努力致します。それでよろしいでしょうか？」

「好きにやりたまえ。だが村岡、よく覚えておけ。要領で昇進できるのは課長までだ」

これ以上昇進するつもりはないですよ、次長、という言葉を飲み込んで村岡は部屋を出た。

4

二〇〇五年三月七日・大手町

部屋に入ってきた三人の男たちの顔には、敗色濃厚という諦めの表情が浮かんでいた。鷲津は椅子から立ち上がって、彼らを迎えた。

闘いは始まったばかりだ。連中にそれを分からせなければならない、と思いながら……。

パレスホテルの一室で昼食を挟んでの会談という予定は、以前から決まっていた。だが今朝の日産のスクープで、話の内容は随分変わることになる。

慌ただしい朝だった。明け方の五時ごろ、前島から鷲津の携帯電話に連絡があった。日産新聞のネットニュースである日産フラッシュに、月華による吸収合併の記事が出たという。

鷲津は前島と杉山、それにFAの石岡に、ひとまず午前九時までに情報収集してプロジェクトルームに集まるように指示すると、隣で寝ていた〝カノジョ〟を起こさないようにシャワーを浴びた。

自宅は麻布十番にあったが、帰国後ほとんど戻ることはなかった。この日の電話を受けたのも、新宿のパークハイアットだった。セキュリティの問題というよりは、彼の〝ご乱行〟のせいだった。解き放たれた野獣の欲望は止まるところを知らなかった。帰国直後のフライト・アテンダントのみならず、鷲津は手当たり次第にバーで女を引っかけてはホテルに連れ込んでいた。

今朝は、今のところ一番のお気に入りであるフライト・アテンダントが一緒だった。だが、かつての恋人であるリンに対するような深い情はない。彼女は鷲津のことを深く知ろうとしないし、話題が豊富なのは魅力だったが、自宅に呼ぶほどの存在ではなかった。

彼はノートパソコンを置いたデスクに腰掛けると、ディスプレイを開いてネットに繋ぎ、問題の記事を探した。

記事を読んで鷲津がまず感じたのは、「ゲーム・イズ・オーバー」の諦観ではなく、「プレイボール」の興奮だった。

前日までに集めていた情報では、既に鈴紡の取締役会は四分五裂して、社長を含む九人の役員が、自らの身の処し方に迷って右往左往している。大きく分けて陣営は三つ。メインバンクであるUTBと共に月華に化粧品事業部門を売却して、急場を凌ごうという勢力。一方の社長側近グループは、アイアン・オックスと独自のスキームでの化粧品事業部のMBOを考えているようだ。そして三つ目の勢力は、ホライズンと組んだ化粧品事業担当役員によるMBOだった。

後者の二勢力は共にMBOを採っているが、同じ手法でも社長側近らが狙っているのは、鈴紡が月華との間で当初進めていたような子会社化だった。一方、鷲津らが進めているのは、鈴紡の連結から完全に切り離した独立だった。

現状で役員は、月華派が副社長と財務担当常務の二人、社長側近派が二人、ホライズン派が二人と同数だった。だが旗色を明確にしていない者が三人いた。一人は社長の美津濃《みづの》克彦《かつひこ》だった。立場上、中立を守っているということだったが、側近らが画策しているアイアン・オックスによるMBO派であることは間違いない。残る二人は、今のところUTB派に一応なびいているように見せている。しかし、彼らが付いても四人。

この状況では、いずれ誰かが力業に出てくる、と鷲津は見ていた。つまり、マスコミにリークして既成事実を作り、中央突破を図ろうとするのだ。リスクは高いが、やり方次第では勝算はある。やるとしたら、UTB派だろうということも鷲津は予測していた。そして既成事実という社会的認知を背景に、一気に統合を推し進める。メインバンクのUTBらしい動きだった。しかも彼らにはタイムリミットもあった。

この年度末で、最低でも四〇〇〇億円程度の資金を手に入れなければ、鈴紡は債務超過となる。その時点で、UTB内で正常先だった鈴紡の債権は全て破綻懸念先債権となり、鈴紡は破綻への階段を転がり落ちてしまう。UTBはどうしてもそれを避けたい。なぜなら破綻懸念先債権となれば、UTBは八〇%もの引当金を一気に積み上げなければならない。一刻も早く国から借りた公的資金を返そうと必死の彼らにとって、それは全行員の汗と涙を一瞬にして無にする核兵器のようなものだった。このうえ鈴紡が破綻でもすれば、メインバンクの債権放棄は免れない。そんなことだけは絶対にさせない。UTBの上層部はそう考えているはずだ。

UTBの考え方は、至極当然だと鷲津も感じた。鈴紡には可哀想だが、UTBにとってももはや鈴紡の再建なんぞどうでも良いはずだった。ただ、自分たちに可能な限り火の粉が降りかからないように後始末するだけだった。

鈴紡は既に、三月三〇日に臨時株主総会の開催を決めている。そこで、化粧品事業部門の分社化の特別決議を得るためだ。株主総会開催の二週間前には議題を株主に提出しなければならないが、その期限が目前に迫っていた。

つまり今朝の記事は、鷲津には想定の範囲内だった。だが、これから会談に臨もうとする三人の男たちに、そんな余裕は全く見られなかった。

「どうしました、浮かない顔をして」

二度目の会談だったので鷲津は親しげに言葉をかけた。ホライズン側から出席したのは、前島とFAの石岡、LAの青田大輔、そしてPRの清水の四人だった。

「どうしましたと言われましても、あんな記事が出ちゃうとめげますよ」

鈴紡労組の書記長、畑俊治が三人の心情を代弁した。三七歳の畑は、化粧品事業部の営業本部に籍を置く精鋭で、今回のホライズンへの支援要請を最初に言い出したのも彼だという。

大学時代は駅伝の選手で、かつて多くの運動部を抱えていた鈴紡にスターとして入社したようだが、入社四年目でアキレス腱を断裂し、以来営業マンとして着実に実績を残してきた。労資協調路線が長かった鈴紡で久しぶりに登場した武闘派と言われ、事業部を越えて組合員の人望も厚い。その彼までもが悲観的になっていた。

総務担当常務の平井顕蔵と化粧品事業担当専務の荒瀬茂夫は、もっと浮かぬ顔だった。

労担でもある平井の愛称は〝ブルさん〟だと畑から聞かされていた。いかにも顔がブルドッグを思わせたが、実際は非常に温厚な性格で、社内での人望も厚かった。既に次の定例株主総会で退任が決まっている彼は、現役員の中で最も私欲のない人物と言えた。一方の荒瀬は、化粧品事業の担当役員だけあって身だしなみや身のこなしも洗練されており、薄いレンズの眼鏡から覗く瞳も涼しげだった。しかし、その涼しい目も今日は虚ろだった。

鷲津は笑って彼らを励ました。

「あれは予想通りですから、気にしないでください。とにかく食事にしましょう」

彼らを案内してきた前島が、部屋の隅にある電話で食事を頼んだ。

「本当に予想通りだったんでしょうか?」

心配そうに口を開いたのは、荒瀬だった。

「と言うと?」

「社内は、朝から大騒ぎだったんです。しかし結局、社長の、まだ何も決まっていないという言葉で騒ぎはひとまず収まりました」

そうか、まだ美津濃社長は抵抗する気か……。

「ところが、その直後、社長は宮前副社長と田島常務と一緒に慌ただしく社を後にしました」

そこで平井常務が言葉を継いだ。

「どうもUTBから呼び出しを食らったようです。この線で押し通すように因果を含められているのだと思います」

まあ、それも想定内だ。

「もし、ここで社長が銀行の説得に屈することがあれば、アイアン派は一斉に月華への売却へ動きます」

畑が腹立たしそうに吐き捨てた。鷲津はなおも笑みを絶やさずに両手を広げた。

「事はそう単純じゃないですよ」

「しかし、もはや選択の余地はないのでは」

鷲津は一呼吸置いて彼らを見た。

「じゃあ、やめますか？」

5

二〇〇五年三月七日・向島

季節はずれの舟遊びだった。だが、芝野が想像していたのと違い、屋形舟の中はほどよい温度に調整されていた。

「岩田名誉顧問が、ぜひ会いたいとおっしゃっている」と飯島から芝野が呼び出されたのは、向島だった。海潮亭《かいちょうてい》というあまり聞いたことのない店に呼ばれたのだが、芝野が到着すると、仲居が庭の端にある桟橋に案内した。怪訝そうな芝野の顔を見て、仲居は舟の中に声をかけた。

「いらっしゃいました」

中から「は〜い」という声がして静かに障子が開いた。肉付きの良い三〇前後の芸者が笑顔で芝野を迎えた。

「ようおこしやした、ささ、中へどうぞ」

独特の京言葉に芝野はさらに驚いたが、頭を下げて中に入ると、二人の老人があぐらをかいて投扇遊びに興じていた。

「ほら、亮《りょう》はん、お客はんお見えどすえ」

飯島を捕まえて彼女が「亮はん」と呼んだのにさらに驚きながら、芝野は二人のそばに置かれた座布団に腰を下ろした。

「すんまへんなあ、この人ら、これやり始めはったら、子供みたいに夢中にならはって」

案内した芸者が、芝野の方を向いてぺこりと頭を下げた。愛嬌のある童顔にえくぼが浮かんでいた。

最後に飯島が投げた扇が的をかすめながらも命中せず、畳に落ちた。二人の老人は、そこでやっと芝野の顔を見た。

「いやあ、すまんすまん。年甲斐もなくついムキになってしまうわ。いや、はるばるよう来てくれました」

この日の飯島は、渋い大島紬《おおしまつむぎ》を着たお大尽風だった。今日も銀行業務はあるはずだったが、顔にはほんのり赤みが差していた。彼は少し離れた場所に賓客と芝野を案内した。そこで改めて上座に座った岩田を紹介した。

「岩田はん、芝野です」

岩田はそう言われて顔中を皺だらけにして微笑んだ。芝野にとって、岩田と会うのは七年ぶりだった。三葉銀行を辞める時に挨拶して以来だった。風体も人柄もシャープな印象を与える人だったが、久々に会った岩田は、ずいぶんとふっくらとした柔和な印象になっていた。彼も飯島同様、和装だったが、より堂々として見えた。かつては黒々としていた髪が雪のように真っ白で、岩田を世捨て人のように見せていた。

「いや、わざわざこんな場所にまでお運びいただいて、恐縮です」

好々爺然《こうこうや》としていたのは見かけだけで、声の響きには以前と変わらず知将らしい鋭さを感じさせた。

「とんでもありません。私の方こそすっかりご無沙汰してしまい、失礼致しました」

芝野は座布団を外すと慇懃に頭を下げた。

「芝野さん、そんなことはよして下さい。今回は、あなたが大変な時に無理なお願いをするためにお呼びしたんですから」

芝野が素直に顔を上げると、岩田はお銚子を手にして、酒を勧めてきた。

「申し訳ありません。愚妻の病が完治するまでは、酒を断っております。ご容赦下さい」

「印だけや、形だけでもいただきなはれ」

飯島がそうたしなめたが、岩田はそれを制してお銚子を卓に戻した。

「いや、立派な心がけです。さすが謹厳実直の芝野さん。昔から全然お変わりない」

「とんでもありません。単に不器用なだけで」

「いや、今の時代にそれは得難いことだ。要領の良さと責任回避ばかりがうまい人間が偉くなる時代ですから」

芝野は、岩田が苦々しい表情になるのを見て取った。

岩田春雄――。経済成長期には、世界にその名を轟かせた経営の神様だった。運命共同体的〝ノアの方舟構想〟による労使一体経営や、七つの異なる事業を独立させ、相乗効果によって事業の安定と拡大を狙ったセブンスター計画など、独自のビジョンと力強い言葉で、社員はもちろん日本中の企業に大きな影響を与えた。また、いち早く実力主義を取り入れ、家族主義的年功序列制度は残しながらも、若い社員を登用するための様々な制度を作り上げた人だった。

芝野は船場支店勤務の時に岩田に気に入られ、以来、長い交流が続いていた。

その後、芝野のニューヨーク赴任時代に人脈を広げられたのも岩田のお陰だったし、帰国後しばらく身を置いたM&A推進室でも、岩田の後押しで大きなディールを成功させたこともあった。

三葉を辞めてターンアラウンド・マネージャーを目指すことを報告した時、既に名誉会長のポジションにあった岩田は、「さすがに芝野さんだ。目のつけどころが一〇年早い。君のような人をウチの社員にしたかった」としみじみと言い、「いずれ我が社を委ねられるような、日本一のターンアラウンド・マネージャーになって欲しい」と堅く芝野の手を握りしめた。

その約束を果たす時が来た。芝野はここに来ることを決めた時、そう覚悟した。退院はしたが、妻の病は完治したわけではない。彼女自身が自らを律し弱さを克服しなければ、アッという間にアルコール依存症は復活する。しかも症状は必ず前よりも酷くなるはずだ。だが、娘のあずさが一時帰国しているし、飯島の妻、琴子も何かと気にかけてくれ、妻も「ぜひ挑戦してほしい」と言ってくれた。

「で、どや。腹は決まったか？」

飯島は岩田に酒を注いでから切り込んできた。芝野は居住まいを正し、飯島ではなく岩田に尋ねた。

「少し、岩田さんにお尋ねしてもよろしいでしょうか？」

「何なりと」

「私に求められているのは何でしょうか？」

岩田は一呼吸置くように酒を一口なめた。

「鈴紡の再生です」

「それは鈴紡本体ということですか？」

岩田は頷いた。

「具体的には？」

「ＣＲＯをお願いしたい」

「チーフ・リストラクチャリング・オフィサー、つまり最高事業再構築責任者ということですか？」

「おっしゃるとおり」

「失礼な言い方を致しますが、私が考えるＣＲＯとは、時として社長の首すらすげ替えるほどの権限を持つ立場という意味ですが」

「おいおい、芝野。調子に乗りすぎやで」

飯島がまんざらでもなさそうな顔で言葉を挟んだ。だが岩田は全く動じた様子もなかった。

「もしあなたが必要だと思われたら、そうしてください。今鈴紡に必要なのは、そういう厳しさです」

障子の向こうで仲居の声がして、料理が運び込まれた。ぽん太と紹介された先ほどの芸者がそれを仕切り、しばし話が中断された。岩田は「失礼」と断り障子を少し開けた。

「いやあ、知らん間に春めいてきましたな。今日は陽気もようて、窓を開けても寒ないわ」

ぽん太の言葉に芝野も障子の外を見た。隅田公園の草木にも春の気配を心持ち感じた。芝野は心地よい風に当たることで、熱くなった頭を少しクールダウンさせ、パイプをくわえた岩田を見た。

ちょうど仲居らが舟から下りるところだった。代わりに船頭がこちらを覗き込んで、「舟を出します」と断った。まもなく静かに舟が動き出した。

飯島が二人に食事を勧めた。料理は、立派な塗りの重箱に入っていた。

「まあ、ちょっと早いでっけど、川で舟に揺られながら、ぼちぼち話していきまひょ」

しばらくの間、芝野と岩田は黙々と箸を動かした。飯島一人が、とりとめのない話で場を繋いでいた。舟は穏やかな隅田川の流れに漂っていた。

どうやらこの舟は、岩田の持ち物のようだった。飯島は、「さすが粋人の岩田はんや」と持ち上げたが、芝野には複雑な想いしか湧いてこなかった。長年にわたり名門企業のトップを務めてきたのだ。これぐらいの道楽は贅沢の部類には入らないかも知れない。しかし、鈴紡の危機の元凶とマスコミから糾弾されている人物の振る舞いとしては、不謹慎に思えたのだ。

ひとしきり食事を終えたのを潮に、再び芝野は本題に戻った。

「無粋で恐縮ですが、もう少しお話を伺ってよろしいでしょうか?」

「遠慮なく聞いて下さい」

「私にとっては身に余るご指名で恐縮しているのですが、これは岩田さんお一人のお考えではなく、鈴紡からの正式のオファーだと思ってよろしいんでしょうか?」

「こら、芝野。正式も何もあらへん。岩田はんがおまえにお願いしているっちゅうことは、すなわち鈴紡がお願いしているのと同じ意味やろ」

この人は、本気でそんなことを言っているのか?

芝野は飯島の時代錯誤な物言いに呆れた。だがそれより驚いたのは、岩田の返事だった。彼はニコニコしながら飯島の話を追認した。

「そう思って下さって結構です。メイン(バンク)の飯島頭取の太鼓判もあるんです。我々が拒否できる権限なんぞありませんよ」

〝銀行もまた、融資先である我々と同じ舟に乗る同志じゃないですか。そこに上も下もない〟。芝野は、若い頃に岩田から聞いた言葉を今でも覚えていた。その人が、こんな卑屈なことを言うようになったのか……。

「何をおっしゃってるんです。御社は弊行にとって命の大恩人です。我々が高飛車に何か申し上げるなんぞ、このわしが許しまへん」

飯島が言う「命の大恩人」という話は戦前にまで遡る。そもそも鈴紡は半官半民だった鈴蘭紡績所から設立された。三葉は当初から鈴紡のメインバンクで、設立時に出資も行っていた。鈴紡初代社長だった武内基は、当時「女工哀史」などと呼ばれた紡績工場の劣悪な環境改善にも着手。家族主義的な経営で労使が一体となって殖産興業を突き進んだ。その結果、戦前には八幡製鉄所を除き、民間企業で最大の売上高を誇るエクセレント・カンパニーとなった。

ちょうどその頃、昭和恐慌（昭和四年＝一九二九）が起き、三葉銀行は経営危機に瀕していた。その時、救済の手を差し伸べたのが武内だった。

「我々が苦しい時にも融資を渋らずに続けて下さったからこそ今の我々がある。どうぞ使って欲しい」と、当時の金で三万円もの大金を三葉の頭取に融通した。当時の鈴紡は武内の号令の下、世界中に資産を分散させて、不測の事態に備えていた。武内はその一部を切り崩して三葉に提供したのだ。

「いやいや、飯島さん。我々ですら伝説でしか知らないような話はよしましょう。それより、もう最後のチャンスなんです。芝野さん、飯島さんのおだては別にして、あなたがこの大役を引き受けて下さるなら、私が必ず役員連中を説得します。だからこの通りだ」

岩田はパイプを灰皿に置くと、座卓に両手をついて深々と頭を下げた。

「よしてください岩田さん、勿体ない」

「じゃあ、引き受けてくれますか？」

「私でお役に立つなら」

本当にいいんだな……。反射的にそんな自問が心に浮かんだ。だが、ここで引き下がるわけにはいかなかった。

不意に目の前に皺だらけの手が伸びてきた。岩田の手だった。芝野は思わずその手を握りしめた。

「いや、本当にありがとう！　このご恩は一生忘れないよ」

岩田は涙ぐんでいるように見えた。かつて経営の鬼と言われた人物の目に涙。芝野にとってそれは感激よりショックに近かった。

芝野が言葉を失ってしまったのを察してか、飯島が割って入った。

「ほな、乾杯といきまひょか。芝野、ふりだけでもええから、杯受け」

芝野は観念して杯を両手で持ち、岩田の酌を受けた。すかさず芝野も、空になった岩田の杯に酒を注ぎ返した。

「ほな、そういうことで。芝野君の奮闘と鈴紡の復活を期して、乾杯！」

飯島が調子よく言って杯を上げた。それに応じながら、芝野の頭の中で、もう一度自問が湧いてきた。

本当に、これでいいんだろうか……。

6

二〇〇五年三月七日・大手町

鷲津の挑発に乗ってきたのは、熱血漢の畑だった。

「鷲津さん、本気ですか？」

「その言葉は、そのまま皆さんにお返ししますよ。今回の主役は皆さんです。私はお手伝いをしているに過ぎない。したがって私がいくら頑張っても、皆さんにやる気がなくなったのなら、悪いことは言いません。ここで手じまいしましょう」

企業買収の成否を分ける最大の要素は、情熱だった。どんなことをしてもこの企業を獲るという想いが強い方が勝つ。この程度で「もうダメだ」と思っているようなら、この勝負に勝ち目はない。鷲津は彼らの熱意をここで確かめておきたかった。畑は食い入るように鷲津を見つめ返した。続いて平井が穏やかな視線ではあったが、まっすぐに鷲津を見た。最後に、二人に釣られるように荒瀬も視線を定めた。鷲津は三人の瞳で〝情熱の程度〟を確認すると、笑みを浮かべて一礼した。

「私は勝てない勝負はしません。今朝の日産のスクープは、これで終わりではなくこれから始まるという号砲です。いよいよ我々が準備した仕掛けが動き始めるんです」

「では、あの統合話はご破算になると？」

平井の問いに鷲津は微笑んだ。

「根拠は何ですか？」

三人の中で一番心配性の荒瀬が、切羽詰まったように訊ねた。

「このまま押し切ったら、最後は臨株（臨時株主総会）で負けるからです」

会社分割には、株主の三分の二以上の賛成が必要になる。いくら鈴紡と月華の間で化粧品部門の完全売却の契約が成立しても、鈴紡の株主総会で三分の二以上の賛成が得られなければ、統合は破談になる。

「つまり、三分の二が獲れない？」

平井の指摘に鷲津は頷いた。詳しい説明は、石岡が代わりに答えた。

「我々は今、株主の委任状を集めると共に、大株主の皆さんに向けて、月華への化粧品事業売却は鈴紡を破滅させるというキャンペーンを展開しています。万が一、取締役会が月華との統合を認めても、三分の二は獲らせません」

「しかし、ウチは総じてシャンシャン総会ですよ。その強気の根拠はどこから来ているんですか？」

荒瀬の詰問に、鷲津が答えた。

「世論です」

「世論？」

「本来MAというものは、全ての決着がつくまでは交渉自体を秘密にしておくものです。そして全てが終わった時に、初めて統合の経緯を株主に明確に説明する義務があります。結果としてこうなりましたと説明する。ところが、今回のように当初の合併話から始まって、度重なる契約締結の延期、さらには合併がいつのまにやら完全売却に変わっていたなどというドタバタを繰り広げてしまうと、よほど心して説明しなければ、世論から受け入れてもらえません」

三人は熱心に鷲津の説明に聞き入っていた。

「鈴紡は化粧品や衣料品、食品などを扱っています。いわば日本国民全体がステークホルダーだと考えるべきです。しかも完全売却に従業員組合は反対している、役員の一部も反対している、さらには鈴紡化粧品にとって欠くことのできない特約店協議会までもがNOだと言っているんです。こんな無理を通すというのは、社会的に非難される可能性が高い。我々はそこを衝いて、この売却自体がおかしいというキャンペーンを張ります。それも具体的に」

「具体的に？」

畑が敏感に反応した。

「そうです。そもそも鈴紡化粧品部門の月華への完全売却は、ＵＴＢコーポレート銀行が自行の債権を一刻も早く回収したいがためである。それは鈴紡のためだろうか？　そういう疑問を世論に訴えるんです」

三人は感心したように頷き合った。

「そこで世論がこの売却はおかしいと判断したら、こうしたトラブルに巻き込まれたくない機関投資家が経営陣を積極的に支持しなくなる。しかも、御社の株主には従業員組合やＯＢ、さらに特約店協議会も大株主として存在する。その合計は、二〇％以上はあるでしょう。そうなると取締役会の決定が三分の二以上を獲るのは、かなり厳しいですよ」

三人は納得したように表情を和らげた。鷲津はそこで止めを刺した。

「もっとも私は、臨株まで待つこともなく、この統合はすぐに破談になると踏んでいるんです」

「なぜです？」

鷲津が不敵に笑った。

「それは皆さんの方がよくご存じのはずだ」

今度は三人が顔を見合わせた。その様子を見た鷲津は、嬉しそうに微笑んで答えた。

「一つは、今日の午後予定している従業員組合の反対会見、二つ目は、今夕発表される特約店協議会スズラン会の反対会見」

思い出したように畑は、大きな鞄から分厚いファイルを取り出した。

「組合員の約九〇％の署名の一部です。全員、月華への売却に反対しています」

組合は年明けから、月華との統合に反対するキャンペーンを始めていた。移るも地獄、残るも地獄だと畑たちが懸命に訴えた成果がそこにあった。鷲津は労をねぎらうように頭を下げた。前島が、組合の会見の予定を説明した。

「本日午後四時から、本社ではなく化粧品事業の中核工場である三島工場で記者会見を行います」

「委員長の説得は大丈夫ですか？」

鷲津の問いに畑は渋い顔をしながら頷いた。

「何とか了承してもらいました。彼は争いを好まない人ですが、さすがに周囲の突き上げに堪えられなくなったようで」

　委員長は既に一度、「組合は全面的に現経営陣を支援する」と表明していた。それを畑ら強硬派が押し切るように署名活動を行い、その数の多さに委員長が白旗を掲げたようだった。

「彼にはあまりしゃべらせない方がいいですね。記者の中には、根掘り葉掘り変心の理由を追及する輩もいますから」

　鷲津の言葉に畑が頷いた。

「基本的には私が答えるようにします。ただ今回の完全売却には委員長自身も憤っていましたので、何とか我々が一枚岩であることをアピールできると思います」

　前島が話を引き継いだ。

「午後五時、今度は銀座にあるスズラン会本部で、会長らによる会見を開きます。そこで、鈴紡特約店の協議会であるスズラン会は月華への完全売却に絶対反対である、という声明を読み上げることになっています」

「弊社の加盟店二万五〇〇〇店の反対の署名の一部です」

　今度は、荒瀬がファイルを取り出した。

「こちらは問題なく、相当過激な発言をしてくれるはずです。会場には署名を堆《うずたか》く積み上げますから、効果もあると思います」

　ドアがノックされて昼食が運ばれてきた。この日は、和田倉から寿司を頼んであった。全員の前に特上のにぎりと吸い物が置かれた。食事の準備が整う間鷲津は努めて明るく振る舞い、皇居の桜の美しさなど当たりさわりのない話題を口にした。役員たちも少し和んだようで花見の想い出を口にしていた。やがてルームサービスが退くと、鷲津は雲丹を口に放り込み、笑顔のままで話を本題に戻した。

「両会見によって、月華への完全売却が鈴紡にとってとても不幸なことだというイメージができあがります。で、止めは今日発売予定の『日刊モダン』の記事です。月華への完全売却はＵＴＢグループの陰謀だという記事が出ます」

初めてＰＲ担当の清水が口を開いた。

「内容は、この完全売却の背後にあるＵＴＢの真意を暴くというものです」

「真意？」

意味を測りかねるように平井が尋ねた。

「そうです。これは我々の調査で明らかになったのですが、今回、月華へ完全売却する本当の理由は、ＵＴＢが月華へ食い込むための持参金代わりにするためです」

「何ですって！」

畑が声を上げ、他の二人も信じられないというように、清水の端正な顔を見つめた。

「ご存じのように月華は、二三年期連続で増収増益を続ける超優良企業です。既に一五年以上無借金経営も続いている。ＵＴＢはそこに割って入ろうとしているんです。御社の化粧品事業を買うためには、さすがの月華も資金の一部を銀行の融資でまかないます。レバレッジ（梃子）の効果を狙ってのものです。それをアドバイズしているのは、ＵＴＢキャピタル、すなわちＵＴＢグループの投資ファンドです。レバレッジ・ローンの貸し元はもちろんＵＴＢコーポレートです。これで彼らは長年の目標だった超優良企業との関係を深めることができます」

このディールが、単なる不良債権処理だけではないことに気づいた時、鷲津は改めて飯島率いるＵＴＢの強《したた》かさを思い知った。

「じゃあ、我々の部門が切り売りされるのは、鈴紡を守るためではなく、ＵＴＢの新規開拓のためだというんですか」

畑は怒りを露《あらわ》にしてそう質した。

「もちろん、御社が債務超過に陥るのを防止することが第一の目的でしょう。ただ、全てはＵＴＢの論理で動いているということです」

鷲津の説明に畑は拳を握りしめ、他の二人は表情を曇らせた。鷲津はそこで一言言い添えた。

「ただし、御社の危機は、放漫経営が原因であることは間違いない。ここを忘れてもらっては困るんです。悲壮感を漂わせ世間から同情を買うことは必要だが、自分たちの責任を棚に上げて名門だから助けてもらって当たり前という顔をしたら、そこでジ・エンドだということだけは忘れないようにお願いしますよ」

鈴紡の三人は素直に頷いた。世間の評判など移ろいやすいものだ。会社の危機を前にした彼らも、それは嫌と言うほど体感していた。

「この攻撃で、御社の経営陣は相当追いつめられると共に、ＵＴＢも下手な動きができなくなる。まず十中八九、完全売却話は白紙になるでしょう」

「十中八九ですか？」

予想通り、荒瀬があいまいさを指摘した。

「ご安心を。おそらくそこで最後のカードが切られて、この話は完全に潰されるはずです」

「最後のカード？」

鷲津は勿体をつけて全員を見渡した。

「岩田カードです」

7

二〇〇五年三月七日・向島

「今朝の日産新聞の記事は、事実なんでしょうか？」

舟が河口付近で静かに停まり、波間に漂い始めた時、芝野が岩田に尋ねた。ぼんやりと川面を見ていた岩田が顔を向けた。

「いや、あれは消えてなくなりますよ」

それは質問の答えになっていなかった。

「と申しますと、実際にそういう動きがあったが、破談になるということですか？」

「そう。破談になるというより、破談にさせます」

芝野は、岩田の物言いに引っかかった。既に名誉顧問というポジションにいる人が言う台詞《せりふ》ではない。

「まあ、ちょっと厄介な構図があってな。あれはわしの方で抑える」

芝野の無言の意味を察したのか、飯島が言葉を継いだ。

「厄介な構図と言いますと？」

「月華への完全売却を強力に進めとんのは、ウチのコーポレート銀行なんや。連中は、このままやったら鈴紡が今期で債務超過になることを恐れとる。それを阻止して、その上月華にも食い込みたいと思とる」

ＵＴＢには、法人業務と投資銀行業務を行うＵＴＢコーポレート銀行と、リテールのＵＴＢ銀行があった。飯島はＵＴＢ銀行の頭取だった。

「意味が分からないんですが」

「つまり今朝の日産の記事が意味するのは、コーポレートが一石二鳥を狙った勇み足をやるということや」

飯島がコーポレート銀行の思惑を説明した。芝野はそれを聞きながら相変わらずの銀行の狡さを感じていた。

「あの話は、コーポレートが一番おいしい思いをするためのもんや。まあ、月華にとっても悪い話ではないやろ。でも、あんな強引で無茶なことをやったら、収まるもんも収まらん」

強引で無茶はあなたの得意技じゃないですか。芝野は、飯島にそう言いそうになるのを飲み込んだ。飯島の言葉を受けて岩田が続けた。

「あの話は、鈴紡に死ねという引導ですよ。明け方、記事を知ってさっそく美津濃君に電話を入れたんです。一体どうなっているのかと……。そうしたら、彼も記事のことは知らなかったと。驚いていると言うじゃないか。かつての部下で大いに期待をかけた男から、そんな情けない言葉が出たときはさすがにショックでしたよ。それでね、余計にあなたに託したいと思ったんです」

代表権を持つ社長がこんな重大なことを知らない……？　鈴紡という会社はどうなってるんだ。

「しかしあの記事を読んでいると、既に後戻りはできないようにも思いましたが」

「そんなことはあらへんて。あれは単なる憶測。いやもっと言えば、コーポレートの五味あたりが、わざと日産の記者にリークしよったんやって」

アドバルーンを上げたわけだ。話が膠着状態になったとき、企業や政府はマスコミを利用して風を起こそうとする。あわよくばその風に乗って発表者の思惑を既成事実にしてしまおうという戦略だった。

「飯島さんを前にして言うのは申し訳ないですが、これはけしからん話です。いつから三葉はあんな卑しい会社になったのか」

いえ岩田さん、三葉は昔から卑劣な銀行でしたよ。

そう言えたらどれだけ気が晴れるだろうかと思いながらも、芝野は話を先に進めた。

「では、月華との交渉はどうなるんですか？」

「それは必ず白紙撤回させます」

岩田は至極当然の顔でそう断言した。芝野は、違和感をさらに強く感じながらも岩田の言葉の意味を問うた。

「よろしければその理由を聞かせて下さい」

「鈴紡にとって、化粧品事業は希望の星です。いわば他の六事業の負を、この事業部だけで必死で支えているんです。それを完全売却するということは、同時に鈴紡は死ぬということです」

理屈はもっともだった。芝野も日産の記事を読んだ時、同じことを考えた。これで鈴紡の命運は尽きた。自分が求められているのは破綻会社の再生ということなのか、と腹もくくっていた。

「そんなことが許されると思いますか？　この点について、私は再三にわたってそんな選択は絶対にダメだと言い続けてきたんです。ところが、社内にいた謀反人がそれを押し切ってしまった。ですから、その謀反人を処分して、本当の意味での再生を始めるんです」

何に対しての謀反なのだ。鈴紡が生き残るためには、化粧品事業売却しか手段がないのであれば、正しいのはそれを選択した役員の方だ。だが岩田には、名門・鈴紡の顔に泥を塗る謀反人にしか見えないようだった。

「しかし、今年度中に四〇〇〇億円余りの資金を調達できなければ、御社はやはり潰れてしまうんじゃないんですか」

「おい、芝野。それはまだ分からんぞ」

飯島が慌てて嘴を挟んだ。

何を言ってるんだ。それを一番知っているのは、メインバンクのトップであるあなたでしょ。

「民事再生という手もあると思っている」

その言葉に、芝野だけではなく飯島までが驚いて岩田を見た。民事再生とは、民事再生法の手続きによる破綻申請だった。

「み、民事再生って岩田はん。そんな無茶な」

「それが問題というのであれば、御行が債権を放棄するなりローンの組み替えをするなりといった手を打つべきでしょう」

芝野が興味深げに飯島を見た。確かに岩田の言うとおり、UTBが腹をくくって債権放棄やつなぎ融資をすれば、ひとまずの危機は脱するだろう。ただ、今時の銀行がそんなことを許すわけはなかった。

一刻も早く国から借りた公的資金を返済するために、彼らは必死なのだ。また、株主代表訴訟も警戒する必要がある。世間でこれだけ危機が叫ばれている鈴紡に追加融資するなど、まさに「犯罪行為」だった。

二枚舌の飯島がどう切り抜けるのか。芝野は悪いと思いながらも飯島の返事を待った。

飯島は「う〜ん」と唸って腕組みをし天井を見上げた。それから岩田の方を向いた。

「岩田はん、おたくも殺生な方や。私が一介の支店長やったら、やりようはあったかも知れまへん。しかし、頭取なんてもんになってしもた以上、軽はずみなことは言えません」

「何も軽はずみなことを言えといっているわけじゃない。私から言わせれば、月華への化粧品事業売却という暴挙に比べれば、民事再生なり御行の債権放棄の方が、至極当たり前だと思っているんですから」

「なあ、芝野。おまえ、どう思う?」

振ってくるのは分かっていた。飯島は昔からそういう人だった。

「どう思うと言われましても、私はUTBの人間ではありませんから、ここで意見を言う立場ではないと思います。ただ現在の金融界を取り巻く環境からすると、UTBが御社に追加融資をするのは無理だと思います。もちろん、飯島さんが特別背任の責めを負うほど御社を愛しているというのであれば、別ですが」

「おい芝野、しょうもない冗談《てんご》言うな」

飯島が慌てたが、芝野は構わず続けた。

「そうすると残る選択肢は、民事再生だけになります。ただ岩田さん、第三者的立場から言わせていただくならば、会社を潰すのと、化粧品事業を売却して生きたまま再生を行うのでは、意味合いは違うと思います」

「ほお、どう違います?」

「会社は生き物です。生きた状態でこその再生ですが、一度破綻してしまえば、それは蘇生であり失うものの大きさは測り知れません」

岩田は何度も頷いた。

「ならば飯島さん、選択肢は一つしかない。御行が頑張ってくれることです」

芝野と飯島は再び唖然として、かつて〝経営の神様〟と呼ばれた男の顔を見返した。

8

二〇〇五年三月七日・大手町

「岩田カードですか……」

鷲津が言う意味を、総務担当常務の平井は的確に理解したように嘆息した。

「どういう意味です？」

若い畑には平井の納得が理解できないようだった。

「今回の月華への売却話を岩田さんはどう考えているんですか、平井さん」

「いやあ、あの方は、もう代表権もない名誉顧問ですから」

「代表権はなくても、代表権を持つ男の首をすげ替えられるだけの力をまだ持っていると聞いていますよ」

「そんなことはありませんよ。確かに我々にとって岩田春雄名誉顧問は、尊敬できる大先輩であり誇りではあります。しかし、そんな院政のようなことをされるはずは」

畑の反論に他の二人は全く同調する気はないようだった。

「天下の大鈴紡が、ちょっとばかり経営が苦しくなったからと言って、あろうことか歯磨き屋に自分たちの虎の子を売り渡すのか。そう言って岩田さんが美津濃さんを恫喝したという話を我々は聞いています。それが、この迷走劇の最大の原因じゃないんですか？」

鈴紡という会社は、株主からＯＢ・社員までプライドだけで生きている。それが鷲津の判断だった。創業一一八年を誇る日本の超名門企業が、月華のような庶民派の企業に飲み込まれて良いのか。今回の迷走劇の背景にあるのは、そんな感情論だった。

「俺たちは鈴紡だ。その鈴紡の経営が苦しいというならば、日本国民がこぞって支援するはずだ。国も財界も放っておくわけがない」

あるＯＢが現社員にそんな檄を飛ばしたという話も聞く。鷲津からすれば、笑止千万の話だったが、こういう感情を無視すれば、日本では痛い目にあうのだ。

長い沈黙の後、平井が観念したように大きく頷いた。

「これは、ここだけの話にしておいてください。おっしゃる通り、月華との交渉については、最初から統合推進派とメインバンクであるＵＴＢが独断専行で話を進めた感があります。で、相当煮詰まった段階で、取締役会にこの話が諮《はか》られた。それを聞いて一部役員から〝これは謀反だ！〟という声が上がったぐらいです」

謀反か。どこまで行ってもこの会社はクラシックだ。

「その段階で、美津濃さんは岩田さんから呼ばれているんです。そして、一度は月華との統合について了承を得ている」

「それはどの段階です？」

「完全売却ではなく、我々に経営権を残した形での統合プランの時です。あの案であれば、主導権は我々にあります。しかも、月華からは四九％の株を売る資金も入る。その上化粧品新会社は、月華と組むことでより強くなることができる。岩田さんから、でかした！　と言われたそうです」

「だが、現実はそうならなかった」

　そこで平井は一息置くように、お茶をすすった。

「出資額が合わなかったんです。あのプランでは、我々が求めている額には遠く及ばない。それが分かってきたんです。それでも金額交渉を相当やりました。でも、一〇〇〇億円以上の差は埋まりませんでした。そこで先方から新しい案が出てきたんです」

「完全売却なら四五〇〇億円を出してもいいということですね」

　主導権を握ることができる出資とそうでないのとでは、その効果は格段に違う。化粧品事業を拡大したい月華にとっては、財務的な数字以上ののれん代を鈴紡に払ってもよいと判断したのだろう。

「統合推進派はその案に飛びつきました。これで会社は助かる。ところが、それは統合ではなく身売りです。役員会の中でも非難囂々《ごうごう》の状態になりました。役員会の過半数どころか、三分の一の了承すら得られない状況でした。もちろん私も荒瀬君も反対しました」

「反対の理由は何です」

「そこは若干、彼と私では違います。私が反対したのは、そんなことをしたら、残された鈴紡は死を待つばかりだからです。さらに両社ではあまりに企業風土が違う。これでは、月華に売られる側にも残る側にも、待っているのは地獄だと言うことです」

　そこで荒瀬が言葉を挟んだ。

「私が懸念したのは、鈴紡化粧品のブランド力です。現在の双方の取り決めでは、鈴紡のブランドは専門店システムを含めて現状のままだと聞いています。しかし、ブランドというのはデリケートな生き物です。名前が残ったからと言って、ブランドのイメージも残る保証はない。しかも、月華とは化粧品に関する考え方も売り方も違う。うまくいくとはとても思えません」

反対の理由は至極もっともだった。だが、そんな理屈も通らないほど鈴紡が崖っぷちに追いつめられているのも事実だ。

「しかし、一旦は二月二一日の取締役会で決まりかけたんでしょ」

「いいえ、結局決議を一度もとらずに終わりました。月華との統合賛成派も少数で、一方反対派、慎重派と色々で、役員各自が意見を交換しただけ。翌週までに各人で結論を出して決めるということになりました」

何とも暢気な話だった。まるで、来年の社内旅行は熱海がいいか、日光がいいかを決めるレベルのような感覚じゃないか……。

あるいは、美津濃社長による月華との統合回避に向けた時間稼ぎだ。

「それで？」

平井は肩をすくめた。

「推して知るべしです。双方で壮絶な多数派工作が始まりました。この時も、社長と副社長がＵＴＢに呼ばれたんです」

「で、ＵＴＢの話は何でした」

「それについては二人は口を堅く閉ざしています。ただ、その後の社長の発言から推測すると相当脅されたようです」

「脅された？」

「ここで月華への化粧品事業売却を妨げるような結論を出すようなら、ＵＴＢは強硬手段に訴えると」

「強硬手段？」

「はい。一つは債権の強引な回収。ＵＴＢがそんな暴挙に出たら、他の銀行も一斉に右へ倣《なら》えになりますから、即破綻ということになる」

ＵＴＢならやりそうだな。

「それ以外には？」

「この売却案を飲まない役員は、法的に訴えると」

「法的に訴える？」

鷲津は怪訝そうに、ＬＡの青田を見た。ひたすら細かくメモを取っていた青田が、肩をすくめて首を振った。

「具体的な理由は言われましたか？」

青田の問いに、平井と荒瀬が顔を見合わせた。鷲津は彼らが逡巡しているのを見逃さなかった。

やがて平井が青田の方を向いた。

「いえ、具体的には……」

青田は口元をすぼめて思案した後、鷲津に答えた。

「考えられるのは、善管《ぜんかん》義務違反か背任ってところでしょうか？」

「善管義務違反？」

「ええ、民法六四四条にある『委任契約の受任者の義務』のことなんですが、会社の取締役については、商法二五四条三項が『会社と取締役との間の関係は委任に関する規定に従う』としているため、取締役は会社に対し、善管注意義務を負うと考えられています。端的に言うと、経営者は会社のためにベストを尽くす義務があるということなんですが、どうかなあ、月華へ化粧品事業を売却することが鈴紡の将来を決定づけると法廷が判断するのは難しいと思います。事業売却は経営判断ですから。背任となると、我々が知り得た情報ではちょっと分からないですね」

「何か心当たりはありますか？」

再び平井と荒瀬が顔を見合わせた。この二人は何かを隠している。鷲津はそう直感した。反射的に彼の脳裏に浮かんだのは、簿外債務の存在だった。一〇年以上も経営危機が叫ばれてきた鈴紡だ。帳簿操作があっても不思議ではない。もしそうだとすると、善管義務違反なんぞという生やさしい罪ではない。だが、直感レベルの疑惑をぶつけても彼らは喋らないだろう。ましてや刑法を犯しているような犯罪となると……。案の定、平井の答えは、「心当たりはありませんねえ」という冴えないものだった。

「まあ、いいでしょう。で、二月二八日の取締役会で、採決は取ったんですか？」

「はい」

「結果は？」

「賛成四、反対四、保留一で決着がつきませんでした。それが、前回の統合話の再延長の理由です」

「で、美津濃社長が、もう一度岩田さんに呼ばれたのは？」

また二人の役員は驚いた表情を浮かべたが、平井が隠さずに答えた。

「決議があった取締役会の前日、二七日だと聞いています」

聞いていると来たか……。鷲津が知り得た情報では、その席には平井常務も同席していたという話だった。クーリッジ・アソシエートが調べてくれた情報では、平井は岩田名誉顧問の覚えがめでたく、時と場合によっては、彼が次期社長になる可能性も充分あると聞いていた。ビジネスの場では、必要とあらば嘘をつくことも致し方ない。だが、チームの中で隠し事や嘘は禁物だった。

平井はそのいずれをも犯していた。鷲津の中で警戒心が湧いてきた。だが、そんなことをおくびにも出さずに平井に尋ねた。

「岩田名誉顧問は何と？」

「『貴様は、鈴紡を歯磨き屋に売り渡すのか！　それが、ここまで引き上げてやった私への面当てかね』と大層のお怒りだったようです」

「実際、美津濃さんを社長に引き上げたのは、岩田さんなんですか？」

また、平井と荒瀬が顔を見合わせた。どうやら信用ならないのは平井常務だけではなさそうだった。今度は荒瀬が答えた。

「そう言われています。と言いますか、トップ人事を決めるに際しては、岩田名誉顧問のアドバイスが大きかったと聞いています」

平井も認めるように頷いた。畑は驚いた顔で二人の役員を見ていたが、口は開かなかった。

「つまり院政ってやつですね。まあ、いいでしょう。で、美津濃さんはどう答えられたのです」

「現在の鈴紡が置かれている状況を細かく説明しました。しかし、一切取り合ってもらえなかった……と聞いています」

「美津濃さんは、取締役会で賛成も反対もしなかった」

保留した一人とは、美津濃だった。

「思い切ったことをしましたよね。いや、ある意味立派じゃないですか。今まで誰もできなかったことをやったんですから」

「そうでしょうか？」

鷲津の挑発に荒瀬が反射的に乗ってきた。

「そうじゃないと？」

「あの人には、どちらにも付けない事情があったのだと思います」

「どんな事情です？」

「それは分かりません」

鷲津は笑みを浮かべたまま一歩詰め寄った。

「そんなはずはないでしょう。ねえ、荒瀬さん。こんなことは申し上げたくないんですが、本気で我々と一緒に鈴紡化粧品を生まれ変わらせたいと思っていらっしゃるんでしょうか?」

「もちろんです! そうでなければ、こんな大それたことはしません」

大それたことなのか、これが……。苦しそうな荒瀬に代わって、古狸の平井が説明した。

「美津濃社長は、UTBからも岩田名誉顧問からも、喉元に匕首《あいくち》を突きつけられたんだと思います。そこで進退窮まった」

進退窮まったと来たか……。

鷲津は、どこまでも他人事のように自社の事情を淡々と語る平井の態度に不信感ばかりを募らせていた。

9

二〇〇五年三月七日・向島

凍りついた空気を破ったのは、飯島の笑い声だった。

「アハハハ、岩田はん、冗談はなしにしてくださいよ」

それに釣られるように芝野も笑みを浮かべ、最後は岩田も笑った。だが、それは長く続かず岩田は真顔に戻って飯島に刃《やいば》を向けてきた。

「冗談なんて言ってませんよ。それぐらいのことをする責任は御行にもあるはずだと思うんだがねえ」

経営の神様などと呼ばれる一方で、岩田は策士としても有名だった。二〇年近く経営トップを続けて、事実上会社を私物化していたと言われた先代の社長を追い落とした時の彼の手腕は、オーナー一族の横暴に悩む企業から賞賛されたという。

「我々は責任を感じているからこそ、こうして芝野を口説き落としたんやないですか。この男をここに引っ張ってくるのは相当骨やったんです」

飯島は、穏やかな顔でそう反論した。

「なるほど、それはありがとう。しかし、毒を食らわば皿までと言うじゃないですか。その上、弊社のこの体たらくの一因は、一〇年以上も前から私が何度も進言してきた改革案を、御社から来られていた役員が握りつぶしたからだと聞いている」

飯島は手酌で立て続けに二杯あおってから、再び笑みを浮かべた。

「岩田はん、ここははっきり言いまひょ。UTBは、おたくの会社から早急に債権回収を行うという決定を既に下しています。しかも、それは我々だけの判断じゃない。御上の指示でもある」

「御上？」

「そうです。もはや経産省も金融庁も、さらにもっと上の方も、御社を救うことはまかりならないと、内々に言ってきているんです」

芝野は我が耳を疑った。一体何の話をしているんだ。かつては日本を代表する名門であっても、鈴紡は私企業に過ぎない。そこにどうして政府なんぞが絡んでくるんだ。これは、飯島得意のはったりなのだろうか……。

だが岩田の顔は真剣だった。最初には驚きが、次に激しい怒りが浮かび、険しい形相で飯島を睨みつけた。

「そんなわけがない。あんた、そんなはったりを言っては許しませんよ。国が我々を見捨てるはずはない。だからこそ、あんたがここにいて、芝野君もいるんじゃないのかね」

飯島の表情が哀しげに曇った。彼は岩田から視線を外さないままお銚子を手にした。岩田は仁王のように飯島を睨み続けた。しかし、結局微動だにしない飯島に根負けして自分の酒をあおると、猪口を飯島に突き出した。

「時代が変わったんです、岩田さん」

岩田が再び酒をあおったときに、飯島は切り出した。

「時代？　何の時代です。確かに日本は明治以降激動の時代の連続だった。しかしどんな時代であっても、我々は強く生き続けてきた。時にあんたら銀行を助け、時にお国すらも我々のお陰で生き長らえてきた。それを忘れたとは言わせませんぞ」

「忘れてはいませんよ。ねえ岩田はん、私は確かに狡い男やし、目的のために手段は選びません。自分が生き残ることについても人一倍心を砕いてきた。それができたんも、忘れてはいかん恩を大事にしてきたからです。けど我々ができる恩返しはもうここまでです。全てを我々に任して、あんたは下がってください」

「そんな詭弁は聞きたくない！」

岩田は拳を座卓に叩きつけた。だが、飯島はそれでも動じない。

「詭弁やあらしません。そういう時代なんです。よろしいか。私が保証します。ここであんたが引いてくれはるんやったら、『鈴紡』というのれんは、私が責任を持って必ず守ります。化粧品も月華の好きなようにはさせませへん。けどこれ以上こじれるようやったら、私でも助けようがない」

「助ける？　君がどう助けるというんだね。月華との統合は、単にウチの債権の焦げ付きを回収するだけではなく、月華に食い込みたいあんたらの下心のためじゃないのかね」

飯島は一つため息を漏らした。

「否定はしません」

反射的に岩田は手にしていた猪口を飯島に投げつけた。だが飯島はそれをあっさりよけた。

「何だと、貴様！」

「あきまへんよ、岩田はん。そんなことしはったら」

少し離れて彼らのやりとりを聞いていたぽん太が、堪えきれずにそう言った。しかし飯島が微笑みながらそれを制した。そして自分の酒を飲み干すと、猪口をおしぼりできれいに拭いて岩田に差し出した。

「岩田はん、わしらの仕事は金貸しだす。メガバンクや国際金融や言うてもやってることは昔と同じや。金貸してその利子で食う。そのためにしっかり取り立てる。その一方で、ぎょうさん金を持っているところには、無理やりでも金を押しつける。それが金貸し屋の仕事だすわ。せやから、おたくの一件についても、我々としては至極当然のことをしているだけです。けどね、その一方でおたくらを助けようと一生懸命やってますやんか」

「何が一生懸命だ。我々が何とかもう少しだけ追加融資してくれとこれだけ頭を下げているのに、あんたらはまるでハイエナみたいに、我々を助けるどころかむしり取ることしか考えてない」

「いつ、頭下げはりました？」

「何？」

岩田が驚いた顔で、口元に運びかけた杯を止めた。

「おたくはどんだけ大変な時期でも、我々に頭下げたことはないはずです。俺たちは鈴紡や、金貸せ。そう言わんばかりでしたよ。それでも我々は嫌な顔一つせず、それに応じてきた。我々が何度も事業の多角化をやめるように進言しても、最後はあなたがそれを許さなかった。それどころか恫喝し、少しでも銀行側の意見を採り入れようとするトップがいたら、問答無用で首をすげかえてきた。ちゃいますか？　それでも、我々は誠意を尽くそうって言うてるんです」

「何が誠意なんだね」

さすがに今度は杯は投げなかったが、岩田の怒りは収まっていない。

「芝野をおたくに入れて、きれいに整理させます。よろしいか、このきれいにっちゅう意味、よう考えてくださいよ」

芝野もよく考えるべきだと感じた。どうやら自分はとんでもないところに首を突っ込もうとしているのだ。いや、自分が意図して突っ込もうとしているわけではない。知らない間に巻き込まれてしまっていたのだ。

10

二〇〇五年三月七日・大手町

「しかし美津濃社長は、アイアン・オックスによるＭＢＯを考えていらっしゃる」

鷲津がそう切り込むと、終始笑顔だった平井の表情が強張《こわば》った。

「どうして、その話を？」

「平井さん、我々もハゲタカだの何だのと言われているんです。こういう業界で生き残る最大の武器は、いち早く正しい情報を手に入れる力です。それと、断片的に得た情報から正しい答えを導く能力。これがなければ生きていけません」

平井は唸《うな》り声を上げ、荒瀬の顔には渋面が浮かんだ。ただ、畑だけが純粋に感心していた。

「正直なことを言えば、月華との統合話に私は何の懸念も持っていない。あれは必ず自滅する。それより強敵は、アイアン・オックスの方です。平井さんがご存じの範囲で、彼らの提案について教えて欲しい」

平井はしばし鷲津の顔を見つめていたが、やがて納得したように頷くと、傍らの黒革のバッグからファイルを取り出した。

「私に分かる範囲のアイアンによる提案です」

どうやら平井がそれを用意していたことを、荒瀬と畑は知らなかったようだ。二人も驚いたように常務を見ていた。平井は、二人の仲間に照れ笑いを投げた。

「情報が勝負の分かれ目というのは、私も同感です。既に社長の側近である岩村専務がアイアン・オックスの加地さんと会っているのは分かっていたので、一応敵の動きを探ってみたんだ」

鷲津はそのファイルを、隣に控えていたＦＡの石岡に手渡した。石岡のそばに前島が近づき、二人で内容を吟味し始めた。

無論、鷲津らも相当の情報収集は進めている。だが、情報とは立場の違う人間から集めることでより精度が高くなるものだ。その意味で、平井のファイルは重要だった。

鷲津は、情報の比較検討は前島らに任せて、平井に概要を尋ねた。

「アイアンの提案では、化粧品部門を分社化し五一％の株を鈴紡本体が持つ。残りをアイアンが持ち、四年後を目処に上場させるという話のようです。分社化によって手に入れる額は、約四〇〇億円だろうと言われています」

「つまり、当初月華との間で進められていた同じスキームだが、対月華と違い、鈴紡本体が希望額を手に入れることができるわけですね」

「おっしゃる通りです。しかも、美津濃社長が新会社の会長に、岩村専務が社長に就任することになると聞いています」

「そんな……」

荒瀬の顔に怒りが浮かんでいた。鷲津は、隣で唇を噛み締めている鈴紡労組の書記長に尋ねた。

「組合としてはどうです、この案は？」

「ありえません。というか、正直殺意を感じますよ。そもそも今回の危機の原因を作った当事者たちが、ぬくぬくと新会社で役員として生き残ること自体信じられません。船長は沈みゆく船のマストに自らを縛り付けてでも運命を共にすべきではないですか」

鷲津は畑の熱血ぶりに笑みを浮かべた。

「では、絶対飲めない」

「ありえないですね」

「しかし、この話は、我々より御社にとって朗報ではあるんですよ」

それには畑だけではなく、平井も荒瀬も意外そうな顔をした。

「会社をスピンアウトさせても、五一％の株を本体が持っているということは、連結の対象だということ。これは、現経営陣や残された本体からすれば朗報と言える。現在と同様、化粧品子会社が本体のマイナスを補ってくれることになりますから。二つ目は、喉から手が出るほど欲しい現金も手に入れられる」

鷲津は、鈴紡の三人が理解しているかどうかを確かめてから続けた。

「一方の我々の案はどうか。一言で言えば、化粧品事業だけが生き残ろうとするクーデターです」

「しかし、それは……」と反論しかけた畑を、平井が止めた。鷲津は彼に会釈をして続けた。

「もちろん、ここで化粧品部門だけでも泥沼から抜け出さないと鈴紡の従業員二万人は全滅する。だから、ひとまず生き残れる者だけが脱出すべきなんです。しかし、他の部門の人間からすれば裏切り行為にしか見えない。さらに本体の株を持っている株主にとっても同様かも知れない。化粧品部門が本体から完全に切り離されることに変わりはないのですから」

「それでも勝算はあると？」

荒瀬が心配そうに尋ねた。

「あります。アイアンの案はきれいごとに過ぎない。連結から外れない分社化など何の意味もない。分社化によってアイアンが手に入れると言われている四五〇〇億円も、デューデリ前の額です。本気でデューデリをやれば、金をドブに捨てるのと同じ意味だということが、きっと分かるはずです。最終的には相当下方修正されると見るべきでしょう」

鷲津の指摘に三人は驚いて顔を見合わせた。鷲津は彼らにニンマリと笑みを返して、さらに続けた。

「また四年後の上場を予定していると言うが、アイアンが提示しているスキームでは、鈴紡が四年間保《も》つとはとても思えない。何より我々の最大の攻撃材料となり争点となるのが、このスキームで得をするのが誰かという点です」

「つまり社長ですね」

畑の指摘に鷲津は頷いた。

「畑さんの指摘通り、経営責任を問われる人が、新会社の社長に横滑りする厚顔無恥。それを叩けばいい。アイアンの再建策は、社長一派が自分たちだけ生き残ろうとするために画策したものだ。それでは、企業の私物化だとね」

「何だか嫌なもんですな……」

平井常務がそう嘆息した。

「だが、社長一派が会社を私物化しているのは、事実じゃないんですか」

畑の言葉に平井は渋面を返すばかりだった。続けて畑が鷲津に尋ねた。

「では、義は我々にあるということですね」

「まあ、事はそう単純ではないんです。大事なのはタイミングです」

「タイミング？」

「できれば先に、美津濃社長らがアイアン・オックスとMBOを計画していることを表に出したい」

「そんなことをしたら、相手にリードされるんじゃ？」

「いや、彼らのプランを先に出すのが必勝の条件です」

畑だけでなく、他の二人の役員も怪訝そうな顔で鷲津を見ていた。

「我々のプランが圧倒的に優れているなら、すぐに名乗りを上げてもいい。だが目先のことだけを考えると、アイアン・オックス案の方がよく見える。こういう場合、まず先に相手の案を世間に晒す方が、我々は闘いやすい」

鈴紡の三人は、興味深げに鷲津を見た。

「我々は彼らの粗《あら》を探し、そこを徹底的に突くことができる。彼らの弱点や曖昧な部分を叩く一方で、我々の有利な部分を代替案としてしっかりとぶち上げる。それによって世間が味方に付く」

「世間の味方ですか？」

平井の顔に意外そうな表情が浮かんだ。

「そうです。企業買収が成功するかどうかのカギを握るのは、世論と言ってもいい。いくらビジネスとして最良の選択でも、世間を敵に回すと勝利はおぼつかない。なぜなら企業は生き物で、この生き物には多くの人が関わって生きているからです。どれだけ乱脈経営をしても、追いつめられた土壇場で経営者が涙ながらに我が身の不幸を訴え、それで多くの人の涙を誘ったならば、時に世間は彼らに味方することだってある。特に日本人は情緒的な民族だけに、正直、何が起きても不思議ではない」

三人が顔を見合わせた。実際、彼らはそれを体験しているのだ。月華との統合が暗礁に乗り上げているのもそのせいだった。

「月華との統合話がここまで様々な憶測を呼んでしまうと、もう破談しかありえない。なぜなら、鈴紡は銀行の犠牲になり、一番の稼ぎ頭を奪われるというイメージができてしまったからです。化粧品はイメージが全て。この状態で月華が飲み込んでも、消費者はそれを支持してくれないでしょう。月華としては、これ以上強引に鈴紡を獲りに行くわけにはいかなくなります」

鷲津はそこで寿司をつまみ、それを咀嚼しながら部屋にいる全員の理解度を確認し、話を続けた。

「ではアイアンと我々の案の違いはどこか。簡単です。鈴紡ごと救済しようという可能性を残すのがアイアンならば、我々は化粧品事業だけでも鈴紡ブランドを残そうということです。実現できるかどうかは別にして、世間から同情を買うのは、必死で大鈴紡を守ろうとする現経営陣とアイアンです。一方、我々は一つ間違えば、化粧品部門のエゴだと叩かれる」

ホライズンによる今回のＭＢＯは、化粧品部門の人間にとって悲願だった。鈴紡の長い歴史の中で、ここ二〇年余りの稼ぎ頭でありながら、化粧品事業部は常に鬼子扱いされてきた。

鈴紡にとって本業は、あくまでも綿紡績を中心とした天然繊維だった。化粧品事業は、多角化の一環として誕生した副業に過ぎなかった。当初は業績が振るわず、一度は関連会社に放り出されたこともあった。

ところがバブルが弾けて本業が傾き始めると、化粧品事業は稼ぎ頭として注目されるようになる。その結果、製造部門だけが本社に取り込まれ、以来、製造部門と販売部門が別会社として動く歪な組織になった。だが、その歪な状態で確実に利益を出し、本社に貢献してきた。にもかかわらず、いつまで経っても本社にとって重要なのは繊維部門で、化粧品部門は鬼子のまま利益だけを吸い取られていった。

もし鈴紡が八〇年代初頭に大胆なリストラを行い、化粧品と医薬・食品部門という後発の稼ぎ頭だけを残していれば、今頃は月華を買う立場にあったかも知れない。なのに今回も、また本体を守るために身売りさせられる。それだけに化粧品部門の従業員の怨嗟《えんさ》は根深いものがあった。いつまでこんな冷遇に甘んじなければならないのか。それが荒瀬や畑がホライズンを頼った理由だった。

しかし、そんな事情を世間は理解してくれないかも知れない。だから鷲津は、まず社長一派が進めているアイアンの案を世間に晒したかったのだ。

最初に納得したのは平井だった。彼は何度も頷き鷲津に頭を下げた。

「分かりました。鷺津さんにお任せします」

鷺津も感謝の意を込めて頭を下げた。

「会社は誰のものか？　日本ではこの重要な問題が曖昧にされたままでした。おそらく漠然と、会社は経営者のものだという認識があり、それが多くの悲劇を生んだ」

鷺津につられて料理に箸を付けていた三人の手が止まった。

「では、アメリカのように会社は株主のものと言っていいのか。それも違う。本来会社は、関係するステークホルダー全てのものなんです。すなわち、株主、従業員、取引先、そして消費者。経営陣は彼らから期待されて会社という船の舵取りを任されているだけです。メインバンクに至っては、せいぜいがステークホルダーの末席を汚している程度にすぎない。今回の勝負所はここにあります」

鷺津は彼らに寿司を勧めて、自分ももう一貫口に入れた。

「それは言い換えれば、誰が得をするかを明確にするということです。今回の月華への完全売却で得をするのは、銀行とライバル会社である月華です。犠牲になるのは、株主、従業員、取引先で、さらには今まで鈴紡ブランドを愛してくれた消費者にも失望感を与えることになる。我々の攻め所はそこです。その点をこれから徹底的にアピールしていく」

鷺津はそこで話を総ざらえした。

「では、アイアン案なら、多くのステークホルダーは救われるのか？　彼らの案に現実性があれば、そう言えるでしょう。しかし、あの案が絶対にうまくいかないことは、皆さんはよくご存じだ。そして、彼らの案の問題点を叩くことで、会社は経営者の私物ではないことを訴える。それでようやく我々の提案が生きてきます」

三人が納得したのを受けて、鷲津は一番端にいたPR担当の清水に次なる手を説明させた。

「したがって今日の二度の会見で、今、鷲津が申し上げた通り、会社が誰のものなのかというポイントを、それぞれの立場からしっかり訴えて欲しいと思っています。そのための文書も用意しました。これを頭に叩き込んでいただき、そこにご自身の思いを込めて発言していただければと思います」

前島が立ち上がり、文書を三人に手渡した。三人はそれを食い入るように見た。長いものではない。言葉は、短ければ短いほどインパクトがある。それを心得た文章がそこにあった。彼らが顔を上げたのを確かめて清水が続けた。

「さらに明日の朝刊には、社長一派が自らの保身のためにアイアン・オックスによるMBOを模索しているという記事が出ることになります」

それには日産ではなく東洋新聞を使うように指示していた。なぜなら、日本一の部数を誇る東洋にスクープされたライバル紙の毎朝と、経済紙の雄である日産新聞の両紙は、必死で裏取りをして、その日の夕刊には関連記事を出してくるはずだからだ。両紙の記事が出た瞬間、アイアンの案件は既成事実となるはずだった。

その段階で、ホライズンは勝負に出る。清水の説明は続いていた。

「この記事を受けていよいよ我々も動き出します。夕刊紙を皮切りに、アイアン・オックス案の問題点を指摘するキャンペーンを張ります。そして、明後日の夜の一九時に、ホライズン・キャピタルとして正式に鈴紡の化粧品事業をＭＢＯしたいという提案をします」

三人の顔に緊張が走った。鷲津はそこで少し解説を加えた。

「できれば皆さんから依頼されたという流れをとりたかったんですが、そうすると泥仕合になってしまいます。そこで、全ての鈴紡のステークホルダーのために立ち上がるという格好に致します。いわゆる、ホワイトナイトと呼ばれるものです」

「ホワイトナイト?」

平井がオウム返しにそう尋ねた。

「そうです。いわゆる白馬の騎士です。救世主だと思ってもらえれば結構です」

11

二〇〇五年三月七日・向島

「もし、君の誠意を無視したらどうなるのかね」

岩田は長い沈黙の後、飯島に返した。

「そん時は、おしまいですわ。もう私の手には負えまへん。なるようになるでしょうな。下手したら、会社もろとも野垂れ死にということだってありえまっしゃろな」

飯島は軽い口調でそう言い放った。一方の岩田の表情は険しいままだった。しかし、全身を包んでいた怒りは影を潜めたように芝野には見えた。

岩田はしばらくぼんやりと障子の向こうを眺めていた。岸辺につがいのカモが静かに浮かんでいた。やがて視線を飯島に戻すと、岩田はお銚子を手にした。

「承知しました。どうぞ、よろしく頼みます」

飯島が大仰に喜んで見せた。

「ほんまでっかあ、いやあ、よう決断してくれはりました！　いやあ、めでたい。ぽん太、酒や。熱いの一本つけてくれ」

「へえ」

舟の片隅で気配を消すように控えていた芸者が弾かれたように返事をして、持ち込んでいたカセットコンロでお燗の用意を始めた。

飯島は岩田から酒を受けると、すぐに返杯した。そして、「芝野、おまえもいただけ」と言って芝野にも酒を勧めた。芝野は仕方なく再び岩田から酒を受け、飯島に倣って返杯した。苦い酒が食道を降りるのを感じながら、芝野は一つの時代の終わりをしみじみと感じていた。

飯島が、不意に座布団を外し正座した。

「ほな、お祝いついでに三つ約束してください」

「何だね、改まって。私にはもう何の力もないことは、君が今証明して見せたじゃないか」

「何を言うてはりますねんや。みんなの幸せのために、岩田名誉顧問には、もう一肌脱いでもらわなあきまへん。よろしいか。まず、次の取締役会で御社の化粧品事業の会社分割を正式決定させるように、美津濃君を説得してください」

「会社分割？　営業譲渡じゃないのかね？」

「いえ、あくまでも子会社化です。営業譲渡するとなると、法的に労組の承認が必要になります。そこで、まず会社分割して新しい会社を作ります。その後、その会社の株を一〇〇％月華に売るという流れです」

岩田は何の反論もしなかった。

「第二に、この芝野を御社のＣＲＯに任命してもらいます。いずれ取締役にしてもらう必要がありますが、それは臨株を待たなあきまへんよって、ひとまず彼に権限を与える算段をするよう、これも美津濃君に強く言うてください。で、取締役会で承認を得られたら、すぐ記者発表してください。これで、御社の株価は一気に上がるはずです」

今の段階では、もはやそんな効果は見込めるはずもない。芝野はそう反論したかったが、飯島が目線でそれを制した。

「三つ目は、現在動いている二つの買収案件を止めてもらいます」

「二つの買収案件？」

「岩田はん、お惚《とぼ》けはなしです。美津濃社長一派が、アイアン・オックスとかいう独立系ファンドと結託して、ＭＢＯをやろうとしているのを知らんとは言わせまへんで。さらにその一方で、あんたの子飼いである平井常務を軸に化粧品事業の反乱分子と労組によるＭＢＯを目論んで、ホライズン・キャピタルと交渉もさせている。何だすこれは。鈴紡のバーゲンセールでっか？」

「私の与り知らないところで動いていることだ。そこまで干渉しても、連中は言うことを聞かないだろう」

　飯島は呆れ顔でため息をついた。

「ほおそうでっか。まあ、とにかく月華への売却については嘴を挟まん。それだけ約束してくれまっか？」

　岩田はけっして納得した顔ではなかったが、小さく頷いた。

「結構です。ほな、そういうことで。ぽん太！　舟を岸に着けるように言うてくれへんか。わしと芝野君はここで降りる。おまえは岩田名誉顧問のお供頼むわ」

「へえ」と言うとぽん太は、障子を開けて船頭に何か指示した。

　飯島は、改めて岩田に向かって言った。

「老婆心ながら一つだけ言うておきます。アイアン・オックス案は、私はあんまり心配しておりまへん。けど、ホライズン・キャピタルの方は要注意でっせ」

　岩田は返事はしなかったが、興味深そうに飯島を見た。

「あそこのトップは、一筋縄ではいかん悪《ワル》です」

「ほお、飯島頭取をして悪《ワル》と呼ばせるとは、相当な男ですな」

「あいつに比べたら私なんぞチンピラです。奴のせいで、危うく私もこの世界から葬られかけました。芝野も何度も痛い目に遭《お》うてます。間違ってもあいつにだけは、御社は関わりを持たんことです。取り返しのつかんことになります」

飯島は、最後は岩田の顔に触れそうなほど額を近づけて念を押した。

「さすが、ハゲタカということですか……」

飯島は、さっと体を引くとすっかり後退した額を一つ叩いた。

「あかんわ、そんなことでは……。よろしいか、岩田はん。世間の言葉に騙されたらあきまへん。ほんまはハゲタカなんぞ怖ないんです。怖いのは、生きた獲物すら一瞬で仕留めてしまうイヌワシでっさ。ホライズンのトップ、鷲津政彦とはそういう男です」

その時、飯島の携帯電話が鳴った。飯島は、面倒くさそうにディスプレイを開いて目をむいた。そして、そこに表示された発信者名を芝野に見せた。

鷲津政彦――。飯島が、彼の携帯電話の番号を知っていたことがまず驚きだったが、それ以上にまるでどこかからこの密談を監視していたかのような絶妙なタイミングに、芝野は今さらながらこの男の不気味さを思い知った。芝野は、飯島の携帯電話のそばに自分の耳を近づけた。

「いやあ、これはまた懐かしい人からの電話や。これ、どっからです？」

〝飯島さんのすぐそばですよ〟

「えっ！」

さすがの飯島も驚いて障子の向こうを覗き見た。だが、少なくとも舟から見える岸辺には、鷲津らしき男の姿は見えなかった。

〝大手町です。ここから御行の本店が見えます〟

そういう意味か……。芝野と飯島がほぼ同時に安堵の吐息を漏らした。

「ほな今、私が手振ってんの、見えまっか?」

安堵感からか、飯島がいつもの悪い癖を見せ始めた。

〝いや、飯島さんの手は短すぎてダメですね〟

「相変わらずやな、あんたの毒舌は。それにしてもいつ戻ってきはったんや」

〝少し前にね。遅ればせながら、一言お祝いを申し上げようと思いましてね〟

「お祝い? はて、まだ喜寿には早いんやけどなあ」

〝頭取就任のお祝いですよ。さすが飯島さん、しぶとい。感服致しました〟

「あんたに褒められたらお尻のへんがむず痒いわ」

〝また近々、一献いかがですか? お祝いと世間話を兼ねて〟

電話越しではあるが久しぶりに耳にする鷲津の声は、昔よりも張りがあるように思えた。芝野は不意に日光ミカドホテルの一件を問い質したい衝動に駆られたが、そこで飯島が話を切り上げた。

「よろしいなあ、ぜひ」

〝じゃあ、改めてスケジュールをご連絡致します〟

電話が切れた。途端に飯島は携帯電話を畳の上に放り投げていた。

「ああ、けったくそわる! 何でよりによってこんなタイミングで噂の男から電話がかかって来んねん」

飯島はそう言うと手酌で酒をあおり、ぼんやりと川面を眺めていた岩田に言った。

「今、噂の鷲津政彦から電話かかってきましたわ。近々会いましょうってね。ああ、思い出しても背筋が寒い。よろしいな、岩田はん。鷲津には気をつけてくださいよ。会いたいなんぞと言われても、絶対にあきまへんからな」

ちょうど舟が接岸したようだった。すかさず船頭が障子を開けた。

飯島は、改めて岩田の前で深々と頭を下げて腰を上げた。そして、芝野にここで待つように言うと、自分は別室に入っていった。

「なぜだろうねえ……」

岩田が、窓の外を眺めながらポツリと漏らした。

芝野は、居住まいを正して岩田を見た。

「なぜ人間というのは、かく生きたいと思ったように生きることができないのか……。それを煩悩と呼ぶのは簡単だが、それでは余りに無責任だ」

芝野は掛けるべき言葉が見つからなかった。また、岩田もそれを望んでいないように見えた。

「人間は堕落する。義士も聖女も堕落する。それを防ぐことはできないし、防ぐことによって人を救うことはできない。人間は生き、人間は堕ちる。そのこと以外の中に人間を救う便利な近道はない——。安吾の『堕落論』の一節ですよ。若い頃、この本を読んだ時はそれを肝に銘じながらも、自分だけはけっして堕落なんぞせんと心に誓ったもんでした。それが、気がつけば私こそが堕落の権化になっていた。だからね、芝野さん。私は最後に堕落した自分が犯した罪を清算したい」

岩田は芝野を見ていた。

「あなたには正直言いましょう。今度ばかりはたとえ私がどう言われようとも、鈴紡を守り生き返らせるためなら、どんなことでもする。自分が地獄に堕ちたとしてもね。だから、この通りだ。鈴紡を生まれ変わらせてやって欲しい。そのために多くの血が流れても、それで鈴紡が生き続けられるならば、迷わずやってほしい」

飯島から「一度でも頭下げたことありまっか？」と言われた岩田が、両手を畳について深々と頭を下げていた。

芝野はそれをただ冷めた目で見つめていた。

第四章　英断

1

二〇〇五年三月八日

月華統合に待った、鈴紡迷走
労組と販売店組合が相次ぎ完全売却反対表明

鈴紡の再生を占う意味で重要な月華への化粧品事業部門の完全売却について、鈴紡労組と鈴紡化粧品の特約店協議会の会長が七日、相次いで記者会見を開き、「鈴紡化粧品部門の完全売却には、断固反対する」と表明した。

七日午後、鈴紡化粧品の基幹工場がある鈴紡三島工場で会見を開いた鈴紡労組の中村彬委員長は、「月華は労組がない。そのため、組合活動を辞めるまで組合員の月華への転籍を認めないという言質を鈴紡経営陣からとっている。従業員を犠牲にした売却には断固反対する」と語気強く述べた。

一方同日夕、東京銀座では、鈴紡の化粧品を専門に売る約二万五千店で作る特約店協議会スズラン会の網野一治会長が会見し、「お客様から、これから鈴紡の化粧品はどうなるのか、月華に身売りをしたらもう買いたくないなど苦情が相次いでいる。月華と鈴紡では、化粧品に対する考え方、販売方法などが全く違う。今回の完全売却は、我々に死ねと言っているに等しい」と、鈴紡経営陣に対して白紙撤回を求めたいと訴えた。

いずれも約九割近い署名も集めており、同日取締役会に提出した。

鈴紡広報室は、「化粧品部門については何も決まっていないいため、コメントできない」としている。

一方の月華の和泉学社長は「鈴紡からの説明を受ける前なので、確かなことは言えないが」と断った上で、今回の鈴紡の化粧品部門の完全売却について月華は「従来の鈴紡の従業員、顧客の皆様、そして専門店の皆様に対してベストの状態の環境を作ることに心を砕いている。早急に各関係者の代表の方とお会いしてご説明をさせて欲しい」と話した。

鈴紡再生のための切り札と言われていた化粧品事業の行方は、ここに来て再び先行きが見えなくなってきた。


【日本産業新聞】

アイアン・オックス、鈴紡に買収提案
一部役員とのMBO模索　月華との統合に暗雲？

鈴紡再生の鍵を握る化粧品事業部門の行方について七日、同社一部役員と国内大手投資ファンド、アイアン・オックス・キャピタル（東京都千代田区）との間で、化粧品事業の買収・新会社設立の動きがあることが分かった。

新会社では鈴紡が五一％出資し、アイアンが四九％出資する。鈴紡が化粧品事業部を会社分割した後、そのうちの四九％の株をアイアンが買い取る内容。アイアンの株式買い取り額は約四五〇〇億円を見込んでいる。新会社の社長は鈴紡から招聘する方針。

この構想の存在によって、鈴紡の化粧品部門の月華への完全売却案の行方に暗雲が立ちこめることになった。

アイアン・オックスとの買収交渉について鈴紡広報室は「現在発表することは何もない」としている。一方、アイアン・オックスの加地俊和社長は「話があるのは事実。しかし、決断は鈴紡サイドに委ねられている」と話している。

【東洋新聞】

ニッポン・ルネッサンス機構（NRO）発足
第二の産業蘇生機構年度内成立へ

政府系金融機関の再編を検討していた内閣府と金融庁などは七日、企業再生の新たなる牽引車的役割を果たすニッポン・ルネッサンス機構（NRO）を年度内に成立させる方針であることを明らかにした。

新機構は、既に救済案件の〝買収期間〟を終えている産業蘇生機構に代わる日本再生の政府機関として位置づけられ、経済担当相が主管することになる。

【毎朝新聞】

ファンド救済は社長の保身？
鈴紡化粧品売却迷走劇第二幕の裏側

月華への化粧品部門の完全売却で、昨年一月から続いた鈴紡再生の迷走は終焉かと思いきや、ここにきていきなり日本屈指の独立系投資ファンド、アイアン・オックス・キャピタルが、鈴紡の化粧品事業の買収に名乗りを上げた。アイアン・オックスと言えば、ハゲタカが跋扈する日本再生ファンド市場の中で、孤軍奮闘を続ける独立系の雄。加地俊和社長は、「鈴紡にとって最適な方法を」と買収に名乗りを上げた理由を語っている。

ところが、その「鈴紡にとって」という言葉の中身について、鈴紡周辺から早くも異論が飛び出した。

「今回、アイアンと話を進めていたのは、美津濃社長の側近。美津濃社長自身は意志を明確にしていないが、この提案が成立した暁には、化粧品新会社の会長に収まることが内定している。美津濃社長は、繊維事業中心の鈴紡で初めて誕生した化粧品事業部門出身の社長。今なお、主力販売店の中にも美津濃社長を慕う人は多い。しかしその一方で、今回の鈴紡の経営危機の責任者である人物が早くも船を下りようとしていることは見過ごせない」

「鈴紡のための買収案」と言われるアイアン・オックスの提案。どうやら、「ごく限られた鈴紡の人」のためのおいしい話の匂いすらし始めた。

【日刊モダン】

2

二〇〇五年三月八日・恵比寿

〝こんばんは、プライムニュース羽室冴子《はむろさえこ》です。本日は予定を変更し、特別ゲストをお招きして大手メーカー鈴紡の再生問題について大特集します。

それでは、まず今日のニュースから〟

チャンネル7として知られるプライムテレビ（ＰＴＢ）の午後一一時の看板ニュース番組は、メインキャスター羽室冴子による切れの良いイントロから始まった。

スタジオの一角に用意されたゲストルームからその様子を眺めていた鷲津は、想像以上に自分が落ち着いているのに驚いていた。

「日刊モダン」で、アイアンの出端《でばな》をくじいた直後、次の一手として鷲津がテレビ出演する。鷲津がプロジェクト・ジングルの戦略会議で発言した時、誰もが信じられないという顔をした。

当然だった。今までどんな時でも、鷲津は影の存在に徹していた。そもそもファンドなんぞは目立たない方が良い。それはクライアントが喜ぶだけではなく、鷲津自身が動きやすいという理由もあった。

また、相手につけ入る隙を与えないという意味でも、影の存在であることは重要だった。だからこそ、多くの日本人が「ハゲタカ」という言葉から想像する人物そのままの、アラン・ウォードという金髪碧眼の青年を前面に押し出してきたのだ。交渉も記者会見もアランに全て任せた。多くの場合、鷲津は会見場にすら姿を見せなかった。彼が最も神経を遣ったのは、街ですれ違っても絶対誰にも気づかれないような平凡な男に見せることだ。初対面で相手が鷲津を見て、与《くみ》しやすいと思った瞬間から、既に相手は術中にはまっている。それが鷲津のやり方だった。

日本の不良債権を買い漁り、破綻企業を買い取る手腕、さらには日光ミカドホテルの再生などにも影の存在として尽力するなど、伝説的な存在としてその名を馳せたここ数年は、マスコミがこぞって取材を依頼してきても、彼は一切受けなかった。

それが、自分から報道番組に生出演すると言い出したのだ。

誰よりも反対したのは、サム・キャンベルだった。理由は鷲津の安全のためだった。だが、鷲津は「一〇〇〇万人以上の前で射殺でもされたら本望じゃないか」と一蹴。

一方、鷲津から事前に相談されていたPR担当の清水は、どの番組に彼を出すかで迷っていた。当初は、午後一〇時からのテレビ毎朝のニュース番組「報道ターミナル」が最有力だった。だが鷲津自身が、キャスターのキャラクターで「プライムニュース」を選んだ。キャスターが女性だったためではない。ニュースを伝える姿勢に好感を持ったからだった。

最終的には、羽室冴子自身が「やりたい」と言ったことで出演が決定した。

問題は鷲津のイメージをどう見せるかだった。清水は、この日のためにスタイリストとメイクアップアーティストを用意。鷲津がテレビ出演で訴求したい印象を彼らに伝えて、具体的にどう見せるかを提案させた。

鷲津がスタイリストらに望んだのは、第一に親近感、第二に説得力、そして第三にカリスマ性だった。

この三つの提案を聞いて清水はさすがに困惑顔を浮かべた。

〝これが同時にできたら神様じゃないですか〟

そう嘆いた彼の言葉に鷲津はすかさず頷いた。

〝その通り、俺が神様に見えるように演出してほしい〟

限られた時間の中で、清水たちは複数の案を鷲津に提示した。

彼が選んだ案は、今までのイメージとは一八〇度違うものだった。長く伸ばした髪も髭もそのままにする。それによってカリスマ的な雰囲気を漂わせる。やや神経質に見える表情を和らげるメイクも施された。スタイリストから「無理に笑わなくて結構です。鷲津さんは、シャイに笑うのが一番魅力的です」と言われ、さすがの鷲津も顔を赤らめるという場面もあった。

服装も冒険した。それまでの鷲津の格好と言えば、小柄な体型をわざと強調するように少し大きめのスーツを着るなど、自らを「つまらない男」に見せるように工夫してきた。今回は、それとは正反対のコーディネートが選ばれた。渋皮色の革のジャケットに白いシャツ、ブラックタイという都会的な装いだった。

それは「元ジャズピアニストというイメージを残したい」という清水の強い希望にも合致した。全てが、日本人が抱いているアメリカンエグゼクティブというイメージの逆を行く戦略だった。

「もうすぐＣＭに入ります。それが明けたら、本番です」

左の耳に装着されたイヤホンを通じてディレクターが囁いた。鷲津は静かに頷いた。

「問題なしです、マエストロ鷲津」

そう言ってスタイリストがウインクした後、清水が最後に鷲津に囁いた。

「とにかく普段通りやれば、問題なしです」

鷲津が頷いた時、ＣＭに入った。

「羽室さん、移動します！」とスタジオにアナウンスされ、鷲津の前に羽室冴子がやってきた。

「どうぞ、お手柔らかに」

「こちらこそ、よろしくお願いします」

冴子は、静かに微笑んで軽く頭を下げた。冴子は鷲津の前にあるアームチェアに浅く腰掛けた。すぐにスタイリストやＡＤが彼女の準備を整えた。

冴子はテーブルに置かれた台本を一瞥すると、カメラの方を向いた。

「ＣＭ明けまで一〇秒！」

カメラのそばで若いＡＤが手を挙げ、指をゆっくり折って秒読みをした。

〝さて、バブル崩壊以降、日本経済を取り巻く環境は激変。大銀行が破綻し、名門と呼ばれた大手企業の倒産も相次ぎました。その一方、企業再生ビジネスもさかんになり、巷《ちまた》では投資ファンドと呼ばれる新しいビジネスも誕生しました。今晩は、外資系大手投資ファンドの一つ、ホライズン・キャピタルの会長で、様々な企業再生に携わってこられた鷲津政彦さんをお招きして、今、世間で注目されている鈴紡の再生の行方を考えてみたいと思います〟

冴子は淀みなく説明すると、鷲津を紹介した。

〝鷲津さん、こんばんは。どうぞよろしくお願いします〟

鷲津も冴子に倣い、ソファに浅めにかけて腹部の辺りで両手を組んで微笑んだ。

〝ではまず最初に、鷲津政彦とはどんな人物かを簡単にまとめましたのでご覧ください〟

同時に一分間の紹介ＶＴＲが流れた。冒頭は鷲津がピアノを演奏している映像だった。ニューヨーク時代に撮った最初で最後の晴れ舞台だった。

まるで別人のような鷲津がそこにいた。鷲津は、荒々しくそして傲慢にピアノに向かう若き日の自分の姿を食い入るように見つめていた。

あの時代の俺にはピアノが全てだった。アメリカかぶれしていた父の影響でジャズを知り、噎《む》せ返るような熱気の中でスポットを当てられる日が来ることを夢見ていた。トランペットでもサックスでもなくピアノを選んだのは、ピアノがリズムとメロディ、そしてグルーヴの中心にいたからだった。俺が音楽、俺がジャズ、そう呼べるのはピアノだけだった。鷲津は、ピアノこそが自分が生きていることを証明できる世界だと信じて疑わなかった。

彼は親の反対を押し切って大学を中退し、ニューヨークに渡り、ジュリアード音楽院に進んだ。しかし、父の事業の失敗と、彼自身の「音楽は学校で学ぶものじゃない」という考えからジュリアードを中退。人前でピアノを弾かせてもらえるのであれば、ストリップ小屋でも鉄道の高架下でも鍵盤を叩いた。

彼のピアノは腹を空かせた狼のようだとジャズの評論家に言われ、いい気になっていた。彼は自分の才能を確信していたし、自分が世界の中心になる日が迫っていると信じていた。

だが、貪るように音楽にのめり込み、世間で名の知れたジャズクラブで弾くようになった頃から、彼の中で何かが崩れ始めていった。自分のためではなく、客受けのため、もっと言えばプロデューサーや評論家のために弾くようになっていた。そして彼は堕落していった。陳腐な、どこにでもいる期待外れのルーキー。そう言われ、遂にはビッグステージでも野性を保ち続ける若き天才に取って代わられた。

あのままピアニストを続けていたら、自分はどんな人生を送っていたのだろう……。鷲津は昔の映像を見つめながら、今まで一度も想像しなかったことに思いをめぐらせた。きっと自らの才能に絶望して、ある朝ニューヨークの薄汚れた部屋でピストルをくわえていたかも知れない。それとも、いつまでも真摯にピアノに向かい続けて、自分だけの世界を生み出していただろうか……。いや、それだけはあり得ないと思った。残念だが俺のピアノは、とっくに終わっていたのだ。だからこそ、ハゲタカの世界になんぞ興味を持ったのだ。つまり、俺の今の人生は、余生か……。

鷲津は、いつになく自分が感傷的になっているのに気づいて驚いた。どうしたんだ。そもそも俺は過去を振り返らない主義なんだ。人生の岐路でああすればよかったなんて一度も思わずやってきた。これからだってそうだ。今の自分の人生が、ピアニストの余生なのか、ゴールデンイーグルの抜け殻なのかなんてことはどうでもいいはずだ。

とにかく俺は自分の本能に導かれて前に進むだけなのだから。

目の前のカメラのランプが灯り、冴子が笑顔で語り始めた。

〝……という超異色の経歴の持ち主なんですが、鷲津さんは業界に入られると、やがてハゲタカではなく、ゴールデンイーグルと呼ばれるようになります。ゴールデンイーグルとは、イヌワシのことなんですね〟

〝みたいです。でも、まあ若気の至りですね。しかも、身の程知らずに勝手に名乗っていただけと言った方がいい〟

そこで冴子が笑った。

〝さて、そのハゲタカなんですが、そもそもどういう意味なんでしょう〟

〝アメリカではバルチャー、すなわちハゲタカビジネスを指します。潰れかけた会社や倒産した会社の株や債権を安く買って、それで再生を行い、数年後に企業を売却したり再上場させることで利益を得るというビジネスのことです〟

〝そうなんですか、ビジネスとしてちゃんとあるんですね〟

〝ええ。しかもとても重要な仕事だと思います。ただ、企業も生き物です。可能なら、生きている間によりエネルギッシュにビジネスができる環境を整えた方がいい。私がやりたいと思っているのもそういうビジネスです〟

〝なるほど、企業も生き物ですか〟

良い感じだ。鷲津はそう感じた。冴子のお陰もあったが、インタビューは彼が望んでいるラインの上を疾走し始めていた。

3

二〇〇五年三月八日・恵比寿

〝さて今晩、鷲津さんをスタジオにお呼びしたのは、注目を集めている鈴紡の化粧品事業売却問題です。私たちも一昨日、昨日とその行方についてお伝えしてきましたが、今朝になってまた新たな展開がありました〟

冴子の言葉を受けて画面は再びＶＴＲを映した。

「予定通りの進行です。一分後にインタビューを再開します。インタビュー時間は七分です」

副調整室から、ディレクターの指示がスタジオに再び飛んだ。その合間に冴子が親しみを込めた微笑みを投げてきた。

「本当に、今晩が初めてのスタジオ出演なんですか？」

「もちろん、もう心臓が張り裂けそうですよ」

「ご冗談を。では、いよいよ今日の本題です。よろしくお願いします」

そう言いながら、冴子は用意されたエビアンを一口飲むと、カメラの方を向いてキューサインを待った。

〝ということで、今朝になって新たなる買収案が登場したわけですが、鷲津さんはこれをどう見ますか？〟

鷲津は敢えて一呼吸置いてから口を開いた。

〝正直申し上げて、当然の展開だと思います〟

〝当然と言われる理由は？〟

〝月華への完全売却という話は、ナンセンスだと思っていたからです〟

〝ナンセンスですか。しかし多くの専門家は、これ以外に鈴紡が生き残る方法はないとおっしゃっていますが〟

〝日本ではまだ勘違いされているところがあるのですが、合併で一番大切なことは、双方の企業文化や哲学が近いかどうかです〟

〝企業文化や哲学？〟

〝分かりやすい例で言いましょう。A社の従業員は皆クリスチャンだとします。で、A社を買うことにしたB社は、イスラム教徒だとする。この二つが一緒にビジネスできるとは考えにくい。これは人間の相性でも同じです。いくら良縁を薦められても、お互いの生き方が違うならば、結婚は不幸になるだけです〟

〝なるほど。今回の月華と鈴紡の問題はそういうケースだと〟

〝そうです。月華は超優良企業です。本来、経営が厳しい鈴紡より、月華の社員になる方がハッピーになるはずです。ところが、従業員組合も鈴紡化粧品を販売する特約店協議会の方も皆、大反対している。なぜなら企業文化の違いや相性のズレがあるためです〟

冴子は何度も頷いた。鷲津はそのまま続けた。

〝ここでもう一つ、企業の売却や買収の際に考えるべき重要な要素があります。それは会社は誰のものかという点です〟

そこで、冴子がすかさずフリップを出した。そこには会社とステークホルダーの関係が分かりやすく図解されていた。鷲津はそれを元に、月華への売却がごく限られた一部のステークホルダーのためにしかならないことを説明した。

〝では、アイアン・オックス案の場合はどうですか〟

〝少なくとも完全売却よりも遥かにましでしょうね〟

〝何だか今の言い方ですと、それでも問題があるように聞こえますが？〟

鷲津は、照れ臭そうに笑ってカメラではなく冴子を見た。

〝参ったなあ〟

冴子が嬉しそうにもう一押しした。

〝あるんですね！〟

〝ええ。一つは将来への見通しの甘さです。もう一つは、この提案が現経営陣の保身のためである点です〟

鷲津はアイアン案の問題点を、用意されたフリップで解説した。

〝では鷲津さん。ぜひ伺いたいのですが、ゴールデンイーグル鷲津政彦であれば、この案件をどうされますか？〟

鷲津は少し驚いた顔で冴子を見ていた。やがて口元を緩めると彼女に顔を向けて答えた。

〝もし化粧品事業の方のご依頼があれば、我々は月華とほぼ同様の条件で、しかも経営方針などは現在のままで、化粧品事業部門をＭＢＯさせていただくと思います。ただし、その時は一〇〇％我々が株を取得します。それによって不安定要素も解消されるはずです〟

微笑みを浮かべていた冴子の表情に驚きの色が浮かんだ。まさかここまで鷲津が明言するとは予想していなかったようだ。しかし、ディレクターの「残り三〇秒です。羽室、まとめ！」という指示で、彼女は我に返った。

〝驚きました。こんな凄い答えが返ってくるとは思いませんでした。その暁には鷲津さん、またスタジオにいらしていただけますか？〟

〝喜んで〟

4

二〇〇五年三月九日・東北自動車道

真夜中の東北道を、GT3は疾走していた。午前四時一二分。鷲津は「プライムニュース」出演後、スタジオでそのまま始まったPTBからの追加インタビュー、さらには、放送を見るなり局に殺到した報道陣へのインタビューに丁寧に対応した。それを終えてリムジンに乗り込むと、執拗に追い縋る記者たちを振り切ってパークハイアットに入った。珍しく一人の夜だった。三時間ほど眠ったが目が冴えてしまい、この日ホテルの地下駐車場に移動しておいた愛車を思い出して部屋を出た。

かつてニューヨークで、ジャズピアニストを夢見ていたのは事実だった。一時期は、ブルーノートデビューも間近と言われたこともあった。しかし、結局彼はニューヨークという魔物に魅せられ堕落していった。

皿洗いや安バーでの生演奏で生計を立てていた貧乏ピアニストが高級車に乗れるようになったきっかけが、〝ハゲタカ〟の仕事だった。彼の実家は、大阪・船場の老舗繊維問屋の大店《おおだな》だった。特に母方の祖父は船場きっての商人として鳴らし、節分には宗右衛門町の料亭の二階の窓から金の豆を撒いたほどの豪商だったという。

鷲津は幼い頃から祖父のお気に入りで、直伝で「なにわの商人《あきんど》」のビジネスを伝授された。

〝大事なことは、最後に勝てばええってことや。最初はわざと負けて相手の財布を広げさせて、最後で獲ればよろしい。ガツガツしたもんは必ず負ける〟

まだ小学生だった鷲津に、祖父は縁側でそんな話をしてくれた。また、鷲津が高学年になってからは、祖父の店で反物の売買を手伝った。相手の口車に乗って損を摑まされても祖父は笑っていた。

〝ええ勉強や、気にすんな〟

しかし、その時はアルバイト料は一円も払ってくれない。だが逆に良品を安く仕入れてきたり、大きな売り上げを達成すると、「ご褒美や」と特上握りの寿司を御馳走してくれた上に、普段の一〇倍もアルバイト料を弾んでくれた。

そこで覚えた「門前の小僧」の経験と知識が、ニューヨークで役に立った。アルバイトで生活費を稼いでいた頃、彼はたまたまニューヨークの衣料品問屋が並ぶ七番街を通った。何とも言えない懐かしい匂いを感じ、それに釣られるようにある服地専門店に入った。ちょうど商談の最中で、鷲津はぼんやりと彼らのやりとりを見ていた。どうやら商品を前に値引きの交渉をしているようだった。

バイヤーは執拗に「負けてくれ」を連呼するが、店主は一切受け付けない。やがてバイヤーは泣き落としに入った。妻が妊娠していて金が要るという話や、神のお慈悲という言葉がしきりに聞こえてきた。それでも店の親爺は頑として首を縦に振らない。やがて親爺は商品を片付け始めた。若いバイヤーは肩でため息をつくと、ポケットから財布を取り出した。そこで彼は財布を開いて嘆く。

「今これだけしかないんだ。残り半金は、明日にして欲しい」

「ならば、渡せる物も半分だ。金ができたら、また取りに来い」

そう言ってバイヤーから金を取り上げると、額に見合った商品を渡した。

「一ドル三五セント取りすぎだ」

ぼんやりしているようでバイヤーはしっかり計算していた。店主が金を返そうとするより、バイヤーが商品をつかむ方が早かった。

「それは手付けに置いていく。だからこれはもらうよ。じゃあ明日！」

親爺に反論の余地を与えず、バイヤーは狭い通路を一目散に表に駆け出していった。親爺は店先まで飛び出すと、バイヤーの背中に向かって罵声を浴びせたが、それ以上追いかけはしなかった。

理由は簡単だった。彼はそれでも充分儲けていたからだ。

苦笑いしながら振り返った彼は、鷲津を見つけた。彼は冷たく「何の用だ」と尋ねた。

「良い商売をしましたね。あんたは、少なくとも二〇〇ドル以上は儲けた」

鷲津は満面に笑みを浮かべてそう言った。

「そうかね」

店主は全く気にもせず店の奥に行きかけた。

「ここのタグにある表示はかなりいい加減だもの」

その言葉に店主は、厳しい視線を鷲津にぶつけてきた。鷲津は、すぐそばにあったシルク一〇〇%という表示のあるドレスの生地に触れた。

「これはシルク一〇〇%じゃない。なのにこの値札には最上級シルクの値段が書かれてある。また、こっちはタスマニアウールってあるけど、混毛でしょ。タスマニアウールとは重量感も肌触りも違う。そして、このカシミアに至っては――」

それ以上鷲津は話させてもらえなかった。いきなり鉄拳が飛び、鷲津は衣類の山の中に崩れ落ちた。だが、彼はすぐに立ち上がり、切れた唇を拭うこともせず親爺に言った。

「どうだ。俺を雇わないか？」

それが彼が七番街でバイヤーを始めるきっかけだった。やがて買い付け担当のバイヤーとなり、嘘を見抜き、丁々発止の交渉で店主に大きな富をもたらした。噂を聞きつけた大店からの引き抜きも来た。だが、鷲津は頑としてその店から離れず、どうしてもという場合は、店主の許可を得て委託でバイヤーを請け負った。

ニューヨーク七番街のバイヤーを「ハンドラー」と呼ぶ。ハーバードやエールなどでＭＢＡを修めて大企業のカリスマ的経営者となった者の何人かは、この「ハンドラー」を経験している。彼らはこの街で、殴られ蹴られても一セントでも利益を生み出すための努力とネゴシエーションを、体で覚えていく。

ホライズン・キャピタルの親会社は世界最大のレバレッジ・ファンド、ＫＫＬだが、そのトップであるアルバート・クラリスもハンドラーだった。彼は鷺津が七番街で頭角を現した当時、噂を聞きつけて食事に誘ってきた。

それを機に試しに手伝った仕事が面白かったことと、ピアニストとしての才能に限界を感じていた鷺津は、クラリスの求めに応じてその世界にのめり込んだ。

最初は幸運が味方した。その次は実力が勝利を呼び込み、鷺津はアッという間にクラリスのお気に入りとなる。それによって生活も一変した。薄汚れたグリニッジヴィレッジのロフトからブロードウェイ近くの高級マンションに移り住み、複数の女を侍らせポルシェを乗り回す生活を覚えてしまった。

それでも彼は、ジャズピアニストの夢を完全に諦めたわけではなかった。だが、ピアノに対するハングリーな魂は消え失せ、ピアノの前に座っても何も感じなくなってしまった。やがて、大きな「事件」が起き、鷺津はピアノを捨てた。

結局、あの時代から今も変わらず残っているのは、ＧＴ３だった。一方ピアノの方は近年余興や酔った勢いで鳴らす程度で、もっぱら聴く側に回っていた。

今、真夜中の東北自動車道を疾走するＧＴ３のエンジン音とコラボレーションしているのは、上原ひろみという若い才能のパッションだった。鷺津の夢だったニューヨーク・ブルーノートでのデビューを果たした彼女は、何かにとり憑かれたかのようにピアノを叩き、抑えきれない自らの激しい感情をリズムに刻んだ。デビュー・アルバムを初めて聴いたときの衝撃を鷺津は今も覚えている。

これは技術云々の話ではない。鷲津にはそれが脅威であり素直に感動した。おじさんは、もう黙ってこういう才能に聴き惚れるしかないか……。鷲津は一人そう嘆息し、車の中でのお気に入りとして彼女の二枚のアルバムを常備してあった。今は、ファーストアルバムの冒頭の曲「XYZ」が激しいリズムでGT3と戯れている。

昨夜の首尾はどうだったか。ようやくそれを考えられる程度に鷲津の頭は回り始めた。

鷲津は番組収録後、「もしお時間があれば、もう少しこのまま話を聞かせて欲しい」と冴子に頼まれた。鷲津に断る理由はなく、肩をすくめて応じた。

「先ほどのお話ですが、実際には既に買収の提案をされていたりするんじゃないのですか？」

冴子は開口一番鋭く突っ込んできた。だが、鷲津はそれに微笑みで返した。

「ここから先はビジネスの話ですからね。申し訳ないが何も話せません。まあ察してくださいよ」

冴子はそれでも諦めず、さらに切り込んできた。

「もし鷲津さんの会社に、鈴紡からMBOして欲しいというご依頼があった場合、お受けになりますか？」

「それは話によりけりでしょうね。ただ、ご相談には乗りたいですね。先ほどご紹介いただいたプロフィールの中にもありましたが、私は船場生まれです。船場と言えば古くからの繊維問屋街です。私の祖父も店を持っていました。鈴紡さんは大きな取引先の一つですし、関西発祥の企業ですから大阪人として誇りに思っていました。そういう会社を応援することができるのなら、喜んでお手伝いしたい。ただ、実際に依頼を受けるかどうかは、依頼者のお立場や彼らの考えをしっかり伺ってからでないとお答えできません」

話を切り上げるように、鷲津は腰を上げた。

「ありがとうございました。社交辞令ではなく、ぜひまた近々スタジオにいらしてくださいね」

冴子が声を掛けると、鷲津は恭しく頭を下げた。

「喜んで。それでは」

それまでスタジオの片隅で二人のやりとりを聞いていた経済部の記者が尋ねた。

「鈴紡の化粧品部門の役員が中心になって、昨年秋頃から御社に支援を要請していたという事実を我々は摑んでいるんですが、お認めになりますか？」

鷲津は穏やかな微笑みを浮かべて振り向いた。

「沈黙は金と言うでしょう。我々のビジネスでは、この格言はとても大切なんです。では失礼します」

ＰＴＢの会議室で三〇分だけという限定で開いた会見でも、質問の焦点はほぼ同じだった。だが、鷲津はその一点についてだけは「ノーコメント」を貫いた。ただ「そう遠くない将来、皆さんに納得していただけるお話ができると思うので」とだけ言い残して場を後にした。

賽は投げられた。あとは激しくうねるであろう事態の成り行きをしっかりと見守り、タイミングを逸しないことだけだ。

深夜を急ぐ大型トレーラーの間を縫うように走りながら、鷲津はＧＴ３と若きジャズピアニストの競演に身を委ね、さらにアクセルを踏み込んで夜の闇を切り裂いて行った。

5

二〇〇五年三月八日・奥日光

日光宇都宮道路の終点・清滝インターを出た頃には、男体山の頂がうっすら青み始めていた。一日の中で鷲津が最も好きな時間だった。夕暮れ時を好む人が多いが、鷲津は夜明け前が好きだった。闇に包まれた世界に再び光が射す瞬間。それこそが命の息吹の原点であり、神々しい光の中で、新しい何かが期待できた。前夜は星空がきれいだったので、久しぶりの朝日が拝めるかと鷲津は期待していた。

「いいねえ」

雲一つない群青の空が白み始めたのを見て思わずそう呟いた鷲津は、国道一二〇号線に入ってもほとんどスピードを落とさず、そのまま中禅寺湖へと続くいろは坂を登り始めた。小刻みなギアチェンジを繰り返し、エンジン音のリアクションを楽しみながら、鋭角にカーブを切ってタイヤを軋《きし》らせた。

わずか数分で二荒山《ふたらさん》神社の大鳥居を抜けた鷲津は、蒼ざめた氷の世界で眠る中禅寺湖を左手に見ながら疾走を続けた。日光も中禅寺湖も避暑地として栄えた場所だった。明治時代に訪れた外国人アドバイザーらがヨットレースなどを開催したこともある中禅寺湖は、元々は魚の棲息が見られなかったが、この湖を愛した彼らの手によってブルック・トラウトなどが放流され、以来湖に流れ込む湯川と共にフライフィッシングの聖地と呼ばれるに至っている。

だが、鷲津は厳冬の中禅寺湖が好きだった。何もかもが雪と氷に閉じ込められるが、背筋が伸びるような静謐と荘厳をそこに感じた。人がほとんどいないからかも知れない。あるいは標高一〇〇〇メートル以上の場所が生みだす、透明感のある風景のせいかも知れなかった。

鷲津にとっては、帰国してまず最初に訪れたかった場所だった。それがアランの死や、それに続く軟禁状態、鈴紡の一件などでずっと果たせなかったのだ。

白樺林を抜け、山道のうねるようなカーブを何度か過ぎると、全てが荒涼とした戦場ヶ原が見えてきた。この荒涼感こそ、今の鷲津が何より欲した世界だった。

鷲津は三本松茶屋の駐車場に車を滑り込ませると、まずオーディオを切った。そしてしばらくエンジンをアイドリングさせながら、静かに目を閉じた。

ここに来るのは一年半ぶりだった。二度と戻って来るまいと思っていた。だが、世界中を放浪している時に何度も脳裏に浮かんだのは、この場所だった。理由は分かっていた。彼はここで日本でイヌワシと呼ばれているゴールデンイーグルに初めて出会ったのだ。そしてもう一人、忘れられない人にも出会った……。

胸の痛みをわずかに感じながら、鷲津はエンジンを切った。静かにドアを開くと、凍てつくような冷気が全身に襲ってきた。鷲津は、助手席に放り投げてあった革のジャケットとコートを羽織った。

三本松茶屋から道路を挟んだ場所に、二〇坪ほどの展望台があった。展望台に至る小径を覆うクマザサに霧氷がびっしり貼りついていた。白い息を両手に吹きつけながら、鷲津は展望台へと進んだ。

日本に戻って感じたのは虚無感だった。会社を買うことも、この国を惰眠から覚醒させることも、それどころか日本をバイアウトすることすらどうでもよくなっていた。この虚無感はどこから来るのか。帰国以来ずっと考え続けてきた。唯一心を許せる友だったアランを失った喪失感か。それともアランの死の責任を感じる余りの自責か。あるいはチベットに滞在した日々に思い知らされた人間の矮小さか……。

そのいずれでもあり、いずれでもない。それが昨日までの彼が得ていた答えだった。しかしテレビに自らを晒したことで、今まで眠っていた血がようやく目覚めたことを鷲津は自覚した。自らの信ずるもののために全てを捧げ、立ち塞がるすべての壁を突破し、狙った獲物を手にする本能。昨日の番組で、キャスターの羽室冴子から「ゴールデンイーグル鷲津政彦であれば、この案件をどうされますか？」と尋ねられた時、自分がものにすると反射的に口走っていた。

元々はインタビューの流れの中で鈴紡への参戦の意思表明ができればそれに越したことはないと考えていた程度だった。だが、そう答えた瞬間、強烈な高揚感に襲われたことに何より鷲津自身が驚いた。

おそらくその衝撃が、安らかな睡眠を許さず、久しくご無沙汰していたＧＴ３を疾走させる衝動に駆り立てたことは間違いない。そして、何度も行こうと思いながらためらっていた自分が、今朝は躊躇なくこの地に立てたことも、また本能の目覚めを示していた。

「鷲津政彦、おまえは何をする気だ?」

一切の生命を否定するかのような荒野に向かい、鷲津は尋ねた。それに答えるように鷲津の携帯電話が鳴った。昨夜のテレビ出演以降、何十本という連絡が入っていたが、彼は一切出ていなかった。だが今回はディスプレイを開き、発信者を確認した。

サム・キャンベル。鷲津は英語で電話に出た。

「おはよう、サム。相変わらず早起きだな」

「政彦には負けますよ。今、どちらです?」

もう一度広い湿原を見渡してから、鷲津は謎をかけた。

「想い出の場所だ」

「やはりそうでしたか。東北自動車道でライトイエローのポルシェを見失ったと報告してきたので、おそらくそうだとは思ったのですが」

相変わらず察しの良い男だ。

「まあ、たまには暴走もするさ」

「あなたのたまに（sometimes）は、限りなくしばしば（often）に近い」

ジョークを言わないサムにしてはなかなかのユーモアだった。鷲津は広い湿原に笑い声を響かせた。

「それは否定しない。で、御用の向きは?」

「日本中があなたを探しています」

どうやら今朝のサムは、ジョークの冴えがいいようだった。

「嬉しいねえ。俺は昔から人気者になりたかったんだ」

「人気者かどうかは分かりません。ただ、連絡を取りたがっている方が何人かいらっしゃいます」

「優先順に言ってくれ」

「まず、鈴紡の岩田名誉顧問が早急にお会いしたいそうです。これはFAの石岡さんが窓口です」

いよいよ大物が餌に食いついてきたようだ。

「次に、鈴紡の取締役会。あなたから化粧品事業の買収案を聞きたいと言ってきているそうです。それは前島さんが窓口になっています」

取締役会より前に岩田に会えると言えるサムに、今さらながら頼もしさを感じた。

「承知した。すぐ連絡するよ」

「次は、飯島氏ですが……。大至急連絡が欲しいと大騒ぎされているそうですが」

「それも俺から電話する。そんなところか？」

「あとは、マスコミの連中があなたを探し回っているようです」

「それは清水が適当にやるだろう。出し惜しみも大事だからな」

不意にサムが沈黙した。鷲津のテレビ出演を強硬に反対した男だ。この沈黙の意味は推して知るべしだった。鷲津は話題を変えた。

「他に情報は？」

「昨夜遅く、美津濃社長が虎の門病院に入院したそうです」

「まるで政治家先生並みだな。病名は？」

「不明です。ただ、体の具合が悪いのは事実だそうです」

「まあこんなに追いつめられたら誰でも入院したくなるさ。ということは、アイアン案はお釈迦か？」

「そうでした、一つ忘れていました。アイアンの加地社長が、激怒してあなたを捜しています」

それは当然だろう。せっかくの案が潰れてしまったのだ。

「はて、彼に激怒される理由があったか？」

「二つ。一つは、東洋新聞のスクープに事実誤認があったそうで、それをあなたの仕業だと」

「事実誤認？」

「アイアン案は、アイアンが五一％の株を持ち、分社化した化粧品会社を鈴紡の連結から切り離すというスキームだったそうです」

知っていた。だが、鈴紡は当初、月華と同様に鈴紡の子会社の状態で出資して欲しいとアイアンに依頼していた。しかし、鈴紡の財務内容を検討したアイアンは、その依頼では出資できないとしてアイアンが経営権を握る案を新たに提示していた。

全てを承知の上で、鷲津はわざと古い情報を、発信源が誰か分からないように注意して東洋の記者にリークするよう清水に指示したのだ。加地が怒るのはもっともな話だった。だが、鷲津は白を切った。

「そうなのか。だが、俺は東洋の情報しか知らなかったぞ」

「……詳しいことは知りません。しかし、加地社長は昨夜遅く会見を開いて、東洋の記事は古い提案だと言って、現在の提案を改めて発表したそうです」

たった二％の違いだったが大違いだった。五一％の株をアイアンが持てば、新会社は鈴紡とは無関係の会社になる。鈴紡本体の影響も受けない。その結果、鷲津がプライムニュースで述べた脆弱性という指摘も合わなくなる。

東洋にスクープ記事が出た直後に、アイアンはすぐ会見を開き、その誤りを指摘すべきだったのだ。だが、十中八九、鈴紡が加地にそれを思いとどまらせようとするところまで鷲津は読んでいた。予想は的中し、アイアンにとっては昨日の記事とプライムニュースでの鷲津のコメントは致命的な敗北となったはずだ。

「そうか。それは加地さんも災難だったな。しかし美津濃さんが入院したとなると、アイアン案はダメだろ」

「加地さんのもう一つのお怒りの理由がそれです。あなたの昨夜のプライムニュースのせいで、自分たちはビジネスチャンスを潰された。あまりにもアンフェアなやり方が許せないと」

鷲津はまた笑い声を上げた。今度は枯れた笑いだった。

「俺も最近、ラブとフェアは信じないことにしている。まあ、放っておくさ」

「それはお好きに。あとお耳に入れておきたい情報は二つです。まず今日の午後、ＵＴＢコーポレート銀行と鈴紡が会見を開くそうです」

ＵＴＢという名に鷲津は引っかかった。この期に及んで何の騒ぎだ。

「内容は？」

「ＵＴＢが、鈴紡にＣＲＯを送り込むようです。そのＣＲＯと現経営陣の話し合い次第では、追加融資などを再検討するという話だそうです」

「ＣＲＯだと？　沈み始めたタイタニックに今さら乗り込む奇特な御仁がいるのか？」

「あなたのよくご存じの方です」

鷲津の頭に、不意にある男の顔が浮かんだ。

「まさか、芝野？」

「ビンゴ」

「また貧乏くじを引かされたのか」

「当初は相当固辞していたそうですが、どうも昔、鈴紡の岩田名誉顧問に大層世話になったらしく、受けざるを得なかったようです」

「相変わらず義理堅いことだ。まあ、いいさ。鈴紡本体については、俺たちはどうでもいい」

「そうでしょうか。あなたが目論んでいる本体との交渉の際、彼があなたの狙っているものを阻む人間になる可能性もあります」

背後にいるのは飯島だろう。そうであれば、鷲津が鈴紡を狙う理由も知っているはずだ。謹厳実直で裏取引を許さない芝野を引っ張り出したのも頷ける。

「まあ、それは岩田名誉顧問次第だな。あと一つは？」

「今年度中に発足するという『ニッポン・ルネッサンス機構』のことが気になります」

「確か第二の機構と呼ばれている組織だよな。そんなもんがどうして気になるんだ」

「当初、来年度での成立だと思われていました。それが急転直下、今年度内での成立に決まった。この急いでいる理由がね」

鷲津にもサムの言いたいことが理解できた。

「新たなるライバル出現ということか？」

「どう思われますか？」

「厄介だな。日本の名門企業をお国が守るなんぞというきれいごとは信じないが、その名門が守り続けているパンドラの箱を闇に葬るために国が鈴紡を飲み込むという可能性は、充分考えられる。もう少し詳しく調べてくれないか」

「承知しました。それと、大至急東京に戻って欲しいので、お嬢でしょうが迎えをやりました。まもなく到着するはずです」

稜線の向こうから大きな旋回音が響いてきた。鷲津が振り向くと、日が昇り始めた男体山の上空に高速ヘリの黒い機影が見えた。

「これはこれは。俺も偉くなったもんだな」

「では、お気をつけて」

サムが電話を切った時には、黒いヘリは三本松茶屋の駐車場を目指して着陸態勢に入っていた。鷲津にはそれが神聖不可侵の場に舞い降りた冒瀆者に思えた。

鷲津は、太陽の光を浴び始めた湿原にもう一度視線を遣った。

先ほどとは別世界が広がっていた。朝日を受けて霧氷が光り輝き、枯れた大地が光の平原に変わっていた。

鷲津は思わず両手を広げ、冷気を胸一杯に吸い込んだ。

いざ行かん、闘いの場へ。神よ我に力を与えたまえ。

柄にもない言葉を胸の中で静かに唱え、鷲津政彦は、真っ黒な怪鳥が控える駐車場に向かった。

6

二〇〇五年三月九日・向島

朝っぱらから向島に呼びつけられた時はさすがの鷲津も呆れたが、そこが鈴紡の名誉顧問の別宅だと教えられると、むしろ納得して案内に立った老家政婦の後に続いた。元は料亭だったところを改造したようで、迷路のような廊下をしばらく進んでやっと客間に着いた。家政婦が障子を開けたのは、明るい日差しが射す角部屋だった。半分だけ引き上げられた障子の向こうには、隅田川の気配も見て取れた。

鈴紡の名誉顧問、岩田春雄は座卓に向かったまま鷲津を迎えた。

床の間を背にして岩田が座っていたのには驚いたが、鷲津は微笑みを浮かべて、正面に置かれた座布団の脇で正座して頭を下げた。

「はじめまして。ホライズン・キャピタルの鷲津と申します」

「いやあ、朝早くからお呼び立てしてすみませんでした。鈴紡の岩田です。まあ、楽にしてくださ い」

鷲津は頷いてあぐらをかくと、その場の空気に妙に収まっている人物を興味深げに観察した。資料では、既に岩田は八二歳のはずだった。しかし、髪は真っ白ではあったが豊かで艶もあった。丸い顔も老いを感じさせない。渋い藍の結城を着こなした風情は、かつて船場辺りで豪遊していたお大尽様のように品があった。

鷲津は黙ったまま、岩田を見ていた。相手がぜひ早急にお会いしたいと言ってきたのだ。向こうが用件を切り出せば、鷲津のペースで話が進められる。

鷲津が一向に話を始めないのを見て、岩田が口を開いた。

「私は普段は夜更かしをしないのだが、昨日の7チャンネルのニュースは拝見しましたよ」

「恐縮です。若造が好き勝手なことを申しただけです。どうぞ笑い飛ばしてお忘れ下さい」

「なかなか分かりやすく、かつ非常に説得力のあるお話だった。改めて鈴紡の置かれている状況がよく分かりましたよ」

鷲津はずっと相手の目を見つめていた。かつては時の首相とすら、一対一で丁々発止の議論をしたこともあるという財界きっての論客だった人物だ。一分の隙も見せるわけにはいかないし、相手の表情の動きを見逃したくなかった。

「そう言っていただけると光栄です」

「どうやらウチの社の連中も皆見ていたようで、しばらく電話が鳴りやみませんでした」

「そうですか。お恥ずかしい限りです」

鷲津は徹底的に相手を焦《じ》らすつもりだった。岩田が自分を呼んだ目的を知るまでは、こちらからは何も話すつもりはなかった。一昨日、飯島と芝野が岩田に会っているのは既に知っていた。おそらくそこで芝野のＣＲＯ就任の話が決まり、その上で、飯島から何やら含められていることは間違いない。

老家政婦が、二人のために茶を運んできた。鷲津は丁寧に礼を言い、家政婦が部屋を出ていくと同時に茶を口元に運んだ。遂に焦れた岩田が本題に入ってきた。

「ところで昨晩君は、我々から依頼があれば、月華とほぼ同様の条件で化粧品事業部門をＭＢＯしてもいいと言っていたが、あれは本気かね？」

「公共性の高いテレビの報道番組で発言したことです。いい加減なことは申しません」

「その場合、いくら払ってくれる？」

財界きっての論客である一方で、粋人でもある人物の言葉とは思えないじゃないか……。

鷲津はまた茶をゆっくりとすすった。

「そうですね。財務的なデューデリジェンスをしておりませんから正確なことは申せませんが、月華の八掛け程度でしょうか」

「つまり、四〇〇〇億円ということかね？」

「そうなりますかね」

「条件は？」

鷲津は一瞬間を置いてから、アタッシェケースからクリアファイルを取り出した。

「ごく簡単な提案書です」

彼がテーブルの上に置いたファイルを、岩田は老眼鏡を掛けるなり睨んだ。クリアファイルに入っていたのは、一枚の簡単な提案書だった。

『鈴紡の化粧品事業の完全買収についてのご提案』と題した提案書の条件は一〇項目あった。

一、会社分割によって化粧品事業を鈴紡の子会社にする。
二、その子会社の株式一〇〇％をホライズン・キャピタルが買収。
三、既発の化粧品事業の負債については、鈴紡が負う。
四、従業員組合の三分の二以上の同意。
五、スズラン会の三分の二以上の同意。
六、従業員の完全雇用。
七、販売店網の現状維持。
八、会長及び財務担当役員は、ホライズン・キャピタルより選任。
九、社長は、鈴紡内より選出。
一〇、役員と現従業員には、総数で一〇％のストックオプションも用意。

「これは素晴らしい案ですな」

「お褒めに与《あずか》りまして恐縮です」

岩田は眼鏡越しに鷲津を見た。

「おたくと平井や荒瀬が中心になって話を進めているのは聞いていました。しかし、ここまでの素晴らしい案とは知りませんでしたよ」

岩田は正直に口を割り始めた。だが鷲津は涼しい顔で惚けた。

「さすが岩田名誉顧問ですね。鈴紡で起きている全てのことはお見通しだ。我々もそれを見越して出し惜しみをしておりました」

岩田は怖い顔で鷲津をしばし吟味した後、不意に破顔した。

「君は面白い人だね」

「ありがとうございます。大阪人ですから。人に笑っていただいてなんぼです」

「よし、じゃあ君にお願いしよう」

まるで次の宴会の仕切りを頼むような軽さだった。さすがの鷲津もたじろいだ。

「あの名誉顧問、失礼ですが、何をお願いされるんでしょうか？」

「決まっているじゃないか。鈴紡をだよ」

昨夜《ゆうべ》の俺の発言を、この人は本当に理解していたんだろうか。会社はあんたのものじゃないんだぞ……。

「それはありがたき幸せと申し上げたいところですが、名誉顧問、何か勘違いされておられませんか？」

「勘違い？」

「そうです。昨夜番組でも申し上げましたが、御社の今回の迷走の最大の原因は、経営陣の独善です。鈴紡はあなたの所有物ではありません。また、私は番組でも申し上げましたが、化粧品事業関係者の皆さんからご依頼されない限りお引き受け致しません」

いきなり熱い茶をかけられるかも知れない。鷲津にはそれぐらいの覚悟があった。だが、岩田は嬉しそうに笑みを浮かべただけだった。

「それで結構だ。そうしてくれたまえ」

おいおい、本当に俺の言っていることが分かっているのか……。

「あの名誉顧問、どうも話がうまく噛み合っていない気がするのですが……」

「そうかね。私はしっかりと噛み合っているつもりだがね。君が言うように、化粧品事業の連中が君を頼ってきた暁には、ぜひ彼らの夢を実現させてほしい。私はそう言っているんだよ」

「なるほど。その点については我々は共通認識がありますね。問題は、それをあなたがおっしゃっているという点です」

「そうかね？」

「はい。それを行うに当たってあなたの許可を得る義務はないと思うのですが」

「もちろんそうだ。私が君にお願いしているのは、鈴紡の一ＯＢとして、あるいは一株主としてだよ」

お願いしている？　あなたの言葉と態度のどこに「お願いしている」という姿勢があるんだ。

だが鷲津はそれを飲み込んで笑みを浮かべた。

「承知しました。その時は喜んでそうさせていただきます」

「よろしく頼む。私としても全面的に応援させてもらうよ」

「ありがとうございます。例えば、どんな応援が可能でしょうか？」

「ああそうだね、美津濃君をはじめとする現役員連中の賛成を取り付けることも吝《やぶさ》かじゃない。また、組合の諸君に話すのも厭わない。スズラン会の方にも協力を要請する。さらに、古くからの株主やOBの意見の取りまとめにも一肌脱ぐよ」

あなたが提唱した、企業はノアの方舟のような運命共同体だという意味がこれですか……。鷲津は不意にそう聞いてみたくなった。

「鈴紡は今までずっと、一蓮托生の運命共同体でやって来たんだ。社長を含めた役員は共同体を動かすための単なる機関に過ぎない。今の連中はそのことを忘れてしまっているんだよ。君を強引に呼んだのは、君がそのことを多くの鈴紡社員に思い出させてくれたからだ。会社は誰のものか。その答えは、鈴紡に関わる全ての人のものだということだ。君のその言葉に私は震えたよ」

この違和感は何だろうか。俺たちは同じ言葉を話し、同じ言葉について共感を抱いているはずだった。だが、どうしても俺にはこの老人の言っていることが、俺の言いたいことから一番遠いような気がしてならない。

「それほど深い意味はないんです。ただ、至極当たり前のことを申し上げたばかりで」

「その至極当たり前のことが重要なんじゃないのかね。今の時代が忘れてしまっているのは、その当たり前のことを当たり前のこととして行動することだよ」

それはおっしゃる通りなんだが、それを妨げているのは、あなた方のような過去のしがらみで生き続けている魑魅魍魎じゃないのか……。

「全く同感です。では、敢えて私の希望を申し上げてよろしいでしょうか？」

「ああ、何なりと言ってくれ」

「三つあります。メインバンクのＵＴＢには、中でも飯島頭取には、今朝こうして我々がお会いしたことはご内密に願います」

「もちろんだよ。あの古狸の鼻を明かしたいからな」

いや、そんな軽い意味じゃないんです、と言ってもどうせこの老人には分からんだろうな。

「お願いします。それは、現在進もうとしている月華への完全売却にも嘴を容れないでいただきたいということです」

「何だと。そんなことをしたら、あんたのところに勝ち目はないぞ。既に臨株の議題提出期限は締め切り寸前なんだからな」

株主総会を開くに当たり、その二週間前に株主に議題を提出しなければならないという商法の規定がある。岩田はそれを言っているのだ。

そうじゃないんだな、これが。

「いえ、大丈夫です。ここで我々のプランが表沙汰になるよりも、世間とＵＴＢに対しては、むしろギリギリまで月華への売却プランで話を進めてもらった方が、我々に勝機があります」

「好きにしたまえ。イヌワシ殿のお手並み拝見と行こうか」

「ありがとうございます。で、二つ目。先ほどのご提案については、一切干渉しないでいただきたい」

「何？」

鷲津は居住まいを正した。

「岩田さん、敢えて申し上げますが、鈴紡をここまでダメにした張本人はあなただと世間は思っています。いえ、申し訳ありませんが、その真偽はどうでもいいんです。重要なのは、既にそういうイメージができてしまっているということです。ですから、あなたが動けば動くだけ話はこじれます。どうか自重してください。よろしいですか？」

こんなことを面と向かって彼に言う人は、おそらく今まで誰もいなかったのだろう。さすがの岩田の顔にも動揺の色が浮かんでいた。

「君はとんでもないことを、臆面もなく言うんだね」

「だからハゲタカだのゴールデンイーグルだのという名を頂戴できるんだと思っています。私は勝てない戦はしません。そして勝つためには手段を選ばない」

二人はそこで沈黙したまま睨み合った。鷲津は不意に、アランが前島に言い残した鈴紡での逆転勝利の鍵を示す暗示を思い出していた。

〝ある鳥次第〟

彼はそう言ったという。鳥はよく象徴的に使われる。最初はゴールデンイーグル、すなわち鷲津に頼ろうとしているのかと思った。あるいは飯島を象徴して鵜と言いたかったのかも知れないとも考えた。〝鳴かぬなら鳴かせてみようホトトギス〟という言葉も浮かんだ。

しかし、鈴紡という企業を見極めていく中で、鷲津には徐々にその鳥が何なのか見えてきた。それは岩田という鶴だった。岩田が、鶴に似ているのではない。名誉顧問という立場でありながら、今なお隠然と鈴紡を支配している男。彼の言葉こそが、鈴紡の命運を決める「鶴の一声」だとアランは感じたのだろう。UTBもそれを承知していたことが窺えた。彼らは〝岩田切り〟こそが鈴紡処理の決め手だと考え、強引に取締役会に圧力をかけて月華との統合を急がせたのだ。

そういう意味でアランは、鈴紡買収の本質を見抜いていた。それを知った時、鷲津は天に向かって祝杯を掲げた。

〝でかしたぞ、アラン！〟

そして、実際この鶴が守り続けている物を手にするために、俺はここにいるのだ……。

鷲津は鋭い視線のまま、岩田を見つめ続けた。無言の圧力こそが、岩田を陥落させると信じて。

やがて岩田は観念したように項垂《うなだ》れた。

「いいだろう。自重しよう」

まあ、一時間ぐらいしか我慢できないだろうがな……。

「そして、三つ目です。実は私はこの話をしたくてここにやって来たんです」

「ほお、何だね？」

「御社で大切に守り続けられているパンドラの箱をいただきたい」

岩田はしばし惚けたような顔で鷲津を見ていた。

「何のことかね？」

「正式には何というか存じません。しかし、御社内で『ベル・ボックス』と呼ばれているものをいただきたい」

「ベル・ボックス？」

どうやら岩田は嘘をつくのが下手なようだった。彼の顔は強ばり、明らかに鷲津が何を言っているのか理解していた。

「岩田さん、お惚けは止めましょう。明治二〇年の創業以来、即《つ》かず離れずやってきた政府、軍部、政治家、官僚、さらには外国高官との密約や裏取引の全てをしまい込んだ箱のことです。もしそれをいただけるなら、私は今回のＭＢＯとは別に御社を買い上げてもいい」

「鷲津君とやら、軽はずみなことを言うんじゃない。君のような若造に、大鈴蘭紡績一一八年の歴史を売り渡すわけにはいかんよ」

岩田は、それまでとは別人のような険しい形相で鷲津に凄んだ。鷲津は不敵な笑みで返した。

「岩田名誉顧問、申し上げたはずです。鈴紡はあなたのものじゃない。会社が生き残るためには、そんなくだらないプライドなんぞかなぐり捨てなければならない時が来ているんです。悪いことは申しません。変な奴に奪われる前に、私に預けなさい」

「貴様、失礼が過ぎるぞ。第一、そんなものを手に入れてどうするんだ」

鷲津はにっこりと白い歯を見せて、青筋を立てて怒る老人に答えた。
「鈴紡に代わって、私が腐りきったこの国に復讐して差し上げます」

7

二〇〇五年三月九日・竹芝

竹芝にある鈴紡東京本社の大会議室に一歩足を踏み入れた芝野は、詰めかけた報道陣の多さにたじろいだ。一斉に焚かれたストロボの閃光とテレビカメラ用ライトのシャワー、そして噎せ返るような熱気。記者発表の場というよりも、見せ物小屋に群がる群衆の好奇の目に晒されているような気分だった。

芝野は後方にいた鈴紡の副社長・宮前景一に促されるように雛壇に押し上げられた。さらにUTBコーポレート銀行副頭取の五味、そして鈴紡の総務担当常務・平井の総勢四人が壇上に揃うと、一際激しくストロボが炸裂した。

「大変お待たせしました。それでは、会見を始めさせていただきたいと思います。なお、大変恐縮ではございますが、後ほど質疑応答のお時間を設けておりますので、それまではご質問はお控え下さい」

緊張気味に鈴紡の広報室長が説明した。それに答える者はいなかったが、誰もが固唾を呑んで会見の成り行きを見守っていた。

「それでは、本日の記者発表につきまして弊社副社長の宮前景一よりご説明いたします。お手元の資料をご参照の上、お聞きいただければ幸いです」

それを受けて、副社長の宮前がマイクを手にした。彼の手が小刻みに震えているのが、隣に座っていた芝野にも見て取れた。少し嗄れた声で、宮前が発表文を読み始めた。

「本日、鈴紡取締役会は臨時取締役会を開き、弊社再生のための再生プロジェクト『スズラン・プロジェクト』を立ち上げ、外部からCRO、最高事業再構築責任者を招くことを決定いたしました」

そこで彼が顔を上げると、すかさず質問が飛び出した。

「その前に、まず月華との話をちゃんとしてくださいよ!」

だが、宮前はそれを無視して続けた。

「そのCROには、元三葉銀行資産流動開発室長で、栃木県のスーパーマーケットえびす屋の再生などを手がけられ、一時国営化された足助銀行の再生担当社外専務も務められた芝野健夫氏にお願いすることに致しました」

「だからさあ、宮前さん。話の順番が違うと思うんだよ」

しかし、宮前はそれでもまだ無視して続けた。

「スズラン・プロジェクトの具体的な内容については、今年度中に、芝野氏を中心に策定する予定です」

そこで芝野がマイクを手にした。

「あの僭越ですが、せっかく皆様にお集まりいただいているので、先にご質問をお受けした方が良いと思うのですが、宮前さんいかがですか?」

宮前は殺意に近い視線を芝野に向けたが、異は唱えなかった。そこで広報室長が質問を受け付けると言うと、一斉に何十本という手が挙がった。

「まずこの発表の前に、世間を騒がせている月華への化粧品事業売却についての方針を聞かせてください」

宮前が無表情で答えた。

「その件につきましては、昨年来よりご説明しております通り、月華との統合の方向で話を進めております」

「そういうアバウトな言い回しでは困ります。当初の発表通り、御社がイニシアチブを取った統合ですか。それとも月華への完全売却ですか」

宮前が生唾を飲み込んだ。そして芝野の左隣に座っていた五味を見た。かつては三葉内で不良債権を一手に引き受け、〝ブルドーザー〟とあだ名された五味も、すっかり役員の雰囲気が板に付いていた。それでも黒縁眼鏡の奥から光る険しい目だけが、昔の名残を残していた。五味は宮前の視線に応えるように頷いた。宮前はさらに表情を強張らせてマイクに向かった。

「月華への完全売却です」

凄まじい量のストロボが焚かれて、芝野はめまいがしそうになった。テレビの照明がきつすぎて記者席がよく見えなかったが、何人かが社に一報を入れるために席を立って出口に急ぎ、図々しい何人かはその場で携帯電話を取り出していた。

「つまり、営業譲渡するわけですね」

「スキームは少し違います。営業譲渡ではなく先に会社分割した後で、株式を一〇〇%月華さんにお売りすることになります。そのスキームにつきましては、後日改めて詳しい資料をお渡しします」

別の記者が質問した。

「スズラン・プロジェクトは、月華との間で進められている化粧品事業の完全売却を前提としたものなのでしょうか?」

「そう捉えていただいて結構です」

「一部マスコミでは、月華への売却は白紙撤回されたと伝えられていますが」

「そういう事実はありません。今申し上げましたように、月華への完全売却はスケジュール通り進んでいます」

「では、アイアン・オックスへの売却はあり得ないということでしょうか?」

「その件につきまして、少しご説明させていただきます。一部のマスコミの間で騒がれておりました、弊社の化粧品事業をアイアン・オックスに売却するという案ですが、取締役会で提案されたことは事実です。しかし案は否決され、以来取締役会に諮られたことはありません」

上手な言い方だった。一部役員が勝手に動いていることについては、取締役会は与り知らないということだ。

だが、記者は簡単には逃がしてくれなかった。

「それでは答えになっていないと思います。アイアン・オックスへの化粧品事業売却はないと考えてよろしいですか？」

「それで結構です」

「ホライズン・キャピタルとの交渉も進んでいるように聞いているのですが、そちらはどうですか？」

「どうと申されますと？」

「つまり、ホライズンへの化粧品事業の売却はあり得る話でしょうか？」

「先ほどから申し上げておりますとおり、弊社の化粧品事業は、予定通り月華さんにお売りするということです」

「しかし美津濃社長は先日、鈴紡にとって最良の選択をギリギリまで吟味したいという発言をされていますが」

「これが最良の選択だということです」

「従業員組合と特約店協議会が反対していますが、それについては如何ですか？」

「近日中に双方の代表と会談の時間を持ち、彼らに理解を求めます」

「理解が得られない場合は？」

「我々は皆、鈴紡の一員です。鈴紡という大きな船で運命を共にするべく闘ってきた同志です。分かり合えないはずはないと確信しています」

やれやれ、俺はこれからこういう人たちと一緒に再生に臨むのか……。芝野は今朝から彼を苛んでいた強烈な不安感に再び襲われたが、グッと堪えた。その時、誰かが不意に彼の名を呼んだ。

「芝野さんは、いくつもの企業再生に関わって来られましたが、今回の化粧品事業についての扱いをどう見られていますか？」

「実は、正式にＣＲＯの依頼をお受けしたのはほんの一週間ほど前です。鈴紡の本社にお邪魔したのも今日が初めてぐらいでして……。そういう意味で軽はずみな意見をここで申し上げたくありません。ただ、鈴紡にとってベストの選択がされたかどうかは、しっかり調べようと思っています」

「ということは、場合によっては月華への完全売却の白紙撤回もあり得ると？」

どうやら彼らは、何が何でもこの場で月華との白紙撤回を言わせたいようだ。だが、くれぐれもその点については触れないでほしいと、芝野は会見前に釘を刺されていた。もっとも、そんなことをこの場で言うほど愚かではないつもりだったが……。

「申し訳ないのですが、まだ私自身の権限の範囲についても詰める必要があります。なので、何も言えません。ただ、宮前副社長がここまではっきり明言しているのですから、その言葉を信じていただければと思います」

誰も信じてくれそうな雰囲気ではなかった。それでも、会見でこれ以上追いつめても埒が明かないと思ったのだろうか、質問の流れが少し変わった。

「いずれにしても化粧品事業は、鈴紡本体から切り離されることになると思います。残る鈴紡を死に体という人もいます。再生は可能でしょうか？」

言ってくれるじゃないか。芝野は苦笑を浮かべてマイクを手にした。

「再生が可能だと思わなければ、この大役はお受けしませんでした。それで答えになりますか？」

自分で自分の発言に呆れていた。そんな根拠はない。だが、会見とはイメージ作りが重要だった。不確定要素については、まずリーダーが確信を持ってアドバルーンを上げなければ、仲間はついてこない。

「過去にメインバンクの旧三葉銀行から鈴紡再建を託された人たちは、いずれも失敗しています。失敗の理由の一つは、鈴紡の体質にもあるのではないかと言われていますが、大丈夫でしょうか？」

「会社経営の行き詰まりは、様々な理由が複合して起きると思っています。一番大切なのは、全社を挙げて危機感を持つことだと思います。今さら過去をとやかく申しても仕方がありません。この危機感をプラスにして前に進むことだと思います」

そこで、どこかで見たことのある女性が手を挙げた。

「ご無沙汰しております。プライムニュースの羽室冴子です。以前、企業再生についてスタジオでお話を伺ったことがあります」

ニュースキャスター自らが会見に来ているということで、どよめきが起きた。芝野も相手のことを思い出した。

「これはわざわざお越しいただいて恐縮です」

芝野の言葉に笑い声が上がり、場が一瞬和んだ。

「以前、企業再生についてお話を伺った時に芝野さんは、企業再生とは経営者から顧客までが運命共同体となって邁進しようとする情熱の強さで成否が決まるとおっしゃいました。奇しくも鈴紡の名誉顧問である岩田春雄さんも、企業経営とは運命共同体的団結だとおっしゃっています。しかしその結果、鈴紡号は沈みかけていますが、大丈夫ですか?」

芝野は、冴子の物怖じしない鋭い指摘に感心したように顔をほころばせた。

「いやあ、厳しい指摘だなあ。でも、よくぞ聞いてくださいましたと申し上げましょう。真の運命共同体であるために私が以前から申し上げているのは、社員一人ひとりが自分自身で運命を切り開くという意志を持ち、できることから実行していく。それが結果的に再生のための大きな力を生むと考えています。岩田さんのお考えについては、ご本人に訊いてください」

またそこで爆笑が起きた。少しずつ緊張感をほぐしながら、記者との対立構図を解消する。記者会見では、そういうかけ引きも大切だった。冴子も笑みを浮かべたままでもう一つ質問をぶつけてきた。

「あと一つお願いします。スズラン・プロジェクトの具体案はこれからだと思いますが、現段階での鈴紡再生の鍵は何だと思われますか?」

芝野は、その質問の答えを最初から用意していた。重要な質問だったし、今後を方向づけるイメージづくりとしても重要だった。だが即答しなかった。しばらくマイクを持って、考えるように遠くに視線を投げていた。やがて会場がざわつき始めた時に彼は冴子を見た。

「ちょっとかっこいいかも知れませんが、英断じゃないかと思います。勇気を持って決定し、それを断固推進する。英断の心を大切にしたい」

そこでまたストロボのシャワーが起きた。しかし彼には、今度のそれがエールに感じられた。

8

二〇〇五年三月九日・虎ノ門

鷲津が虎の門病院の特別室に案内されたとき、鈴紡の社長・美津濃克彦はベッドを起こし、鈴紡の会見の模様を伝えるテレビ画面に見入っていた。どうやら今日の昼過ぎに開かれた記者会見のビデオのようだ。画面では懐かしい顔がこちらを向いて発言していた。

〝……勇気を持って決定し、それを断固推進する。英断の心を大切にしたい〟

英断か、いいこと言うじゃないか、芝野さん。鷲津は口元だけ歪めてじっと画面を見守っていた。

「社長、ホライズン・キャピタルの鷲津さんがお見えですが」

鷲津を地下駐車場まで迎えに来た社長室長がそう声を掛けると、美津濃はゆっくりと顔を向けた。細面で目鼻立ちものっぺりとして、きわだった特徴がないからかもしれないが、テレビなどで見た印象よりも繊細なイメージを鷲津は抱いた。美津濃は手にしていたリモコンでテレビを切ると、脇に控えていた二人の男たちに下がるように言った。彼らは警戒するような険しい一瞥を鷲津にくれた後、静かに部屋を出ていった。

「わざわざこんなところまでお呼び立てして申し訳ありません。鈴紡の美津濃です」

「初めまして、ホライズン・キャピタルの鷲津です。こちらこそお言葉に甘えてお邪魔してしまい、恐縮致しております」

「とんでもない。あなたには一度お会いしたかったので、ご連絡をいただいて感激しているぐらいです」

美津濃は体を鷲津の方に向けて、椅子を勧めた。彼の腕には点滴が打たれ、また検査着を着ているせいか、どう見ても重病人に見えた。

この一連の騒動の最中に入院と聞いて、鷲津は多くの経営者が使いがちな仮病だと思った。しかしサムの話では、美津濃には狭心症の持病があり体調は相当悪いそうで、半年以上前から、一刻も早く社長を辞めて入院するように主治医に言われていたのだという。

「情けない話です。一番大事な時に、こんなところに逃げ隠れしてしまうとはね」

「いや、お体は相当お悪いと聞きましたが」

「まあ、がむしゃらに六〇年以上も生きて来たんです。ガタも来ますよ。女房によく言ってるんです。鈴紡が先か俺が先かってね」

美津濃はおかしそうに笑い声を上げた。鷲津は呆れ顔で首を振った。

「そうおっしゃらず、踏ん張ってください。では、手短に用件を申し上げます」

美津濃の表情が、社長のそれに変わった。

「御社の化粧品事業部門ですが、我々に面倒を見させていただけませんか?」

「これはまたストレートですな。しかし、事情は全てお分かりのはずです」

「あなたは化粧品事業出身じゃないですか。それでも月華との統合を推し進めると？」

「選択の余地がないんですよ」

「だが、あなたご自身もアイアン・オックスとのＭＢＯを模索されていた。より良い選択肢を探していたんじゃないですか？」

「しかし、それを潰したのはあなただ。しかも、そこで私を悪者にしてくれた」

そうだった。本来どの面下げて来やがったと殴られてもおかしくない。だが、美津濃はそんな敵意を微塵も見せない。鷲津は苦笑を浮かべて首を左右に振った。

「そうでした。失礼しました。で、選択肢の話です。なぜアイアンとの話を進めていたあなたが、その可能性をお捨てになるんです」

「君には関係のないことだ。我々の最良の選択が、月華さんにお譲りするということです」

「ＵＴＢに脅されましたか？」

「何？」

「月華への完全売却の話が日産新聞に出た日、あなたと副社長は長時間にわたってＵＴＢに軟禁されていた。彼らに何か因果を含められましたか」

「君とは関係のない話だ」

美津濃は鷲津から視線を逸らした。

「関係あります。我々はベストの提案をして御社の化粧品事業部門を買わせて欲しいと申し上げているんです。それを拒絶される理由を知る権利はありますよ」

だが、美津濃は腕組みをしたまま明後日の方向を向いてしまった。

「月華に売却なんてしたら、移籍した社員や大切な販売店がどんな目に遭うか、想像ぐらいつくでしょう」

「月華は良い会社だ。我々と違い地道に本業にいそしみ、二〇年以上も増収増益を続けてきた日本企業の鑑だ。こんな沈没寸前の船で死を待つよりはずっと幸せだ」

「あなたがたが標榜する運命共同体とはそんなレベルですか？」

「何！」

その時初めて美津濃の視線が真っ正面から鷲津を捉えた。

「月華が良い会社だからこそ、大変だと考えたことはないんですか？」

「どういう意味かね？」

「鈴紡は伝統にあぐらをかき、昔からのしがらみで仕事をしてきた。一方の月華は常にクリーンであることに努め、日々切磋琢磨してきた。はっきり言って、社員一人ひとりの厳しさが違います。そんなところに、ぬるま湯に浸かってのんびりしてきた鈴紡の社員を入れたらどうなります。半年もすれば、半分以上が脱落していくんじゃないんですか？　月華が完全雇用を保証しているのは、それを見越してかも知れない。どうせ半分以上は月華のビジネスについていけないだろうとね」

どうやら美津濃も同じ危惧を抱いていたようだ。彼の顔に浮かんだのは驚きではなく落胆だった。鷲津は続けた。

「こんな不幸な合併はありませんよ。これじゃあ人身御供《ひとみごくう》じゃないですか」

「厳しいことを言ってくれるねえ。じゃあ、君に売れば、社員は幸せになれるとでも言うのかね？」

「少なくとも、化粧品部門の方の多くはそうでしょう。それは私が保証します」

「ハゲタカが人を幸せにするなんぞ、似合わんじゃないか」

「とんでもない。ハゲタカは自分の懐を温めるために、社員に幸せになってもらおうと一生懸命になりますよ。結果的に、その方が遥かに企業の再生は早くかつ確実になりますから」

美津濃は鼻で笑った。

「しかし、残された本体はどうなる。残りの社員も幸せにすると保証してくれるかね？」

「残念ながら、それは私だけの力では無理でしょう。しかし、月華に化粧品事業を売って、全員不幸になるよりはましじゃないですか？」

「見解の相違だね。ＵＴＢは、責任を持って本体の再生にも力を貸すと約束してくれたんだ。君も今、見ただろう。あの芝野という人物なら希望が持てそうだ」

鷲津はやれやれという顔で大きなため息をついた。

「あの英断男ですね。確かに彼は優秀なターンアラウンド・マネージャーですよ。しかし、彼にもできることとできないことがある。月華への売却金を本体再生に使えなければ、芝野であろうが私であろうが、御社は潰れます」

美津濃は唇を噛み締めるだけで反論しなかった。

「そしてＵＴＢは、おたくが抱えている債権を回収できたら、尻に帆を掛けてこの会社から手を引きますよ。芝野はそのための見せ金みたいなもんです」

「しかし……」

「ねえ、美津濃さん、鈴紡を再生しようと必死になっているあなたを軟禁して、銀行の言うことを聞け、さもないとおまえたちを検察に突き出すぞと脅すような相手の言葉を信じていいんでしょうか？」

「検察の話をなぜ知っているんだね？」

ビンゴか……。俺の推理もまんざらでもない。鷲津はそれに答えずにさらに美津濃を追いつめた。

「〝押し込み〟っていうんですよね。決算前に大量に販売店などに注文させて、期を跨《また》いでから大量に返品させるような方法を。さらに、捨てるしかない在庫商品に金と同じぐらいの評価がされている場合もあるとか。さすがに伝統ある名門企業は、そういう面でもなかなか年季が入っていると伺っています」

「一体そんな話をどこで？」

鷲津は嬉しそうに微笑した。

「美津濃さん、我々はハゲタカですよ。我々にとっては情報が命。どう考えても鈴紡のためにならない決断をするのには裏があると考えれば、答えは自ずと出てきます。そうしたあなたがたの粉飾行為も簿外債務の存在も、ＵＴＢは全て知っている。彼らの言うことを聞かなければ、そうした事実を地検に『恐れながら』と訴えると、脅されたんじゃないんですか？」

美津濃ががっくりと肩を落とした。サムや財務アドバイザーの竹下からの報告では、鈴紡は監査法人を巻き込んで、少なくとも二〇年以上は飛ばしや簿外債務を続けていると見られていた。

「背任で訴えると言われたんでしょうね」

疲れ果てた美津濃の赤い目が鷲津を見た。

「ババ抜きみたいなもんですよね、これは。まるで一子相伝のように社長にだけ耳打ちされる社内の秘密。それが秘伝の技術だの、勝つための秘法であれば嬉しいですが、聞きたくもないとんでもない負の遺産ばかり。そして、社長は冷や冷やしながら在任期間を過ごす。どうかバレませんようにと。そして、それが爆《は》ぜた時には、その時のトップが全ての罪を被る。さらに皮肉なことに、元凶を作った人間はカリスマと呼ばれたまま幸せに死んでいく。ジス・イズ・ニッポンですよ」

美津濃は項垂れて鷲津の言葉に堪えていた。

「なあ鷲津さん。あんた、化粧品が腐ったらどんな匂いがするか知っているかね？」

鷲津は、うつむいたままの美津濃を見た。

「たまに一〇年も前の化粧品が倉庫に眠っていて、それを処分することがある。よりによって真夏の暑い盛りにやることもあるんだ。あれはたまらん。最低でも一ヵ月はその匂いが鼻腔から抜けないんだよ。コスメだの何だのと良い匂いが当たり前のものでも、その辺りに捨てて置かれれば腐っていく。最近ね、しきりにその匂いが蘇ってくるんだ」

鷲津は黙って美津濃の言葉に耳を傾けた。

「私はね、関東の名もない私立大出身でねえ。しかも大学では学生運動にかぶれて、まともな職にも就けなかった。それが叔父の紹介でね、東京鈴紡化粧品販売に入れてもらえた。化粧品なんぞ一番縁もゆかりもなかった蛮カラ学生が日夜、乳液だの、口紅だのを田舎の専門店に売り歩くんだ。ただね、人と話をするのが好きだったし、自分が売る商品で日本の女性が少しでもきれいになると思うと妙に嬉しくてね。化粧とは文明のバロメーターだ。これは岩田名誉顧問のおっしゃった言葉だ。私もそう思ったね。そして、鈴紡の化粧品こそ日本人女性、特に庶民を美しくする唯一無二の化粧品だと思って必死で売ったよ」

美津濃はいつの間にか穏やかな表情に戻っていた。鷲津は黙って彼に話を続けさせた。

「八〇年代に入って本業の繊維がダメになり、俺たちが稼ぎ頭になった時、もう一つの使命を感じた。運命共同体を引っ張っていくのは俺たちだという使命感だよ。学生運動を中途半端にやめた私には、胸が熱くなるようなミッションだった。気がついたら、自分が本当に鈴紡のトップになっていたんだ」

戦後の絶望の時代からわずか三〇年ほどで先進国に復帰し、八〇年代には世界一の経済大国になったニッポン。それは、こんな男たちの情熱と使命感が支えてきたのだ。

「あんたのことだ。何から何まで調べているだろうが、ウチの会社は関学（関西学院大学）・繊維というのが出世コースなんだ。そのいずれでもない私が鈴紡のトップになった。その時は、この命を会社に捧げてもいいと真剣に思ったよ。だが君の言うとおり、社長業務を引き継いでしばらくして、私は鈴紡のもう一つの伝統を知らされた」

「ベル・ボックスのことですね」

さすがに美津濃も驚いたように顔を上げた。

「そんなことまで知っているのかね……」

鷲津が肩をすくめたのを見て、美津濃は頷いて話を続けた。

「自分が鈴紡を背負っているという喜びを味わったのは、ベル・ボックスを知るまでのわずかの間だけだった。その日から地獄の日々が始まった。さらに莫大な簿外債務という別の箱もあった」

「いくらありました？」

美津濃は鷲津に笑みをぶつけた。

「それは言えないな。言ったら、君ですら尻尾を巻いて逃げ出すほどの額だよ」

「その存在を知っているのは？」

「役員は全員知っているよ。だが確かな数字を知るのは、私と宮前、あとは財務担当の常務だけだ」

「それをネタに、脅されたわけですか？」

「何を言っても言い訳になるが、私は社長就任一年目の決算で、簿外債務を全部さらけ出すべきだと思ったことがあった。こんなことは誰かが止めなければならない。そう真剣に考えた。だが、できなかった……」

それができるくらいなら、あなたは今ここにいない。いや、日本のサラリーマン役員に、そんなことができる者は一人もいないのではないだろうか……。

美津濃は再び項垂れ、布団に置いた拳を握りしめていた。

「情けない話だがね。会社から背任で告発されるかも知れないと言われたときは、震え上がってしまった……。なぜ私がそんな貧乏くじを引かなければならないのか。そう思うと、ダメだった。情けない限りだ」

「今はどうです？ 覚悟ができたのですか？」

「どうしてそう思うんだね？」

「私に会いたいとおっしゃったからです。月華への完全売却を進めるなら私の出る幕はない。残念ながら、TOBをかけて鈴紡本体を買うほど酔狂でもないのでね」

美津濃は鷲津の直截的な言葉に顔をほころばせた。

「もっともな意見だ。そうだね、今は私一人が罪を被って済むのなら、鈴紡を君に助けて欲しいと思っている」

鷲津はしばし美津濃の目を見ていた。彼の意志の強さを測るためだ。

「結構でしょう。では、謹んでお受けしましょう」

「いや、待ってくれないか。既に事は大詰めまで来ているんだ。君が鈴紡を救えるかどうかを説明してくれなければ、お願いはできない」

「なるほど。では、私の考えをご説明しましょう」

鷲津はそう言って、今朝、岩田に見せたものより遥かに内容の厚い提案書を手渡した。美津濃はそばにあった老眼鏡をかけると、資料に目を通し始めた。既に夕暮れが迫っていた。部屋の明かりは点《つ》いていたが、鷲津は立ち上がると枕元にあった読書灯のスイッチを入れた。

何度か読み直した後、美津濃は顔を上げた。

「こんなことが、本当にできるのかね？」

「まあ、アクロバティカルではありますが法的には大丈夫だろうと、我々のリーガル・アドバイザーは言っています」

「なるほど、そうであるなら、せめて化粧品の従業員だけでも君に委ねたい」

「ありがとうございます。おそらく御社が我々の提案を飲むと決めた段階で、メインのUTBは支援を打ち切り、一刻も早く債権を返せと迫ってくるでしょう。そこで一つ提案ですが、芝野さんに重々相談された上で、ある手段に出ることをお勧めします。そうして全ての膿を出すべきです」

美津濃は怪訝そうな顔で鷲津を見た。

「一体何を彼らに勧めるんだね？」

「民事再生法を活用したプレパッケージ再生です」

9

二〇〇五年三月九日・大手町

「民事再生を申請するですと？」

大手町野村ビルのアイアン・オックスの会議室で、芝野から相談を受けた加地は思わずそう言い返していた。騒然とした記者会見を終え、役員との顔合わせの食事会を終えた後、芝野はここにやって来た。既に前日の夜に加地にアポを入れた上での訪問だった。

「そうです。色々考えたのですが、せっかく虎の子の化粧品事業を月華に売って得た金をみすみすUTBに全部持っていかれるのは癪《しゃく》ですから。ここは有効活用したいんです。ならば、債権放棄をしてもらうためにも民事再生法を申請する。そして有り金を債権者に再分配して、それでまっさらの状態で一からやり直すっていうのがベストだという結論に達したんですよ」

芝野は以前、岩田が民事再生を提案した時、「ありえない」と反対した。だが、今となってはこれしか方法がないと決断したのだ。

海坊主のような加地が頭を撫でてニヤリと笑みを浮かべた。

「芝野さん、あんた、かつて所属した銀行を裏切ろうって言うんですな。なかなかの悪《ワル》だ」

「何、私はあの銀行に恨みこそあれ、恩を受けた覚えはないんでね。そもそも今回は、鈴紡に対するUTBの関わり方が気に入りませんよ。驚いたのですが、既に二〇年以上経営危機の噂があった鈴紡を今までずっと正常先にしてあったんですよ。それが急に破綻懸念先になるのを知って泡を食った。何が救済ですか。UTBの連中に鈴紡を救う気なんて全くありませんよ」

「うん。それは私も同感だ。あの鷲津とかというチンピラに引っかき回されはしたが、少しまともな頭があれば、ウチの提案がどれぐらい鈴紡にとって朗報だったかは、迷う余地すらなかったはずだよ。それを正式に断ってきたんだからね」

芝野は、なおも怒り冷めやらない加地を宥《なだ》めた。

「これは一言もありません。ただ、私がＣＲＯに着任した際には、既に既決事項でしたから。私が取締役になるのは、早くても三月末の臨株以降ですし」

「まあ、それはいいですよ。しかし、あんたが説いたとしても、経営陣は素直に民事再生を申請するだろうか？」

芝野は表情を強ばらせて答えた。

「するのではなく、させます。それしか生き残る方法はないと説得します」

「だが、ＵＴＢ勢は強力だぞ。副社長の宮前は元はＵＴＢからの出向組だし、月華売却推進派はいずれも銀行に何らかの形で首根っこを抑えられている気がするな」

それは芝野も同感だった。

「私が一番気になるのは、美津濃さんなんです」

加地の表情がさらに難しくなった。彼は腕組みをし、芝野に断ってタバコに火を点けた。

「確かに彼がキーマンだろうなあ。私ももう少し骨のある人かと思ったんだが、結局最後はＵＴＢに丸め込まれちゃったからねえ」

「丸め込まれたのではなく、抑え込まれたと思いますね」

「抑え込まれた？」

「まだ調査はこれからですが、私は鈴紡には表に出せない債務が相当あると思っています」

加地が額を一つ叩いた。

「簿外債務か……」

「二〇年以上も経営危機と言われてきたんですよ。なのに未だに立っていること自体が謎じゃないですか。しかし、決算をドレッシング（粉飾）していたというのであればそれも頷ける。また、ここに来て美津濃さんの態度の豹変も理解できる」

加地はそこで唸った。

「だが、そうなると彼を我々の味方にできるだろうか？」

「まだ何とも言えません。ただ、それは別の人間がやってくれるかも知れません」

「別の人間？」

「あなたを陥れて油揚げをかすめ取ったトンビ男です」

「鷲津か？」

芝野は頷いた。

「あのマスコミ嫌いが、プライムニュースに生出演してあれだけの放言をしたんです。必ず鈴紡の化粧品事業を獲りに行きますよ。ならば、奴が美津濃さんを懐柔するでしょう」

「できるかね、彼にそんなことが？」

「嫌な男ですが、彼ならできると思っています。いや、どんなことをしてもやるでしょう。そういう男です」

「トンビなのか、イヌワシなのか、ここはじっくりとお手並みを拝見させてもらおうか。で、芝野さん、私に相談というのは？」

加地はそこで背もたれに預けていた体を起こした。

「本体の民事再生に当たり、その後の再生支援を御社にお願いしたいと思っているんです」

「ほお、またでかいディールですな」

加地は、最初から予想していたように含みのある笑みで芝野を見た。

「高い買い物でありませんよ。何しろ、売れる資産がほとんどありませんから」

「しかし、連中のプライドは高いからなあ」

「民事再生を申請してしまえば、プライドも何もありません。彼らに選択の余地はないんです」

加地は何度も頷いた。今度は芝野の方が身を乗り出す番だった。

「そこでお願いなんですが、お引き受けくださるのであれば、プレパッケージでやってもらえませんか?」

さすがの加地も予想していなかった。

「鈴紡をプレパッケージで、ですと!」

芝野は加地の目を見据えてさらに詰め寄った。

プレパッケージとは、民事再生法を申請するに当たり、事前に受け皿となる支援先を決めて申請する方法だ。民事再生法を申請するというのは、言うまでもなく破綻処理を行うことだ。破綻によるその企業のブランドイメージの劣化や顧客喪失を可能な限り最小限に抑えるために、この方法は有効だった。

「無理ですか?」

加地はしばし芝野と睨み合っていたが、やがて痛快そうに破顔した。

「芝野さん、あんたも強かになってきましたなあ。トンビ男を利用し、今度は鉄の男を籠絡《ろうらく》する。そんなおいしい話を目の前にぶら下げられたら私が断れないのを知っていて、よくもしゃあしゃあと『無理ですか』とは……。いいでしょう。その大勝負、受けて立ちましょう。そんなことができれば、今回の化粧品事業買収の敵討《かたき》ちもできますからな」

芝野の肩から力が抜けた。窓の向こうで、東京タワーが夜を彩り始めた。

10

二〇〇五年三月一〇日

鈴紡労組が、異例の再生提案

鈴紡取締役会と鈴紡労組は九日、今後の再生計画などを話し合う懇談会を開いた。席上、労組の畑俊治書記長らから「現在の月華への完全売却案で、鈴紡社員が生き延びられると本当に考えているのか」などと厳しい指摘が相次いだ。宮前副社長は「そのことだけを考えての決断だ」と繰り返した。席上、労組執行部の総意として「再生案」を提出。投資ファンドによるMBOを提案した。

既に外資系大手投資ファンドのホライズン・キャピタルなど数社が、その「再生案」に興味を示しているという話もあり、鈴紡化粧品事業の行方は予断を許さない。

畑書記長の話「鈴紡は運命共同体。ならば、我々としても鈴紡の行く末について真剣に考えていることを伝えたかった。取締役会の真摯な回答を期待している」

宮前副社長の話「労組の意見はしっかり聞くことができた。しかし、会社分割や売却は、高度な経営判断の領域。必ずしも彼らの主張を受け入れるとは限らない」

【毎朝新聞】

11

二〇〇五年三月一四日・竹芝

その日の取締役会は、開始前から不穏な空気が漂っていた。役員ではない芝野はオブザーバーとしての出席を求められ、取締役会に出席していた。

午前一〇時、本社一七階にある役員会議室には、九人の取締役全員が顔を揃えていた。先週は空席だった議長席に、今朝は社長の美津濃が陣取ったのを見て、芝野はますます〝不穏さ〟を感じた。どうやら多くの役員にとってもそれは同様だったようで、最後に美津濃が入ってくるなり驚きの声を上げた者が何人かいた。

美津濃には入院中にも何度か会っていたが、スーツ姿を見ると却って窶《やつ》れが目立った。だが彼は出席者全員を見渡すと、背筋を伸ばして取締役会の開催を告げた。それと同時に総務担当常務の平井が手を挙げた。

「議長、緊急動議があります」

「何でしょう？」

「善管義務違反を理由に、宮前副社長、田島常務の業務執行停止を動議します」

名指しされた二人の取締役は、ギョッとして平井常務を見た。

「何を言い出すんだ、あんたは！」

業務執行停止の動議とは、各取締役が担当している業務の執行権を奪うことだ。宮前の場合は、代表取締役副社長という立場を、一方の田島の場合は、財務担当常務の地位を剝奪されることになる。この動議が議決されてしまえば、彼らは今後月華との交渉役にも就けなくなる。なぜなら、彼らはこの段階で、会社の業務の一切の執行権を奪われてしまうためだ。

いきり立った宮前副社長の言葉を黙殺して、美津濃が採決をとった。

「今の平井常務の動議に賛成の方は、挙手を願います」

四人の取締役がサッと手を挙げた。美津濃が決断を迷っている二人の役員に険しい眼差しを送ると、彼らは怯えたように手を挙げた。

「何ですか、これはとんでもない暴挙だ。社長、こんなことを認めるんですか？」

「私は議長なので同数時以外には意見を申し上げる立場にありませんが、今回だけは敢えて意志を明確にします。あなた方の業務執行停止に私も同意します。あなたがＵＴＢと進められている月華との統合交渉は、鈴紡にとって背信行為に等しい。取締役会の過半数の動議を得ました。お二人は今後、鈴紡の取締役としてUTB銀行や月華との交渉をすることを禁じられますので、そのおつもりで」

「しゃ、社長、こんなことしてよろしいんですか！　あなたは、UTBを敵に回すことになるんですよ！」

財務担当の田島常務が激しく狼狽しながら喚いていた。

「田島さん、見苦しいですよ。鈴紡はUTBのためにあるのではありません」

まだ食ってかかろうとする田島を宮前が制した。彼は何も言わず、ただ敵意剝き出しの視線を美津濃にぶつけて田島と一緒に退席した。

芝野は背筋が寒くなる思いで、その一部始終を見守っていた。数日前、芝野が見舞った時に、美津濃が「あなただけに貧乏くじは引かせません。思う存分、再生のために大鉈《おおなた》を振るってもらうための捨て石ぐらいにはなりますよ」と笑った意味を、今初めて理解した。それと同時に、この謀議の仕掛け人が誰なのかも悟った。

どうやら鷲津は、見事に油揚げをさらっていきそうだ……。

「議長、私からも緊急動議があります」

今度は化粧品事業担当の荒瀬専務が、声を裏返して挙手した。

「どうぞ」

「現在進められている、月華への化粧品事業部門の完全売却の破棄を提案します！」

先の採決でも迷った二人以外の役員は、口々に「異議なし！」と叫んでいた。

「全員異議なしと見てよろしいですか？」

　美津濃は、再び迷っていた二人を見て賛意を促した。二人は顔を見合わせた後、賛意を表した。

荒瀬が紅潮した顔で一礼した。

「ありがとうございます！　そこで新たなる提案として、鈴紡労組諸君からの提案書を元に、化粧品事業部門の分割後、その会社のホライズン・キャピタルへの売却を提案したいと思います。なおこの提案には、鈴紡ＯＢ会及びスズラン会からも強い後押しがあることも付け加えておきます」

　荒瀬はそこで資料を全員に配付した。芝野は手元に届いた資料に視線を落とした。

「しかし、議長。すでに臨株の議題提出は終わっています。そこでは、月華への化粧品事業部門の完全売却が挙げられていますが」

　この謀議に関わらなかった繊維担当の岩村専務が指摘した。

　そうだ。それをどうするんだ。芝野はそう思って美津濃を見た。だが、美津濃は落ち着いたまま臨株の仕切りを担当する平井常務に尋ねた。

「平井さん、どうですか？」

「これは改めて顧問弁護士の先生に確認を取る必要がありますが、私の理解の範囲では、臨株で議決が必要なのは、会社分割して化粧品事業部門を子会社化するという箇所だけだと思います。確かに、その内容の説明を添えてはありますが、その子会社化した会社の株をどこに売るかについては、議決の必要がないと思います」

　なるほど、その手があったか……。月華案の時からそうだったが、本来であれば月華に株を売ることなく、化粧品事業部門を営業譲渡するという方法もあった。ただ、営業譲渡する場合には、手続きやロイヤリティの問題などが煩雑なために、一旦化粧品事業部門を子会社化するのだと思っていた。それが別の意味で効いてきたのだ。

「しかし、それで臨株で賛意が得られますか?」

岩村がさらに反論した。平井は惚け顔で言い放った。

「ここまで月華への売却でこじれたんですぞ。あのままなら、むしろ臨株での三分の二の同意を得られなかった公算が大きかったはずです。しかし、この案なら通るんじゃないでしょうか?」

「芝野さんは、どう思われますか?」

美津濃が突然、芝野に話を振ってきた。役員会の出席は認めるが、発言は控えるようにと言われていた。だが議長からの指名なのだ。芝野は老眼鏡を外して答えた。

「ざっと見た限りですが、ホライズン案は一考に価すると思います。もちろん、細部の詰めやデューデリ後の買収額設定などが決まらないと何とも言えませんが、少なくとも化粧品事業部門の関係者には朗報ではないでしょうか」

美津濃は無表情だった顔をほころばせた。

「貴重なご意見をありがとうございました。私も同感です。平井さん、こういう場合は議題の説明部分の変更を再度株主に通知すればいいんでしょうね」

「それが良心的です。それと一刻も早く、このことを記者発表すべきです」

「しかし、そんなことをしたら、すぐに銀行サイドから圧力が掛かりますよ」

なおも中立派の役員が抵抗した。

「圧力、結構じゃないですか。今さら少しぐらいの脅しがあっても変わりません」

すっかり達観の域に達したかに見える美津濃はそう退けた。

「冨田さん、夕方あたりで会見を開くことは可能でしょうか？」

美津濃の傍らでメモを取っていた取締役社長室長は、指名されて顔を上げた。

「大丈夫だと思います。急な話なので、会見後にメールでも情報を流します」

「そうしてください。さて、実は私からも一つ提案があります」

どうやら、この話を知っている者はほとんどいなかったようだ。芝野が見たところ、意外そうな顔をしなかったのは、冨田と平井の二人だけに見えた。

「ホライズンさんに頑張ってもらえば、化粧品部門は救われるでしょう。そこで問題になってくるのは、残された本体の方です。稼ぎ頭を放出してしまった船は、もはや沈むのを待つばかりです。最後の頼みの綱である銀行からの支援も望めますまい。そこで、ホライズンとの案がまとまった段階で、私は民事再生法を申請しようと思います」

役員たちの大半は、しばし呆然と美津濃を見ていた。

「あの、社長、それは会社を潰すということですか？」

岩村専務が恐る恐る尋ねた。

「そうではありません。本気でやり直すということです」

「しかし……」

「聞いてください。そもそも月華への売却案というのは、我々のためのものではありませんでした。UTBの債権回収のためです。現状でホライズンさんに化粧品子会社を売却しても、そこで得た利益は、全部銀行に持って行かれることになります。それでは、鈴紡は死に体になってしまう。ならば、せめて身ぎれいにして一からやり直すことを考えるべきです。民事再生ができれば、銀行の債権の大半は放棄されるはずです。もちろん化粧品事業部門の売却で得た金は底をつくでしょう。しかし会社は残ります。苦渋の選択ではありますが、ぜひ皆さんに了承していただきたい」

美津濃はテーブルに両手をついて頭を下げた。部屋の中は静まり返っていた。その静寂を破るように芝野は発言した。

「あの、発言させていただいてよろしいですか?」

美津濃が顔を上げて頷いた。

「実は私も同じことをご提案するつもりでした」

役員らの間からどよめきが起きた。それはそうだろう。メインのUTBから送り込まれたリストラ屋が、銀行を裏切る発言をしているのだから……。

「ただ、そのためには皆さんの英断が必要だと思っていたのですが、美津濃社長ご自身からそういう発言を伺い、心から感服しました。まさにご英断。勇気あるご決断だと思います」

芝野の発言に何人かが頷いた。

「そこで、より安全かつ有効に民事再生法を活用するために一つご提案があります」

既に美津濃には概要を説明してあった。しかし、彼は初めて聞くような顔で芝野に先を促した。

「ほお、どんな方法です？」

「鈴紡がどう生き残るのかの問題は、民事再生法を申請した後にあります。可能な限り早く有力な支援先を見つけて、一緒に再生することが肝要です」

「おっしゃるとおり、時間との闘いになるでしょうな」

「そうです。特に化粧品が抜けた後、鈴紡の事業の核となるであろう食品や医療品などが、再生手続きの間に流通から外されることを極力避けたい。こういう場合は、事前に支援してくれる受け皿会社を決め、それを踏まえて民事再生法を申請する方法が有効です」

「プレパッケージというやり方ですな」

平井常務が訳知り顔で言った。やはり彼は全て知っているようだった。

「そうです。それによって迅速な再生が可能になります。特に裁判所の対応が違います」

「しかし、そんな支援先があるんでしょうか？」

繊維担当の岩村専務が心配げに尋ねた。

「僭越ではありますが、私の方で、一応好印象を得たところが一社あります」

「どこです？」

尋ねたのは、平井常務だった。

「アイアン・オックスです」

納得した顔、意外そうな顔、不審げな顔……。役員によってそれぞれだった。芝野は表情を変えない美津濃に言った。

「アイアンは、既にここの事情をある程度知っています。それを踏まえての話なので、良い話だと思います。もちろん細かい詰めは必要ですが、社長の加地さんとお話をしてみるべきだと思います」

美津濃はしばらく黙り込んだ。その視線は、テーブルの上で組んだ両手にぼんやりと向けられていた。やがて顔を上げた美津濃は、この部屋で彼に一番遠い存在だと思われた岩村専務を見た。

「どう思われますか？」

「私も覚悟を決めました。銀行に振り回されるのはうんざりです。社長のご判断にお任せします」

他の役員も同意した。美津濃は感極まったように表情を引き締めて立ち上がると、深々と頭を下げた。

「皆さん、ありがとうございます。心からのお礼を申し上げます」

やがて顔を上げた美津濃は再び議長の顔に戻り、口を開いた。

「それでは、本日よりこの案を改めてスズラン・プロジェクトと名付けます。プロジェクト長は私自身が務めるべきなのですが、会社更生という激務にこの体が保《も》つかどうか分かりません。そこで、全権をＣＲＯの芝野さんに委ねたいと思います。責任は全て私が負いますので、芝野さんにはＣＥＯと同じ権限を与えたいと思いますが、いかがでしょうか？」

それには芝野も驚いた。本来ＣＲＯの権限はそうあるべきだ。そうでなければ、リストラも事業の再編もままならない。しかし、再生会社ならまだしも、生きた状態の段階で外部から来たＣＲＯにそこまでの権限が与えられるのは、日本では異例中の異例だった。芝野はそこに美津濃の決意を感じた。これもまた紛れもない〝英断〟と言えた。

静かに拍手が起きた。一人ひとりとそれが広がり、最後は記録係として入っていた社長室の人間までが立ち上がって拍手をしていた。

日本も捨てたもんじゃない……。

芝野は、この光景を見て思った。そして居住まいを正して立ち上がった。

いよいよ俺自身の起死回生が始まる。

12

二〇〇五年三月一五日

鈴紡化粧品、ホライズンが買収
買収額は総額四〇〇〇億円規模

鈴紡は一四日、懸案の化粧品事業部門を子会社化し、外資系大手投資ファンド、ホライズン・キャピタル（東京都港区）に売却すると発表した。当初完全売却する予定だった月華との交渉は打ち切られた。

新会社はホライズンの一〇〇％子会社となる。子会社の売却額は約四〇〇〇億円。新会社の社長は鈴紡から招聘する方針で、鈴紡の化粧品事業部門の従業員約九二〇〇人全員を新会社が引き継ぐ。

今回の突然の発表について鈴紡の美津濃克彦社長は、「月華には大変申し訳ない結果となったが、現状では、従業員、特約店協議会、株主の皆様に納得してもらえそうになかった。鈴紡の全てのステークホルダーに納得していただける形での選択がこうなった」と述べた。

ホライズン・キャピタルの鷲津政彦会長は「大変光栄かつ身が引き締まる思い。鈴紡化粧品というブランドをより輝けるものに磨き上げたい」と抱負を述べた。両社では、今後売却に向けての本格的な交渉が始まる。

一方、月華の和泉学社長は「鈴紡の会見直前に、美津濃社長から電話で一方的に売却の交渉打ち切りを通告された。正直、呆然としている。一体何があったのか。こんな失礼なことがあっていいのか」と怒りをあらわにしていた。

鈴紡は、今年度決算で七〇〇億円近い債務超過になる可能性があると言われ、稼ぎ頭の化粧品部門を売却することで、その穴埋め資金の調達を模索していた。

ただ、稼ぎ頭を失ってしまった本体鈴紡の今後の行方については予断を許さず、今後の経緯に懸念を寄せる人も多い。

美津濃社長は「本体についても現在進めているスズラン・プロジェクトをより強化した

案を近々発表したい」としている。

【日本産業新聞】

13

二〇〇五年三月二八日・六本木

麻布警察署の正面にある「アガヴェ」というバーで、鷲津は一人で飲んでいた。六本木ヒルズのグランドハイアットで祝宴を上げて、ジングル・プロジェクトの連中と二軒梯子をした後、一人でここにやって来た。

ありきたりのオフィスビルの地下に降りると、原色オレンジの壁と照明が出現し、そこは突然、メキシコになる。かつてつきあっていた女性がテキーラ好きでよく訪れていたが、彼女が去った後も贔屓《ひいき》の店だった。店の名前は、テキーラの原料名である「竜舌蘭（アガヴェ）」から来ている。日本はおろか、世界でもこれだけの種類のテキーラを置く店はないというのが自慢なのだそうだ。また店内は薄暗く、文字どころか客の顔すら分からないのが鷲津にとっては何かと好都合だった。

彼は顔見知りのバーテンに頷くと、最近はすっかり定位置になったカウンターの片隅に座った。

「いらっしゃい」

メキシコ人のバーテンが、上手な日本語で鷲津に頷いた。

「いつもの？」

鷲津は頷き、タバコをくわえた。午前一時前だった。客もそう多くはなさそうだ。鷲津が辺りを見渡すと、いつものボディガードが静かに店に入ってきて、入り口そばのテーブルに着くのが暗がりの中でぼんやりと確認できた。

　ご苦労なこった。

　鷲津の前に静かに酒が置かれた。マリアッチ・ゴールドをショットで。グラスの隣にはライムと塩も用意されている。ニューヨークにいた時は、ショットグラスの底をカウンターで軽く叩いて泡立たせるショットガンを一気飲みして粋がっていたが、今はさすがにそんなバカはやらなくなった。しかし、この酒はちびちび舐めるような酒ではない。鷲津はタバコを灰皿に置き、左手の指の間にライムを挟んでかじると、塩を一舐めしてグラスの半分ぐらいをあおった。

　久しぶりに味わう美酒だった。限られた時間の中で総力を挙げて膨大な作業をこなし、鈴紡化粧品事業の子会社化のスキームはひとまず固まった。どうやら本体の方も、芝野とアイアン・オックスの加地らが組んでプレパッケージによる再生の準備を始めているようだった。

　目下の大問題は、三日後に迫った臨時株主総会で、会社分割の議題の特別採決に必要な三分の二以上の賛成が得られるかどうかだった。だがこれもＬ　Ａ《リーガル・アドバイザー》の青田大輔弁護士とＦ　Ａ《ファイナンシャル・アドバイザー》の石岡紳一が中心となって多数派工作を行い、現段階で六一％の賛成票を集めているという。浮動票を考えると充分な数字だったが、不気味なぐらい沈黙を守っているＵＴＢの存在が気になったので、鷲津はメンバーに、三分の二を超えるまで油断するなと言ってあった。

正式な買収契約書を交わすまで安心はできない。そのためには、三〇日の臨時株主総会を乗り越えることがひとまずの目標だった。

まだまだ気を許してはならないが、ひとまず勝負あったと鷲津は思っていた。にもかかわらず、達成感が湧いてこないのが不思議だった。

ディールが成功するといつもなら大勢で朝まで騒ぐのに、今夜は一人で飲みたいと思うのもそれが理由だろう。あるいは心から喜びを分かち合える友を失ってしまったからかも知れなかった。

知らない間にお代わりが置かれていた。鷲津はバーテンのホセに礼を言って、彼にも酒を勧めた。ホセは黙礼して自分のグラスにもマリアッチを注いだ。鷲津の方を向いてグラスを掲げると、彼はライムをかじらず塩だけで一気にあおった。

「良い飲みっぷりだ」

鷲津はそう囃し立て彼に続いた。頭の天辺まで熱が突き抜けてきた。

「今日は良い顔してるね」

「そうか?」

「日本に戻ってきてからずっと浮かない顔をしていたけれど、今日は昔の鷲津さんの顔だよ」

「何が違うんだ」

「そりゃあ、目でしょ。今夜の目は昔の鷲津さんの目。人の心を何でもお見通しの目だよ」

どう違うのかを鷲津が問う前に、ホセは別の客に呼ばれて彼から離れた。目が違う? 俺は日本に帰ってきてからそんな沈んだ目をしていたのだろうか……。

ホセは鷲津の前に、もう一杯同じ酒を置いた。

「鷲津さん、久しぶりに何か弾いてよ」

ホセの視線の先には暗がりの中に一台のピアノがあった。

「よせ、今の俺は〝さくら〟ぐらいしか弾けない」

「いいねえ。僕あの唄好きだよ。もし聴かせてくれるなら、とっておきのマルガリータをご馳走する」

鷲津は点けたばかりのタバコをくゆらせて、煙の向こうのホセの顔を見た。どうやら奴は本気らしい。既に彼はせっせと特製マルガリータを作り始めている。

やれやれ、俺はディールが完全に終了《クロージング》するまで、ピアノを弾くのは嫌なんだ。嫌な想い出が一瞬よぎりはした。だが、うまそうでゴージャスなマルガリータが目の前に置かれたのを見て、鷲津はその誘惑に負けた。

彼はグラスの底に残っていた酒を飲み干すと、琥珀色のマルガリータが入った新しいグラスを手に、ピアノの前に進んだ。

鷲津はピアノの前で恭しく頭を下げた。

ご無沙汰だな……。

白い鍵盤が照明のせいでメキシコ色に染まっていた。店内に流れていたメキシコの恋歌ノルテーニョの音がいつの間にか絞られていた。

ホセの気配りということか……。

鷲津は両手を開き軽く指馴らしをした後、鍵盤にそっと触れた。誰もが知っている「さくら」のメロディを右手で弾いてみた。そして闇に舞う桜の花をイメージすると、ゆっくりと両手で鍵盤を叩き始めた。右手で桜からイメージされた繊細なメロディを奏でながら、左手では風のうねりを表現した。

良い感じだ……。鷲津は自画自賛しながら、自らが紡ぎ出す音の中に身を委ねた。そしてその静かな世界の中で、「さくら」の旋律を融け込ませた。どれぐらい弾いていたのかは分からない。だが始まりと同じぐらい静かに曲は終わっていた。

「イエィ！」

ホセがそう叫び指笛を吹いた。続いて店のあちらこちらから拍手と歓声が上がった。暗がりのせいで、こんなにまだ客が残っていることに気づいていなかった。鷲津は照れ臭そうに立ち上がると、右手を胸に当てて頭を下げた。そして、ホセ特製のマルガリータを一口飲んだ。氷の下で、ホセがピンクのバラで模した桜の花びらが揺れていた。鷲津は次の一口でそれを飲み干すと、ホセにグラスを掲げた。

再び鍵盤に向かった。「さくら」を弾くうちに、もう一曲、日本の名曲を弾いてみたくなった。熱海で月を見ていた時に、不意に思い出した曲だった。

今度は格調を出したいと思い、クラシック音楽のような壮麗な音を左手に任せた。そして右手は、あの夜見た月を思い浮かべて、気持ちの赴くままに遊んだ。やがて月が満ちるように右手が「荒城の月」を奏で始めた。そこで店内が沸いた。鷲津が何をモチーフにしたか分かったからだ。

最後はまるで月が欠けていくように曲を終わらせた。

先ほどよりさらに凄い歓声と拍手が起きた。

いかんいかん、こういう拍手を受けると俺は勘違いしてしまうんだ。鷲津はもう一度、一礼した。ピアノのすぐそばで、ホセが新しいマルガリータを手にして立っていた。

「さすが鷲津さん、ハゲタカ辞めてピアニスト目指すべきだよ」

鷲津は恭しくグラスを受け取ると、にんまりと笑みを返した。ホセは鷲津の前身を知らない。今度はグラスの中に小さな杏の実が入っていた。

「何だこれは？」

「もちろんムーン。マルガリータ・ムーンライト。あそこのお客さんの奢り」

ホセはカウンターに一人座る女性を見た。暗くてはっきりは見えなかったが、細身の美人のようだった。

「昔からあなたのファンだったって」

「ほお、それはお礼を言わないとな」

鷲津はグラスを手にして、女性のそばに近づいた。

「ごちそうさまです」

鷲津はそう言って彼女の隣に腰掛けた。想像以上の美形が微笑んでいた。

「元ジャズピアニストだとは伺っていたんですが、あんなにスピリチュアルなプレイをされる方だとは思っていませんでした。特に、『さくら』には感動しました」

「以前、どこかでお会いしたことがありましたっけ?」

最低の口説き文句だった。だがそう聞きたくなるほど、相手は彼のことを知っているようだった。

「いえ、ないと思います。でも、ずっと目標にしてきたんです」

「ジャズミュージシャンとして?」

鷲津の言葉に相手は笑い声を上げた。

「いえ、今のお仕事の大先輩として」

「大先輩は哀しいなあ」

「失礼しました。でも、ずっと憧れていたんですよ」

彼女は照れ臭そうに笑った。

「じゃあご同業ですか?」

ここは六本木だ。外資系のファンドや投資銀行は多い。

「以前はそうでした。今は、九州で穴を掘っています」

そう言えば、暗がりでも彼女が日に焼けているのが分かった。南の島ででも焼いてきたのかと思っていたのだが……。

「穴掘りですか。楽しそうだ」

「ええ、とっても」

その時、ホセが割り込んできた。

「タエコ、お代わりは?」

「じゃあ、さっき鷲津さんが飲まれていた桜のマルガリータを」

「喜んで!」

「それは私が奢りますよ」

その時、鷲津は背後に人の気配を感じた。

「鷲津さん、お取り込み中のところすみません」

無粋な乱入者は〝豆タンク〟前島だった。

「何だ」

「ちょっと向こうへ、いいですか?」

鷲津は彼女の顔に浮かんでいる激しい狼狽を見て取るとスツールから降り、ホセと話している〝後輩〟に断って前島の後に続いた。

フロアの奥まった場所にある一〇人ほどの席に、ジングル・プロジェクトのメンバーがほぼ全員揃っていた。

「どうした?」

「これを見てください」

前島と同様、強張ったFAの石岡の顔を青白く光らせていたノートパソコンを見せられた。どこかのネットニュースのようだった。

鈴紡、ニッポン・ルネッサンス機構に救済申し入れ

そんな見出しが躍っていた。

「何だこれは」

「つい一時間ほど前ですが、ルネッサンス機構が会見を開き、鈴紡救済を決定したと発表したそうです」

「誰も助けてくれとは頼んでいないはずだ」

「この記事によると、鈴紡取締役会が全会一致でルネッサンス機構に化粧品事業部門を含めた救済を申請したとあります。先ほど平井常務に確認したら、記事の通りだ、大変申し訳ないと」

「美津濃さんは？」

「それが、夕方に倒れて病院に運ばれ、今手術中とか」

「芝野を呼べ！」

「さっきから何度も呼んでいるんですが、繋がらないんです」

その時、鷲津は一番隅に座っていたサムを見つけた。

「これは事実か？」

「ＵＴＢが強引に押し込んだようです。この期に及んでの鈴紡の債権放棄はＵＴＢの危機を誘発する、というのが彼らの救済要請の理由だとか」

「あんな銀行、潰れても誰も悲しみやしない」

「既に政府が追認しているんです」

前島が声を震わせながら言った。

「政府が追認？　何だ、それは。ここまで完璧に民間による救済スキームができているのに、なんで国がしゃしゃり出る」

誰もがそう叫びたいはずだった。だが、その答えを知る者はここにはいない。

その時、鷲津の携帯電話が鳴った。ディスプレイにあるのは、見覚えのない一一桁の数字だった。

「もしもし」

「芝野です」

鷲津は思わず電話を握りしめた。

「これは芝野さん、ご無沙汰しています」

不思議なことに鈴紡再生という仕事に関わりながら、二人はまだ一度も顔を合わせていなかった。久しぶりに電話で聞く彼の声は、昔と変わらず良く通るテノールだった。

「そうですね。まさかこんな風に再会するとは思っていませんでしたよ」

全くだ。

「それで、ルネッサンスの件ですね」

「そうです。残念ですが、やられました。我々には手が出せません」

「なぜです。こんなのはおかしい」

「確かに。しかしあなたがたもまだ契約書の調印が済んでいない。我々も準備段階だった。その間隙を縫ってUTBが国に泣きついたんです」

「飯島さんですか？」

「おそらく……」

腹の底から怒りが込み上げるのを、鷲津は久しぶりに感じていた。

「裁判で争いましょう」

「おやめになった方が良い。すでにそれは我々も検討した。私はルネッサンス会長の赤松さんと話をしたんですが、連中はあなた方を訴えると息巻いていますよ」

赤松と聞いて、鷲津の怒りはさらに高まった。元ふるさとファンドの社長だった人物だった。

「訴える理由は？」

「鷲津さんたちと平井常務、荒瀬専務は、月華が独占交渉権を持っている最中に交渉したからだそうです」

勝手に言ってろ！

「私たちと取締役会の方は、計画倒産だと来ました。やってられませんよ。しかも、役員全員が完全に封じ込められてしまいました。ダメですね」

あっさり言うじゃないか。だからあんたは、甘いって言われるんだ。

「美津濃社長が倒れて手術中というのは本当ですか？」

「ええ、返す返すもそれが残念です。今日の午後になって、急に美津濃さんと岩村専務がルネッサンス機構に呼ばれ、詰め寄られたそうなんですが、機構の建物を出た途端に倒れられて……。危篤だそうです」

さすがの鷲津にもすぐに打つ手が浮かばなかった。

「この番号はあなたの番号ですか？」

「そうです」

「のちほどかけ直させてください」

そう言って電話を切った鷲津は、固唾を呑んで見ているメンバーに芝野の話を説明した。彼らの落胆の色がさらに濃くなった。

「ここで引き下がるわけにはいかない。とにかく各人情報収集をしてくれ。六時間後にオフィスで会おう」

ここでみんなで膝突き合わせて悩んでいても、何も始まらない。鷲津はカウンターに戻ってジャケットを羽織った。

さっきマルガリータをご馳走してくれた美人の姿はなかった。

どうやら俺は、滅多にお目にかかれない超ビッグなチャンスの神様を、今日一日で二人立て続けに逃してしまったようだ。

店の支払いをしている時、また携帯電話が鳴った。

ニューヨークのポール・カーマンスタインだった。鷲津は、わざとブロンクス訛りで電話に出た。

「何ですか、旦那」

「そっちは大騒動のようだな」

「ああ、俺の周りにはいつも嵐が吹いている」

「確かにそうだ。しかし、政彦。今回の嵐には立ち向かってもらっては困る」

一体貴様、何の話をしてるんだ！

「旦那、俺には何の話をされているのか一向に分かんねえんだがな」

「鈴紡の話だ。これ以上の深入りは許さん」

そこで鷲津の言葉が変わった。

「ポォール、言ったはずだ。俺のビジネスに口を挟むなと」

「ああ、聞いた。だが、アジアを管轄している俺の身にもなってくれ。いいか、おまえも知っているると思うが、うちのファンドは敵対的買収だけではなく、政府機関との衝突も御法度だ。ここは引くんだ」

「断る」

「政彦、頼むよ。これ以上俺を困らせないでくれ。勝手に日本の銀行と喧嘩したり、一年も外国をほっつき歩かなければならない厄介事を作ったり、おまえさんの我が儘は相当なもんだ。俺もそろそろ庇《かば》いきれん」

「いつ、おまえに俺のケツを拭いてくれと頼んだ」

「悲しいかな、それが俺の数少ない仕事の一つなんだ。俺はおまえではなく、ボスに頼まれているんだ。おまえの手綱だけはしっかり握っていろとな」

食えない男。だが何より鷲津が気になったのは、この脳天気な男のタイミングの良さだった。誰かが彼の目と耳になっているということか……。

「いいな政彦。ここは自重だ」

「もし断ったら？」

「ウチは二つの大きな損失を被ることになるな」

「何だ」

「貴様という得難い才能と、貴様をクビにするために支払われる莫大な契約違約金だ」

言うことを聞かなければ、莫大な違約金を支払ってでも俺をクビにするということか……。面白い。

「考えておく」

「政彦！」

「ポール、昔、おまえにこの世界へ引っ張り込まれた時に言ったはずだ。俺の人生は俺が決める」

そう吐き捨てると、鷲津は一方的に電話を切った。

この店にしては珍しくジャズピアノが流れていた。しかもよりによって「ＸＹＺ」だった。……ＸＹＺ、つまり後がないってことか……。上等だ。

鷲津は大きく息を吐き出すと、店の大きな扉を開いて階段を駆け上がった。六本木の夜には、まだ春が遠そうだった。

俺は桜が咲く頃、どこで何をしているのか。
そんなことまで気になり始めていた。

真山 仁（まやま・じん）

1962年、大阪府生まれ。同志社大学法学部政治学科卒業。

読売新聞記者を経て、フリーランスとして独立。

2003年、大手生命保険会社の破綻危機をスリリングに描いた長編『連鎖破綻　ダブルギアリング』（共著・香住究名義、ダイヤモンド社）で小説家デビュー。以後、熾烈な企業買収の世界を赤裸々に描いた『ハゲタカ（上・下）』（講談社文庫）、テレビ界の虚実に鋭く切り込んだ『虚像（メディア）の砦』（角川書店）、発電とエネルギーの世界を舞台にした『マグマ』（朝日新聞社）など、スケールの大きな意欲作を次々と発表。

優れたエンターテインメント小説の書き手として注目を集めている。

公式ホームページ：http://www.mayamajin.jp

講談社BIZ
バイアウト　上

2006年4月20日　第1刷発行
2006年9月6日　第2刷発行

著　者　真山《まやま》仁《じん》
発行者　野間佐和子
発行所　株式会社講談社
〒112-8001　東京都文京区音羽2-12-21
電話　出版部　03-5395-4058
販売部　03-5395-3622
業務部　03-5395-3615
印刷所　大日本印刷株式会社
製本所　牧製本印刷株式会社

ISBN4-06-282008-0

N.D.C.913　364p　20cm